# El cementerio de Venecia

# EL CEMENTERIO DE VENECIA

## Matteo Strukul

Traducción de Natalia Fernández

El papel utilizado para la impresión de este libro ha sido fabricado a partir de madera procedente de bosques y plantaciones gestionadas con los más altos estándares ambientales, garantizando una explotación de los recursos sostenible con el medio ambiente y beneficiosa para las personas.

Penguin
Random House
Grupo Editorial

**El cementerio de Venecia**

Título original: *Il cimitero di Venezia*

Primera edición en España: abril, 2024
Primera edición en México: abril, 2024

D. R. © 2022, Newton Compton Editori s.r.l. Roma
Publicado por acuerdo especial con Newton Compton Editori, junto con sus agentes debidamente designados MalaTesta Lit. Ag. y The Ella Sher Literary Agency, www.ellasher.com

D. R. © 2024, Penguin Random House Grupo Editorial, S. A. U.
Travessera de Gracia, 47-49, 08021, Barcelona

D. R. © 2024, derechos de edición mundiales en lengua castellana:
Penguin Random House Grupo Editorial, S. A. de C. V.
Blvd. Miguel de Cervantes Saavedra núm. 301, 1er piso,
colonia Granada, alcaldía Miguel Hidalgo, C. P. 11520,
Ciudad de México

penguinlibros.com

D. R. © 2024, Natalia Fernández Díaz, por la traducción

ISBN: 978-607-384-330-0

Impreso en México – *Printed in Mexico*

*A Silvia*
*A mi amado Véneto*

Examinó su vida y le pareció horrorosa; examinó su alma y le pareció horrible. Y, sin embargo, sobre su vida y sobre su alma se extendía una suave claridad.

*Los miserables*,
VICTOR HUGO

El verdadero talento es siempre afable y cándido, abierto, nada empantanado, su epigrama acaricia la inteligencia, y nunca jamás apunta al amor propio.

*Las ilusiones perdidas*,
HONORÉ DE BALZAC

Espectral con su *tricorne* y sus ropajes pasados de moda, semejante a alguien esbelto y curvado del *ancien régime*, el Chevalier evocaba un recuerdo remoto.

*Los duelistas*,
JOSEPH CONRAD

El mundo habría bendecido su memoria si no se hubiera excedido en una virtud. Pero el sentido de la justicia hizo de él un bandido y un asesino.

*Michael Kohlhaas*,
HEINRICH VON KLEIST

# 1

## Sante

Había sido una noche de perros.

Sante estaba de pie en la barca. Empujaba el gran remo hacia delante. El cielo se tiñó de rosa. La aurora se reflejaba en la laguna y parecía revelar el suave capuchón de una medusa gigantesca, como si esta descansara bajo el vientre líquido de Venecia. Hasta hacía pocos días el gran espejo transparente había sido una única capa helada. Ya había ocurrido antes. Los viejos contaban que en otras ocasiones los venecianos habían tenido que romper el hielo para poder desplazarse sobre el agua. Y ahora, de los grandes bancos de días anteriores, formados cuando la cortina de hielo se había cubierto de vetas oscuras hasta romperse, solo quedaban unas pocas placas flotantes, similares a los rastros iridiscentes de un fantasma.

Seguía haciendo un frío terrible, aunque la temperatura había subido. El Rio dei Mendicanti, o canal de los Mendicantes, se había convertido en una cinta lívida. Un vagabundo, envuelto en un viejo tabardo oscuro, tan desgastado como para sugerir que las polillas lo habían devorado trozo a trozo, se tambaleaba hacia un lado del canal. Llevaba en la mano un farolillo que se balanceaba con su débil resplandor. A Sante no le preocupó. No era extraño ver a un desgraciado así en un lugar como aquel.

Las masas oscuras de los falansterios y las casuchas caídas que dominaban el astillero se elevaban hacia el cielo, como si los pobres se hubieran afanado en construir un piso sobre otro en un intento desesperado por tocar las manos de Dios y, al hacerlo, obtener de él una gracia o perdón que, lamentablemente, nunca había llegado. No era que no tuvieran quién sabe qué culpas, devorados como estaban por el hambre y la indigencia, hermanas meretrices dispuestas a hacer picadillo a cualquiera de la zona. La colada estaba tendida secándose y las sábanas y la ropa, llenas de remiendos y rasgaduras, se veían abofeteadas por el viento helado que las levantaba como rígidos trapos pertenecientes a un puñado de condenados.

A medida que la góndola avanzaba sobre el agua, una luz febril se extendía por todas partes y el alba cedía dando así paso a los temblores enfermizos del día. Unos cirros de humo salían de las chimeneas. La pequeña embarcación oscura se movía con exasperante lentitud, pero Sante no tenía ganas de remar con más vigor. Había sido una noche de insomnio y se había quedado mirando las vigas podridas del techo mientras su frente se iba cubriendo de un sudor helado. El miedo a no poder tener nada que cenar le había impedido cerrar los ojos. Y las punzadas del hambre habían hecho el resto. Finalmente, dirigió su mirada hacia la gran fachada de San Lázaro y al Hospital de los Mendicantes, viéndolos desfilar de reojo. Hacía tiempo que había jurado no volver a vivir en Castello. Ese barrio, por desgracia, resultaba ser el más infame de Venecia y, con los años, se había convertido en la sentina de una ciudad que parecía anhelar su propia muerte, jurando hundirse en cualquier momento. Las fiestas salvajes, el carnaval casi interminable, la corrupción y el vicio que moraban en aquellos callejones en los que cada día parecían aflorar nuevos reductos y burdeles: todo parecía hablar de una carrera contra el tiempo, en un desesperado intento de encontrar una ruptura definitiva.

Su mente volvió a sus legítimas aspiraciones de cambiar de casa, estaban destinadas a estrellarse contra los exorbitantes precios de la vivienda. Alguien como él, un simple calderero, no tenía ninguna posibilidad de cultivar tales esperanzas. En lugar de ello debía conformarse con el modesto cuchitril donde vivía con su mujer y sus tres hijos.

Suspiró.

De repente, mientras seguía remando fatigosamente, con la cabeza aún llena de preocupaciones y pensamientos, sintió que la barca chocaba contra algo sólido. El impacto no fue de los peores, pero, sorprendido por tal hecho y distraído por las reflexiones de unos momentos antes, a punto estuvo de perder el equilibrio y acabar en el agua. Con un movimiento bien calibrado de su torso y desplazando su peso consiguió mantenerse erguido mientras su mirada, en cambio, se posaba casi instintivamente en la superficie del agua. A pesar de que la luz espectral del amanecer había iluminado el espacio a su alrededor, no comprendió de inmediato de qué se trataba.

Al principio lo que vio fue una extraña maraña de algas negras. Pero luego, mirando más de cerca, se dio cuenta de que no era en absoluto lo que había creído. Frente a él, en el agua, emergía una gran masa de pelo. Y, cuando el cuerpo se giró, debajo vio un rostro: pálido, blanco, como si alguien lo hubiera vaciado completamente de sangre. Un rostro apagado que, tiempo atrás, debió de ser hermosísimo. Pero ahora le daba escalofríos porque llevaba dentro el aliento de la muerte.

Sante se quedó con la boca abierta y un grito mudo atrapado en la garganta.

Luego, apelando a su propia fuerza de espíritu, extendió los brazos en busca del cuerpo. Sus dedos tocaron el cuello y luego se estrecharon alrededor de los hombros. Cuando tiró del cadáver hacia sí, en un intento desesperado de izarlo a la barca, vio algo que lo dejó apabullado. La mujer no solo estaba muerta, sino que alguien, con una furia feroz, le había abierto el pecho y arrancado el corazón.

# 2

## Canaletto

Miró el resultado. Y no le desagradaba en absoluto. Sentía que aquella técnica, que estaba perfeccionando poco a poco, le permitiría captar Venecia bajo una nueva luz y perspectiva. No las vistas habituales, la congelación del instante a través del lienzo, sino la representación de una parte de la ciudad, transfigurada en un juego de perspectivas y puntos de vista, celebrando la grandeza de la Serenísima.

Antonio Canal permaneció largo rato contemplando los detalles del cuadro. Había plasmado libremente el espacio, aunque la reproducción era, como él pretendía, una cuidadosa reinterpretación de la escena real. Había dado rienda suelta a pinceladas gruesas, intensas y llenas de color, regodeándose en el claroscuro para garantizar un evidente efecto dramático.

Por supuesto, los biempensantes creían que había repudiado el teatro, es más, que lo había excomulgado. Pero no era así en absoluto. Pintar Venecia e incluso pensar en separarla del teatro sería pura traición. Y si bien era cierto que había elegido tomarse un descanso de las escenografías para Alessandro Scarlatti, era igualmente innegable que estaba estudiando la manera de realzar del mejor modo, con sus diseños, la nueva ópera de Antonio Vivaldi: *La fede tradita e vendicata*.

Nada que fuera público todavía, y era mejor así, dado el tenor casi subversivo de la obra compuesta por el gran músico, pero, en cuanto a su amor por el teatro, había poco que negar. Sonrió. Desde que sus lienzos se habían convertido en los más codiciados de toda Venecia, todo el mundo se presentaba como experto en arte y pontificado sobre su obra. ¡Tanto mejor! Los encargos aumentaban y tal perspectiva era lo que él necesitaba: poco pero seguro.

Ciertamente, las facturas no se pagaban solas. Y no se trataba de pinceles, colas y mastiques para la imprimación, los colores y los lienzos, en absoluto. Para empezar, había lentes para la cámara óptica. Si querías algo bien hecho, los precios se disparaban. Y, además, la casa. Y una nueva planta para el estudio. La vieja casa ya no le encajaba del todo bien, por lo que tomó la decisión de comprar un palacete en Castello. Había costado una fortuna y, una vez pagado, se quedó sin un céntimo. Por no mencionar el hecho de que al mes siguiente tuvo que renovar completamente el tejado. Por fortuna, aquel nuevo encargo había llegado gracias a los buenos oficios de su amigo Alessandro Marchesini, un pintor de Verona que lo tenía en gran estima y que había recomendado sus paisajes a un rico comerciante de Lucca: Stefano Conti. Y a todo ello cabría añadir que si se quería causar buena impresión a los clientes y adquirir nuevos encargos, había que presentarse con decoro en el vestir. Y luego estaban los criados. No es que tuviera un montón de gente para cubrir sus necesidades: una cocinera, una criada y un criado. Pero ¡había que pagarles! En resumen, no era nada sencillo. Pero trabajar no le asustaba; de hecho, se sentía por completo inmerso en su trabajo, en ese intento nada evidente de ofrecer al ojo humano una nueva forma de ver Venecia o, tal vez, de verla por primera vez como lo que realmente era, si bien sublimada por el color y la luz.

En cualquier caso, lo que más le convenció del lienzo que había pintado por encargo de Stefano Conti era el resplandor que iluminaba las aguas del Gran Canal y las hacía brillar de un verde intenso. Y luego, de nuevo, los rayos sobre las fachadas de los edificios, en particular el resplandor sobre el Fondaco dei

Tedeschi, claro y nítido en el lado izquierdo del lienzo para formar el contrapeso ideal al pozo luminoso de la Erbaria, que, con su plaza, dividía el Palacio de los Camerlenghi de las Fábricas Nuevas, que permanecían en la sombra. Había construido esa armonía de claroscuros partiendo de un dibujo a lápiz, repasándolo después con pluma y tinta marrón, para finalmente capturar el puente de Rialto desde el lado que miraba hacia el Fondaco dei Tedeschi, gracias al uso reiterado de la cámara óptica.

Mediante un pequeño orificio y una lente era capaz de obtener la imagen de un paisaje, una vista en escorzo, una plaza, una plazoleta o un canal, impresos en un espejo esmerilado y calcados en una hoja de papel transparente. Le encantaba utilizar ese instrumento para fijar contornos de arquitecturas y lugares. Pero, de hecho, no se limitaba a reproducir, ya que, al multiplicar las perspectivas y dilatar mediante ese efecto los espacios, recurriendo a un desprejuiciado uso del color y del claroscuro, reinventaba la realidad, y sus lienzos eran nada más y nada menos que su visión de una ciudad única en el mundo.

Suspiró. A través de los ventanales de su palacio veía caer la nieve en pequeños copos. A causa del color plomizo del cielo, aquella tarde ya se había convertido en noche y las heladas de los días anteriores parecían no dar tregua. Antonio se acercó a la mesa de patas de sable y cogió una taza de chocolate caliente. Flora, su cocinera, se lo había preparado. Él había aprendido la receta en casa de Tomaso Albinoni, de quien era acérrimo admirador. El compositor había tenido la amabilidad de enviarle las instrucciones en una carta en la que lo invitaba al estreno de una de sus nuevas óperas. Los primeros intentos no habían sido perfectos, pero después de unas cuantas veces había salido una bebida fenomenal: caliente, cremosa, envolvente. Degustarla, observando los blancos copos de nieve que caían del cielo…, sabía a placer prohibido.

Se calentaba, pues, manteniendo las manos entrelazadas en torno a la hermosa taza de porcelana de Meissen, cerrando los ojos en tanto saboreaba el agridulce aroma del chocolate, acercándose a la chimenea, cuando Alvise, su criado, se anunció.

Entró en el estudio en cuanto Antonio le dio permiso. Si Alvise venía a molestarlo mientras se ocupaba de sus asuntos, algo muy grave debía de haber sucedido. Y ciertamente lo era, porque Alvise estaba pálido, con el rostro contraído en una mueca. Sus finos labios se cerraron en una única hendidura roja.

—Señor mío —dijo con deferencia.

—¿Alvise?

—Sí… —prosiguió vacilante el sirviente.

—¿Qué ha sucedido? —preguntó Antonio, mientras Alvise le entregaba una nota. El papel portaba el sello de la Serenísima República: el león alado.

—¿Qué significa?

—Señor mío, no tengo ni idea —replicó Alvise—. Lo que puedo deciros es que el capitán de la policía os espera en la puerta.

—¿Por qué? ¿Qué es lo que quiere?

—Ha dicho que desea llevaros al Palacio Ducal.

Sin más dilación, Antonio se hizo con una larga capa que había colocado en el respaldo de un pequeño sillón y un tricornio oscuro. Calzaba unos zapatos resistentes y, a la velocidad del rayo, alcanzó la puerta. Bajó un tramo de escaleras. Luego otro. Finalmente, llegó al patio. Fue allí donde, desde debajo del tricornio, vio la mirada destellante del capitán de la policía.

—Señor Antonio Canal, también conocido como Canaletto, sígame, por favor —dijo este lacónicamente.

—¿Adónde y por qué? —preguntó Antonio, que desde luego no quería discutir las órdenes, pero que pretendía al menos hacerse una idea de lo que estaba ocurriendo.

—Al Palacio Ducal —soltó el capitán, confirmando lo ya anunciado por Alvise—. Como dice la nota que tiene en su mano, Su Excelencia Matteo Dandolo, el inquisidor rojo elegido entre los consejeros ducales para representar a la República, desea hablar con vos sobre cierto asunto.

Y esa era una respuesta que no admitía réplica. Y así, sin pronunciar palabra, Antonio, escoltado por dos policías, siguió al capitán hacia la plaza de San Marcos.

Mientras caminaba bajo la nieve sibilante y a aquellas altu-ras de la tarde noche, citado para responder de quién sabe qué actos, Antonio tuvo la clara sensación de que lo peor estaba por venir.

# 3

## La Cámara de Tortura

—Ah —dijo el inquisidor del Estado en tono sorprendido, en cuanto Antonio Canal, empapado de nieve y niebla, hizo su entrada en la Cámara de Tortura—. Aquí estáis, señor mío. Escoltado y entregado en mis manos como se había ordenado. Al menos la policía sigue siendo eficaz en esta ciudad maldita. —Y, según lo decía, despidió al capitán de la guardia haciendo un gesto con la cabeza.

Cuando se quedó solo, cara a cara con Antonio, Matteo Dandolo, inquisidor del Estado de la Serenísima República, pareció relajarse. Al menos por un momento.

—Tomad asiento —le dijo con un amplio gesto, dejando que la túnica roja ondeara en el aire como el ala de un depredador del cielo. Su mano, enguantada en púrpura, señaló un incómodo taburete de madera. A Antonio no hubo que repetírselo dos veces y se sentó, en actitud de espera. Intentaba no dejarse impresionar demasiado por el desnudo e inquietante ambiente que lo había acogido. Sabía bien a qué obedecía el nombre de aquel lugar, pero también confiaba en que su reputación como pintor fuera el mejor elemento disuasorio para cualquier decisión precipitada. Ni siquiera un inquisidor del Estado habría sometido impunemente al tormento de la soga (que colgaba frente a él) a uno de los artistas más importantes de Venecia, cualquiera que fuera la acusación. Si es que se trataba de una acusación.

Observó con detenimiento al hombre que tenía delante. El inquisidor poseía sin duda un ego desmesurado y sus maneras pomposas lo confirmaban plenamente. Mejor, por tanto, cederle el protagonismo y limitarse a responder acorde con ello. Tanto más por cuanto no tenía ni la menor idea de cuál era el motivo de su citación nocturna. Su mirada se posó en las pocas velas encendidas: difundían una luz sanguínea alrededor, dejando gran parte de la sala en penumbra. Al fondo, frente a él, la oscuridad más profunda e inquietante. Como si le hubiera leído la mente, Dandolo le formuló la más retórica de las preguntas.

—¿Sabéis por qué hice que os trajeran aquí?

—La verdad es que no, excelencia.

El inquisidor sonrió.

—Es lógico. Ciertamente no os culpo por ello —y se permitió un gesto de satisfacción— y más aún sabiendo que el asunto es bastante complejo. No una, sino dos magistraturas deben consultaros.

Fue entonces, tan pronto como hubo pronunciado aquellas palabras cuando, casi emanando de la oscuridad, hizo su entrada Giovanni Morosini, que ocupaba el cargo de capitán grando, representante del poder ejecutivo de la Inquisición, y era el magistrado supremo de los Signori di Notte al Criminal, cuerpo de magistrados nocturnos encargado de la investigación de los crímenes cometidos tras la puesta de sol. Llevaba una larga capa, empapada, y un tricornio igual de mojado. Cuando se lo quitó, su largo pelo oscuro chorreaba gotas del tamaño de cinco centavos. Ese aderezo no ocultaba, sin embargo, la vaina de una espada que emergía de debajo de la capa como una espeluznante cola de hierro. Botas hasta la rodilla y calzones de terciopelo negro completaban su atuendo, mientras que en su cinturón brillaba la empuñadura de nácar de una daga.

El asunto se estaba volviendo serio. Demasiado serio. Incluso poniendo en ello toda su buena voluntad, Antonio no lograba entender dónde acabaría aquella historia.

—No hace falta que os presente al señor Morosini, ¿verdad? —dijo el inquisidor mientras el otro tosía por culpa de toda la nieve helada que debió de pillar de camino, andando por los callejones aquella tarde—. Vos sabéis muy bien quién es. Pero dejadme que os diga una cosa, señor Canal: me decepcionáis. Sí, así es. ¿Y sabéis por qué? Porque vos habíais llegado a un punto en vuestra carrera como pintor que a muchos les hubiera gustado alcanzar. Vos sois de lejos el artista más admirado en la Serenísima a día de hoy. Canaletto, os llaman. Y no hay nadie que no pronuncie vuestro nombre con estima, con deferencia me atrevería a decir, y no magnifique vuestras obras, que celebran mejor que todas las demás la gloria de Venecia. Entonces, os pregunto: ¿por qué? ¿Por qué lo hicisteis?

—¿Por qué he hecho… qué? —Antonio realmente no quería responder con una pregunta, pero no tenía la menor idea de qué se trataba.

—¿Por qué habéis pintado el canal de los Mendicantes? —exclamó Morosini, pronunciando las tres últimas palabras como si juntas formaran la más terrible de las blasfemias.

Antonio seguía sin entender. Sin embargo, intentó responder. Contó lo que había sucedido.

—En los últimos años he decidido dedicarme a un estilo particular de pintura: el vedutismo. Con una cámara óptica, fijo en el papel las proporciones y perspectivas de edificios y campos, de canales y plazas, y luego reelaboro la vista que he elegido. No hay una razón precisa por la que pinté el canal de los Mendicantes. Simplemente, encontré el tema de la vista interesante para experimentar con ciertas técnicas. Como hice con la plaza de San Marcos o con el Gran Canal desde el Palacio Balbi hacia Rialto.

—¿Queréis hacernos creer que elegís al azar lo que deseáis pintar?

Antonio se aclaró la garganta.

—No, no quiero decir eso. Elijo un punto de vista, un escorzo, en función de la dificultad de realización y la posibilidad que tiene de ofrecer una visión de nuestra querida ciudad según los cánones pictóricos e interpretativos más adecuados para retratarla.

—¡Sí! Solo que hasta ahora habíais decidido representar lugares magníficos de la Serenísima, no uno de los más escuálidos y mal afamados canales que pueda exhibir. Con ropa sucia arrastrada por el viento y las casas de los miserables en primer plano. ¿Os parece apropiado?

Pero después de esa pregunta estaba bastante claro que el inquisidor no esperaba una respuesta. Por el contrario, pretendía continuar y, de hecho, un momento después, lo hizo.

—Por no mencionar que han llegado hasta mí rumores de que estáis trabajando con Vivaldi en una ópera subversiva.

—¿Subversiva?

—Hemos escuchado que Antonio Vivaldi, nuestro mejor compositor, aquel a quien la Serenísima acogió en su seno desde el principio, animándolo hasta el punto de convertirlo en uno de los mayores exponentes de la música europea, está trabajando arduamente en una ópera que tendría como tema una sucesión al trono en el transcurso de la cual se entrelazan rencores y venganzas. Y que tal intriga únicamente representaría una alegoría de las luchas entre las casas patricias de la Serenísima, empeñadas en repartirse el botín de la República.

—Excelencia, no sé a qué os referís.

—Ah, ¿no lo sabéis? —lo apremió Morosini.

—Como no creo que el tema elegido por el maestro sea en modo alguno subversivo...

—Eso dejaréis que lo juzguemos nosotros, ¿no? —lo interrumpió Dandolo en su tono más cortante.

—Por supuesto —convino Antonio—. Lo que puedo decir es que había hecho un par de bocetos para los decorados, pero luego abandoné el trabajo porque, como he tenido ocasión de explicar varias veces, renegué del teatro, ya que es ficción. En cambio, quiero formarme como artista en la reproducción de lo verdadero.

En ese momento Antonio mentía y ese hecho le repugnaba. Sin embargo, prefería no perder el pellejo, teniendo en cuenta el giro que había tomado el interrogatorio.

El inquisidor rojo asintió.

—De acuerdo —dijo—. Daré por buena esta declaración vuestra, aunque de varias partes me llegan rumores de que vuestro «renegar del teatro» no es más que una falsedad buena y bonita, inventada por vos mismo para poder seguir pintando caricaturas para decorados. No obstante, os revelaré la razón por la que os aconsejo que ceséis, a partir de ahora, cualquier conducta que pueda ser menos que irreprochable.

Luego, Dandolo miró a Morosini y añadió:

—En efecto, será el jefe de los Signori di Notte al Criminal quien aconseje lo mejor.

El capitán grando carraspeó. Dio un par de pasos hacia las llamas de un candelabro, extendiendo las manos. Parecía que necesitaba desesperadamente un poco de calor. Cuando empezó a hablar, de espaldas a Antonio, ni siquiera se volvió.

—Veréis, señor Canal, no lo creeréis, pero hace solo dos días… un hombre iba al mando de un bote en el canal de los Mendicantes al amanecer. Su góndola chocó con algo. Al principio no se dio cuenta de lo que era, pero el objeto resultó ser el cadáver de una mujer joven. Por supuesto, os diréis que esto no es nada nuevo. ¿Cuántos cadáveres de prostitutas se encuentran en los canales de Venecia en estos tiempos de infortunio? Demasiados. Y es una vergüenza, creedme. Pobres criaturas obligadas a vivir de la única moneda que en esta despiadada ciudad abunda: la fornicación. Sin embargo, a esta joven la encontraron con el corazón arrancado. Bárbaramente asesinada, de una manera que lo deja a uno sin aliento. Emergió de la laguna congelada. La escarcha mantuvo el cadáver intacto, tanto que alguien la apodó «la doncella de alabastro». Pero no es de eso de lo que quería hablar con vos —y en ese momento el líder de los Signori di Notte al Criminal se giró, mirando por fin a Antonio a los ojos—, sino del hecho cuando menos singular de que justo en estos días vuestro *Rio dei Mendicanti* esté despertando interés en la ciudad.

Las últimas palabras flotaron en el aire como la más turbia de las insinuaciones. Antonio no pudo contenerse más.

—¿Y por esto me habéis citado? ¿Porque pinté un lugar en Venecia en el que se encontró el cadáver de una pobre mujer?

—Debéis admitir que la coincidencia es bastante extraña —comentó el inquisidor rojo.

—¡Por supuesto! Pero, como bien decís, es una coincidencia. Si es por eso, he pintado otros lugares de la ciudad donde también se han encontrado muertos.

—Naturalmente. Pero la peculiaridad de la elección del canal de los Mendicantes nos pareció extraña tanto a mí como al capitán grando —replicó Dandolo—. Por no hablar de que vuestra participación en la escenografía de la ópera de Vivaldi, que vos mismo admitisteis, no habla a vuestro favor, dada la temática de la obra. En resumen, señor Antonio Canal, el sentido de nuestra conversación es el siguiente: os estaremos vigilando durante un tiempo. Así que evitad cualquier comportamiento inapropiado. Francamente, no creo que vos estuvierais en lo más mínimo involucrado en el atroz asesinato de esta pobre mujer, pero evitad inculcar creencias sacrílegas en la gente.

—¿Qué pretendéis?

—Vamos, ya me habéis entendido. Un pintor como vos, exitoso, con la peluca empolvada y camisas galoneadas cubiertas de botones preciosos... —dijo Dandolo, aludiendo a su hermosa falsa chaqueta de terciopelo, abrochada con elegantes perlas— no necesita retratar la miseria e indigencia del canal de los Mendicantes, sobre todo cuando se encuentra allí mismo un cadáver bárbaramente mutilado.

—Pero... ¿cómo podría haberlo sabido? Trabajaba en ese cuadro hacía meses.

—¡Claro! Y tal vez esa mujer también fue asesinada semanas atrás —observó Morosini—. No tengo que ser yo quien os explique que un cadáver se conserva mucho más tiempo en agua gélida que en agua caliente. De todos modos —continuó el capitán grando aclarándose la garganta—, nadie os acusa de nada, solo... intentad evitar cualquier comportamiento que pueda perjudicaros y alimentar la imaginación de los venecianos. ¿Queda claro?

—Clarísimo —respondió Antonio.

—Sobre todo porque la fantasía se desata muy fácilmente. ¿Sabéis quiénes fueron los primeros en ser culpados del asesinato?

Antonio no tenía ni idea.

—Los judíos —dijo el inquisidor—. Los llaman bebedores de sangre cristiana, demonios obedientes de Satanás. Y no hace falta decir que el gueto está revuelto. ¿Cómo podría ser de otra manera? Esto es lo último que necesitamos, ya que no estoy revelando nada sorprendente si afirmo que una eventual expulsión de los judíos de Venecia no solo sería una herida a nuestro sentido de la civilización, sino también un golpe mortal a la maltrecha economía de la República. Un golpe que, francamente hablando, no podemos permitirnos. Y luego está la cuestión del panorama general, señor Canaletto…, nunca olvidéis el panorama general: tenéis que añadir, a lo que he descrito, la epidemia de viruela que está desangrando esta ciudad y entenderéis perfectamente que Venecia no necesita malentendidos o coincidencias desafortunadas, en especial si con ello se corre el riesgo de alimentar el miedo o el odio.

Antonio asintió. ¿Qué otra cosa podía hacer?

—Muy bien. Me alegro de que estéis de acuerdo conmigo —continuó el inquisidor—. Veréis, señor Canal, mi primer deber para con la Serenísima República es mantener el orden público…, el *statu quo*, para ser claros. En consecuencia, estoy autorizado a eliminar todo lo que se interponga entre la serena convivencia y la comunidad. Tan pronto como surja siquiera la sospecha de que alguien o algo es un obstáculo, tengo la autoridad para eliminarlo. Y lo mismo, por supuesto, puede hacer por diferentes medios el capitán grando, quien, de hecho, trabaja conmigo codo con codo. Esta noche os hemos llamado porque nos gustaría evitar desde ahora que vuestra conducta se convierta en el mencionado obstáculo. Pero confío en que me hayáis entendido muy bien. Así que, si es así, nos despedimos de vos —dijo finalmente—. Y os recomiendo que no hagáis mención a nadie de esta conversación nuestra. Cualquier violación del silencio no está exenta de consecuencias. El capitán de la guardia os conducirá de vuelta a la Escalera de los Gigantes.

Y de ese modo, dejando caer la velada amenaza como la más simple de las declaraciones, Matteo Dandolo se despidió de Antonio Canal, autorizándolo a marcharse. El capitán de la guardia lo esperó en la puerta hasta que el pintor dedicó una doble reverencia, pronunciando las palabras «excelencia» y «capitán grando», y luego se eclipsó.

Apenas estuvieron fuera, Antonio Canal se encontró caminando por largos pasillos poco iluminados, atravesando magníficos salones y pequeños despachos. Cuando llegó a lo alto de la Escalera de los Gigantes, el capitán de la policía lo dejó seguir solo.

Antonio descendió entre las dos magníficas estatuas esculpidas por Sansovino. Había dejado de nevar y el aire, aunque frío, sugería que la noche sería menos dura que la anterior.

Canaletto se disponía a salir por la Puerta de la Paja cuando alguien lo llamó por su nombre.

—¿Señor Canal? —oyó una voz detrás de él.

Ni siquiera tuvo tiempo de darse la vuelta cuando un hombre con un impecable frac se le acercó por detrás.

—El dux quiere verle inmediatamente.

Antonio no daba crédito a lo que estaba escuchando.

—¿Estáis de broma? —preguntó al borde de la exasperación.

—En absoluto —fue la respuesta—. No querréis hacerle esperar, ¿verdad?

—Claro que no —respondió mordiéndose el labio.

Y así, sin añadir nada más, Antonio retrocedió por la escalera que acababa de bajar.

Evidentemente, los problemas de aquella noche no habían hecho más que empezar.

# 4

## En conversaciones

—Por fin estáis aquí —exclamó el dux con cierta impaciencia—. Creía que no os volvería a ver —añadió.

Antonio estaba más aturdido que nunca. Lo que menos habría esperado jamás era encontrarse conversando con el mismísimo dux. Se inclinó y, por un momento, sus ojos quedaron embelesados por la magnificencia del lugar: los techos de madera finamente tallados, las gigantescas chimeneas de mármol cubiertas de ornamentos, frisos y estucos.

Admiró los cofres de nogal y madreperla, la mesa lacada en oro con patas de sable y el encantador salón en el que lo esperaba el dux. Y no estaba solo, de hecho. Sentado en un pequeño sillón forrado de terciopelo azul, había una mujer vestida de negro. Aunque llevaba una máscara que le cubría los ojos, su rostro sugería rasgos delicadísimos. Una cascada de cabello pelirrojo cuidadosamente peinada realzaba su feminidad. Por lo que podía ver, a Antonio le pareció hermosísima y encantadora, pero el inquietante detalle de la máscara hacía de aquel misterio nocturno algo aún más profundo e insondable. Sin embargo, al menos el nuevo enigma se manifestaba en un contexto de elegancia y esplendor, y eso era como mínimo un avance respecto a la sordidez de la Cámara de Tortura. En cualquier caso, no había tiempo que perder.

—Su Serenidad —dijo, dirigiéndose al dux—. ¿En qué puedo serviros? —Y, sin añadir nada más, se inclinó.

—¡Ah, muy bien! Esas son las palabras que quería escuchar. Servirme, amigo mío, es la expresión correcta y, creedme, hacerlo significa beneficiar a la Serenísima. ¿Queréis una copa de malvasía?

Antonio pensó que un dedo de vino le sentaría bien, habiendo llegado a ese punto. Asintió con la cabeza.

—Muy bien. Servid una copa para mí y otra para Antonio Canal —ordenó el dux, e inmediatamente, aparecido de quién sabe dónde, un mayordomo llenó dos copas de cristal de Murano soplado, entregándolas al dux y a su interlocutor. Su Serenidad vació la suya en un par de sorbos e hizo que se la llenaran de nuevo. Luego, despidió al ayuda de cámara.

Desde el principio, Alvise Mocenigo mostró la vitalidad que lo había hecho legendario en el campo de batalla. Ya no era joven, y sin embargo se trataba de un hombre de físico enjuto y mirada franca y directa. Un soldado seguro, conquistador en su momento de la fortaleza turca de Imotski en Albania.

—Pues bien —reanudó el dux—. Dejadme explicaros la razón de esta convocatoria. En primer lugar, no malgastéis vuestro aliento en decirme que hace poco os hallabais en la Cámara de Tortura, requerido por el inquisidor rojo, porque eso, amigo mío, ya lo sé. El caso es que uno de vuestros lienzos ha despertado últimamente más de un recelo. Os preguntaréis por qué, claro, y ya puedo anticipar que el motivo no es el de la pobre chica encontrada muerta hace dos noches en esas mismas aguas.

Antonio no pudo contener un gesto de sorpresa. El mismo cuadro y dos razones distintas para acusarlo. Era como para volverse loco.

—No os lo esperabais, ¿verdad? —Casi parecía querer apremiarlo el dux—. Y, sin embargo, así es. Por muy trágica que fuera la desventura de aquella pobre muchacha, la razón por la que yo también me aventuro a hablaros de ese lienzo es completamente diferente. Mientras resulte posible, cuidemos de los vivos, ese es mi lema. Y así, os pregunto: ¿recordáis haber pintado en el lateral del hospital a tres hombres intentando confabular entre sí? Parecen tres caballeros, a juzgar por la forma en que habéis representado su indumentaria.

—Lo son. Llevan fracs y tricornios —contestó Antonio.

—Muy bien. Y es precisamente aquí donde quería llegar: ¿son esos hombres fruto de vuestra imaginación o, como me temo y creo, son personas de carne y hueso? He oído rumores sobre el uso que vos hacéis de la cámara óptica y por lo tanto me pregunto si esos tres estaban realmente allí, junto al canal de los Mendicantes, cuando los retratasteis.

En ese momento el dux se calló. Y Antonio Canal se encontró por segunda vez aquella noche teniendo que justificar sus actos. Pero si no había eludido las preguntas del inquisidor rojo y del capitán grando, menos aún podría hacerlo con las del dux.

—Su Serenidad, sin entrar en una explicación técnica de cómo hago mi trabajo, puedo deciros lo siguiente: he estudiado ese escorzo en numerosas ocasiones. Desde diferentes posiciones he hecho bocetos y dibujos preliminares con la ayuda de la cámara óptica y al menos en tres ocasiones he visto a los caballeros de los que estamos hablando.

—¿En tres ocasiones, decís?

—Siempre el mismo día de la semana. Siempre a la misma hora. Como vos habéis dicho, mi estilo se basa inequívocamente en la verdad, y habiendo visto a esos caballeros en el Hospital de los Mendicantes y en el canal cercano, decidí plasmarlos en el lienzo, para mantener una vez más la veracidad que intento conseguir.

—Y habéis hecho bien, señor Canal, si no fuera porque... —y con esas palabras, por primera vez el dux pareció dudar— el hombre al que vemos por detrás, el que lleva el frac de color ocre para ser exactos, se parece mucho, cómo decirlo...

—A mi marido. —Fue la mujer vestida de negro quien habló. Su voz, más grave de lo que Antonio hubiera esperado, sonaba distorsionada por el hecho de que la bella dama apretaba entre los dientes el botón de la máscara que le cubría el rostro. Sus palabras, sin embargo, chirriaron como la hoja de un cuchillo contra una cadena de hierro. Por un momento, la escena pareció congelarse y un negro silencio llenó el hermoso salón del dux.

—Así que... —murmuró Antonio.

—Así que el marido de esta dama que, baste decir, pertenece al más alto patriciado veneciano, frecuenta los barrios bajos de la ciudad. Porque, como sabemos, esa zona está repleta de burdeles y tugurios de la peor clase. No hace falta decir que la dama aquí presente desea permanecer en el anonimato, así lo deja claramente entrever su máscara, pero, de la misma manera, desea averiguar qué estaba haciendo su marido en esa zona. Suponiendo que sea él. Podría aventurar que, en verdad, lo ha visto a través de la lente de su cámara óptica.

—Y no solo eso...

—¡Ah!

—También utilizo telescopios y lentes de diferentes tipos para obtener una imagen lo más clara posible del escenario de la acción, de la vista que, en definitiva, hay que pintar.

—Por supuesto.

—Lo que puedo deciros es que el hombre tenía el pelo largo castaño y llevaba un frac de color ocre y un tricornio. Lo que me llamó la atención, sin embargo, fue que caminaba de una forma peculiar. Cuando lo vi llegar, me resultó evidente que sufría una ligera cojera. Cojeaba de una manera apenas perceptible y, claro, a un ojo menos observador tal vez este detalle le habría pasado desapercibido, pero para alguien más experimentado, alguien con una mirada indiscreta, permitidme ese término, puesto que es un instrumento para el arte, bueno, no dejaba de ser obvio.

La bella mujer de negro apenas contuvo un grito. Se inclinó hacia delante como si hubiera recibido un golpe de acero en el pecho, y, al verla así postrada, Antonio sintió una sensación de piedad.

—¡Querida! —exclamó el dux, rescatándola y tendiéndole el brazo.

Pero ella, con infinita dignidad y firme gracia, se recobró.

Se llevó una mano a la máscara, allí donde se ocultaban los labios. Antonio hubiera querido decirle algo para infundirle valor. En cambio, sin ningún tacto, sin pensar en el dolor que su descripción podría causar, se había dejado llevar por un frío análisis de rasgos y detalles. ¡Qué torpe e inoportuno había sido!

—Efectivamente es él —confirmó la dama con una insinuación en la voz—. Mi marido camina así desde que fue herido en la guerra de Morea.

Esa vez, además de la alteración debida a la máscara, Antonio también percibió una nota exótica en su voz. No podía ser del todo preciso, pero le pareció que había un vago, casi imperceptible, acento extranjero.

—Así que no hay duda, querida —dijo el dux con tono mortuorio en su voz—. He esperado hasta el final que estuviéramos equivocados.

—Pero… —adujo Antonio.

—Sé lo que vais a decir, señor Canal —se anticipó Alvise Mocenigo—. Que la mera presencia de un caballero en un lugar no implica nada, pero creedme: si alguien tuviera siquiera la sospecha de que aquel de quien estamos hablando frecuenta esa parte de la ciudad, bueno, la familia quedaría destrozada.

—Comprendo.

—Por lo cual, en vista de la situación, me veo obligado a pediros un favor. Y no os lo pido para mí, sino para la dama que tenéis ante vos y para Venecia.

Alvise Mocenigo suspiró. Estaba claro que no tenía elección y que debió de pensar mucho lo que iba a hacer. Antonio tenía la sensación de que los problemas llegarían en ese preciso instante. Había esperado librarse con un simple recordatorio de comportarse lo más servilmente posible con el poder —porque de eso se trataba— y ahora, muy probablemente, habría llegado algo mucho peor.

—Bien, señor Antonio Canal, excelente pintor del que toda la ciudad dice maravillas, lo que os pido es que investiguéis para mí y para la República.

—¿Investigar?

—Exactamente. En particular, me gustaría que averiguarais por qué el hombre del cuadro se encuentra en las inmediaciones del Hospital de los Mendicantes.

Antonio se quedó atónito. ¿Cómo podía el dux pedirle tal cosa? Por supuesto, todo le estaba concedido. Pero era un hecho que no tenía capacidad alguna. Por no hablar de que se trataba de seguir a un hombre del que no sabía nada y que desde su punto de vista era perfectamente inocente. E incluso si no lo era, ¿quién era él para decir lo contrario? ¿Qué autoridad tenía? Esas preguntas se le agolparon a la vez y Antonio tuvo que recurrir a toda su lucidez para preparar una respuesta conveniente.

—Su Serenidad, aunque quisiera, me temo que no os sería particularmente útil...

—¿Os negáis?

Antonio percibió una velada amenaza en el tono del dux. Era natural: ¿cómo demonios podía siquiera pasársele por la cabeza no cumplir su petición? ¿Se había vuelto loco?

—Quise decir que no soy particularmente hábil en tal actividad porque, como veis, no es mi oficio.

—Tanto mejor.

—¿De verdad?

—Por supuesto. Justo porque sois pintor, nadie sospechará de vos y eso os dará más libertad para actuar. Sin olvidar que, si no me equivoco, vos residís no muy lejos de allí. ¿Estoy acaso mal informado?

—No, en absoluto.

—¡Ah! ¡Solo faltaría eso! Bueno, aunque no seáis del oficio, os pido que averigüéis qué asunto lleva al hombre del cuadro al canal de los Mendicantes. ¿Ve a alguien? ¿Frecuenta algún lugar en particular? ¿Mantiene relaciones con espías extranjeros? Por supuesto, todo esto son especulaciones, algunas incluso extrañas, pero prefiero equivocarme a descubrir demasiado tarde que había subestimado tales acontecimientos. Mirad, señor Canal, la información ante todo, porque la información es poder. Y además porque, como ha quedado claro a estas alturas, la señora aquí presente pretende saber quién es realmente su marido.

Antonio inspiró. Aquella petición le ponía realmente en una posición difícil. ¿Cómo iba a hacerlo? Y, sobre todo, tener que acechar o espiar a alguien, porque de eso se trataba, era lo último que hubiera deseado hacer.

—Por supuesto, esta instancia mía es totalmente extraoficial. No constará en parte alguna y no obtendréis de mí el menor indicio escrito de cuanto os he solicitado.

—Comprendo.

—Esto garantizará un secretismo aún mayor —añadió el dux.

—Para mí está claro —dijo lacónicamente Antonio—. Y, sin embargo, debo pediros una garantía —añadió con cierta presencia de ánimo.

—No sé a qué garantía os referís, pero decídmela y la obtendréis —observó el dux.

—Como os he dicho, voy a estar estrechamente vigilado por los hombres del inquisidor del Estado y los del capitán grando. Querrán verificar mi conducta a la luz de lo que me han dicho hace un rato. Es bastante evidente que si me descubren siguiendo o tratando de conseguir de forma clandestina noticias o información sobre el hombre del cuadro, acabaría siendo interrogado o algo peor. Así que quiero libertad de acción. No me sirve un salvoconducto. Todo lo que necesito es vuestra palabra.

—Consideradlo ya hecho. Seréis intocable.

—De acuerdo.

—Y me aseguraréis informes puntuales y constantes. Dentro de siete días a partir de hoy vendréis a verme a esta hora para informarme de vuestros progresos. Y así cada semana.

—No fallaré. —Y mientras respondía así, Antonio no dejaba de preguntarse cómo lo haría. Sin embargo, ¿qué otra cosa podía decir? ¿Había realmente alguien en Venecia capaz de plantear una negativa al dux? Él no lo creía, pero incluso si tal individuo hubiera existido, ciertamente no era él.

—Muy bien, una cosa menos —concluyó el dux. Luego, volviendo su mirada a la dama de negro, añadió—: Paciencia, querida, pronto podrás disipar tus dudas o, por lo menos, descubriremos la razón de las ausencias semanales de tu marido.

La mujer calló. Antonio no podía comprender lo que había sucedido. Le parecía estar viviendo una pesadilla de la que esperaba salir cuanto antes. Pero en cambio sabía que, en cuanto hubiera abandonado las dependencias del dux, iba a experimentar de lleno la insensatez de aquel absurdo proyecto.

—Pues bien, señor Canal, os agradezco vuestra atención y, como acordamos, os espero dentro de siete días con los primeros resultados. —Y mientras lo decía ya había llegado al salón un ayuda de cámara listo para dejar a Antonio en la puerta.

—Su Serenidad... —dijo el recién llegado inclinándose. Y luego, dirigiéndose a la dama de negro, dijo—: Señora, os ofrezco mi homenaje.

Y en ese momento, por segunda vez aquella noche, a Antonio Canal lo condujeron a la Escalera de los Gigantes.

# 5

## Ojos

No sabía si era el hombre adecuado para el trabajo que había que hacer, pero desde luego nadie habría sospechado de él. Un pintor. Habían contratado a un pintor. Era una elección brillante y descabellada al mismo tiempo. La lluvia caía copiosamente y él se quedó esperando, escondido en un hueco de una plazuela, con su sombrero de ala ancha hundido hasta los ojos, intentando no parecer demasiado fuera de lugar, no resultar evidente. Más aún para alguien como él, que no era veneciano ni por asomo y vestía como un extranjero.

Por lo menos, el espacio estaba mal iluminado y su capa negra, al igual que los calzones y las botas que llevaba, le daban la ventaja de mimetizarse con la noche.

Y, bien mirado, si alguien intentaba molestarlo, sabía perfectamente cómo deshacerse de él. No le gustaba aquella ciudad. Fría como un pecado, la laguna todavía parcialmente helada, con témpanos de hielo que flotaban en el agua negra, la niebla levantándose en espirales blancas; le molestaba como nunca jamás habría llegado a imaginar. Recordaba los paseos a caballo, a pelo, cruzando las verdes ondulaciones de las praderas interminables mientras el sol incendiaba la hierba. Se pasó la lengua por el espeso bigote, casi percibía el sabor cálido de las sopas y el toque picante del pimentón. Mientras la lluvia seguía cayendo resoplaba, mirando las ventanas en las que las luces de la casa se reflejaban en esferas luminosas. El pintor continuaba despierto. Pero para entonces ya no saldría, no a esa hora, en mitad de la noche. Así que bien podría marcharse y volver por la mañana. Estaba a punto hacerlo cuando alguien se dirigió a él con rudeza.

—Vos, señor, ¿qué demonios hacéis aquí, a estas horas de la noche, mirando por las ventanas de casas ajenas?

—¿Qué pasa? —respondió rápidamente el hombre de túnica negra—. ¿Está prohibido?

—No lo está si no tenéis malas intenciones. Pero a juzgar por la espada que lleváis al cinto, tengo la sensación de que estuvierais buscando problemas, sobre todo, porque, vos lo debéis saber, en todo el suelo de la Serenísima República los duelos están prohibidos.

El hombre negó con la cabeza. Era un maldito pardillo. Lo habían pillado in fraganti como a un auténtico principiante. El hombre que le hablaba iba vestido igual pero, a diferencia de él, llevaba el pelo corto, bien peinado bajo el tricornio y una máscara blanca en la cara. ¿Qué clase de hombre necesitaba ocultar los rasgos de su propio rostro? Sin embargo, aquel tipo no parecía en absoluto preocupado por su aspecto y, en efecto, sin perder más tiempo declaró:

—Soy el *signore di notte al criminal* del distrito de Castello, y, puesto que lleváis una espada, ahora os entregaréis a mis hombres y pasaréis la noche en una celda por violación de la ley de la Serenísima. Mañana por la mañana veremos qué hacer.

Mientras así hablaba, el hombre de negro contó a sus oponentes. El magistrado que tenía delante era sin duda un hombre de armas. Además, tenía al menos cuatro guardias con él. Pero no supondrían mayor problema. Portaban capas manchadas de barro y sombreros de ala ancha empapados de agua. Parecían hombres que soñaran nada más que con irse a dormir. No iba a seguir las reglas. Nunca lo hacía. Por lo tanto, emergiendo del hueco en el que se había escondido, sacó una pistola de cañón corto y disparó al primer villano que se le puso delante. La bala de plomo impactó en el húmero del desgraciado, haciendo estallar su hombro en una nube de sangre y astillas de hueso. El hombre soltó un grito inhumano, como de animal degollado: se desplomó en el suelo. No estaba muerto, pero ciertamente nunca volvería a desenvainar su espada.

Mientras el *signore di notte al criminal* desenfundaba la suya, listo para usarla contra aquel loco degenerado vestido de negro, este esquivó una estocada que venía de quién sabe dónde y, sacando una daga de su cinto, cortó de abajo arriba, en un ascendente oblicuo perfecto, acuchillando el muslo derecho del segundo hombre, que cayó al suelo como si sus piernas de repente se hubieran convertido en mantequilla. Y ya van dos, pensó el hombre de negro. Pero no tenía intención de quedarse allí y arriesgarse.

Mientras tanto, alguien estaba abriendo las ventanas, probablemente alarmado por los disparos y los gritos. Al pasar junto al segundo hombre en el suelo, mientras corría alocadamente hacia un puente de madera que podía ver a la izquierda, oyó una explosión a sus espaldas. Un instante después, un molinete de astillas se desprendió de una pared donde se había alojado la bola de plomo destinada a él.

—¡Detenedlo! —gritó el *signore di notte al criminal*.

El hombre de negro ya no miró atrás. Percibió un repiqueteo detrás de él, pero a medida que se alejaba de la escena de la reyerta escuchó cómo sus perseguidores se alejaban cada vez más.

# 6

## Isaac Liebermann

La epidemia de viruela era rampante, Isaac era consciente de ello. Él y algunos otros médicos tenían bastante tarea por delante tratando de explicar que la única posibilidad de derrotar a la enfermedad residía en el método de la viralización, sugerido por el griego Emmanuel Timoni y cuya eficacia había sido confirmada por Giacomo Pilarino, un cónsul veneciano enviado a Esmirna; pero las altas esferas de la Serenísima seguían esperando. ¿Esperaban qué? Isaac no lo sabía, pero estaba seguro de que, actuando así, las cosas empeorarían aún más. Y rápidamente, además. ¡Y pensar que Emmanuel Timoni era un graduado de Padua! También había estudiado en Oxford. Así que, en medio del silencio culpable de la Serenísima, se había dirigido a los doctores de la Royal Society, rogándoles que aplicaran el método que él había estudiado a fondo y tomado prestado de las poblaciones de Asia Menor. La viruela implicaba la inoculación de pus extraído de pústulas maduras en un paciente sano. Al hacerlo, este último desarrollaba la enfermedad en una forma leve, sobreviviendo y volviéndose inmune a nuevos contagios.

Pero la objeción de muchos sectores era que, por unos pocos individuos supervivientes de la viruela, había muchos nuevos infectados que entraban en contacto con los inoculados durante el tiempo en que desarrollaron la enfermedad.

Isaac, por otro lado, creía que esta era la única manera de salir con vida. Pero no se le permitió adoptar ese método. Ya estaba prohibido a los médicos venecianos y mucho más a un judío. Por supuesto, se había doctorado en Padua, incluso había sido eximido de tener que llevar la capucha amarilla cuando andaba fuera del gueto, pero, en esencia, seguía siendo tratado, si no como un charlatán, al menos con poca consideración. El odio hacia los judíos no había disminuido, solo había cambiado de forma. ¿Cómo interpretar de otro modo el robo de cadáveres judíos por estudiantes de la Universidad de Padua para realizar disecciones? La comunidad incluso había pagado un impuesto para impedir esa barbarie. Pero el vergonzoso desvarío había continuado. Y los prejuicios contra él y contra todos los médicos judíos persistían.

Así que pasaba sus días en las casas de mujeres y hombres asolados por las llagas, reducidos a larvas, devorados por la enfermedad en cuestión de días, quedándose ciegos. Igual de ciegos que el patriciado de aquella ciudad agonizando sobre su propia leyenda.

Y ahora se había añadido esa truculenta historia: la doncella de alabastro. La noticia había recorrido todos los barrios. Pálida como un lirio, se decía, pero con el pecho desgarrado y el corazón arrancado y arrojado a saber dónde, la había recuperado un calderero en el canal de los Mendicantes. Era para volverse loco. Y el gueto enloquecía. Era una gigantesca caldera hirviendo y, tarde o temprano, estallaría, derramando todos los males del mundo alrededor.

Varias veces había expuesto sus convicciones ante los oficiantes de Sanidad, pero, a pesar de los ejemplos citados —como el caso de los siete condenados a muerte, curados de viruela por Richard Mad, médico del rey de Inglaterra, que sobrevivieron y resultaron indultados por el monarca—, la respuesta fue siempre negativa.

—Es un castigo, te lo digo —soltó su hermano Zygmund.

Estaba ante una mesa, acariciando distraído la madera de peral lacada. Era perfectamente lisa y, cuando estaba nervioso, a Zygmund le gustaba pasar la palma de la mano por encima. Ese movimiento le calmaba, decía. Pero a Isaac no se lo parecía en absoluto.

—¡Basta! —replicó—. ¿No te das cuenta de que eso es lo último que necesitamos? La gente está agotada. Si insistes en esa historia, ¡la rabia crecerá de nuevo y nos devorará!

Zygmund estaba imposible. Los años no lo habían mejorado. En lugar de volverse más sabio, se había llenado de resentimiento. Codicioso, tacaño, solitario... Se había convencido a sí mismo de que los males del mundo lo buscaban... con el único propósito de torturarlo y acosarlo. Pero no era así.

—Ahora nos llaman bebedores de sangre. ¿Acaso no lo sabes? —insistió Zygmund, expresando todo su resentimiento. Él parecía haberle leído el pensamiento—. ¿Cuánto tiempo crees que tardarán los ciudadanos de la Serenísima en empezar a lincharnos?

—No digas tonterías.

—¿Qué es lo que te hace confiar en los venecianos? Explícamelo —volvió a preguntar Zygmund.

Tenía los ojos hundidos, oscuros como carbones encendidos. La nariz grande y ganchuda, parecida al pico de un águila, lucía enrojecida por el frío que había debido de coger fuera. Una barba blanca enmarcaba su rostro delgado, de pómulos salientes. Con un rápido gesto de su mano, nudosa y huesuda, hizo girar entre sus dedos un anillo de rubí dorado del tamaño de una avellana. La piedra brillaba a la luz de los muchos brazos de una gran araña de cristal de Murano.

A diferencia de él, Zygmund era comerciante de piedras, un joyero, aunque, formalmente, siempre había sido un mercader de pequeño comercio que, sin embargo, había confiado en un complaciente joyero veneciano para su tienda de Rialto.

Esa era, después de todo, la forma que tenían los judíos de sobrevivir en una ciudad como aquella: acatar las normas... eludiéndolas. Cuando te pasas la vida encerrado en un recinto, desarrollas mil maneras de escapar de las limitaciones de la libertad y su hermano había aprendido tan bien ese arte que lo había convertido en el modelo de su vida. Y efectivamente, con el paso de los años, los desafíos del arte de orfebres y joyeros habían sido numerosos, pero, en parte por connivencia y sobornos, y otro tanto por medio de formidables técnicas dilatorias, Zygmund se las había arreglado para seguir con su negocio; siempre en el filo de la navaja, por supuesto. Esto, sin embargo, no le había impedido acumular una riqueza considerable. Y cuanto más se enriquecía, más se introducía en los tejidos de la burocracia, cortándolos como un bisturí con comisiones y prebendas.

La suya no era una vida fácil y, aunque Venecia parecía consciente de hasta qué punto su economía estaba en deuda con las actividades de la comunidad judía, la ciudad siempre había tenido mucho cuidado, no obstante, a través de sus funcionarios y magistrados, de no dejarla en paz. Porque eso era lo que exigían los habitantes del gueto: que se los dejara en paz. Sin favoritismos, sin ventajas. Únicamente poder trabajar. ¿Era un crimen esperar un futuro así? Pero el éxito generaba envidia y frustración, y aunque en lo formal los judíos gozaban de ciertas protecciones, se los consideraba todavía ciudadanos de segunda clase cuando no abiertamente esclavos y siervos.

Así que Isaac comprendía la ira de su hermano, pero no podía alimentarla. Hacerlo sería abrir una brecha entre la comunidad y el poder dogal, y eso nunca lo permitiría. Aunque eran pocos, los judíos habían logrado alcanzar ciertos derechos. Él no habría consentido actitudes agitadoras o, peor aún, subversivas.

—No te atrevas a continuar en este tono —dijo finalmente—. Tú sabes bien cómo pienso. Aunque tengas razón, el único resultado que conseguirás será exacerbar los ánimos.

—Ya lo están, ¿o qué te crees? —dijo Zygmund, fulminándolo con la mirada—. Pero... ¿no lo entiendes? —continuó—. Si no hacemos algo, tarde o temprano vendrán y nos harán pedazos.

—¿Y qué? Aunque fuera verdad, que no lo es, ¿crees que sembrando terror conseguirás algo bueno?

—No soy yo quien lo hace. Tendrías que haber visto cómo me miraban hoy en la tienda.

—Quizá porque cobrabais precios demasiado altos. No sería la primera vez.

—¡Eso no tiene nada que ver! También a Shimon lo provocaron! —exclamó Zygmund.

—¿Luzzatto?

Su hermano asintió.

—Ese chico es demasiado conflictivo, acabará metiéndose en problemas —dijo Isaac.

—Siempre tienes una respuesta para todo, ¿no? Y dime, ¿qué habría dicho Shimon que fuera tan polémico?

—Afirma que los venecianos nos explotan. Está tramando difundir un boletín de noticias, dentro del gueto, destinado a exponer los engaños perpetrados contra nosotros. Incluso aunque admitamos que sea cierto, y no lo estoy afirmando, el hecho es que equivaldría a abrir una guerra.

—Y tiene toda la razón. Si yo fuera joven, haría como él.

—La solución no es difundir el odio.

—¿Y en cambio bajar la cabeza sí lo es? Llegados a este punto, ¿por qué no inmolarnos directamente en nombre de Venecia? ¡Y lo que nos faltaba era este horrendo crimen! —gritó Zygmund.

—¡Deja de gritar! ¿Te has vuelto loco?

—¿Y si lo estuviera? Te librarías de mi presencia.

Isaac sacudió la cabeza. Pero ¿por qué no entendía?

—No quieres entender. Podría hablarte toda la noche y persistirías en sostener tus razones. Y, ojo, no digo que no las haya, sino que ahora mismo no sirven de nada.

Sin embargo, Zygmund no tenía intención de soltar prenda.

—Puedes decir lo que te plazca, pero escucha mis palabras y hazlo con atención: quieras o no quieras, la laguna se inundará de sangre.

Y tras emitir esa oscura amenaza, cogió su capa y se marchó.

# 7

## La opinión de un héroe

Durante todo el día siguiente a su citación en el Palacio Ducal Antonio había estado devanándose los sesos sobre qué hacer y, sobre todo, cómo afrontar el dilema.

Sobre una cuestión no tenía dudas: en la medida de lo posible, tendría que encontrar la forma de mantener las distancias si eventualmente lo seguían. Por lo tanto, poco a poco, una idea se había abierto paso en su mente.

Sabía que un buen amigo suyo, el mariscal de campo y conde Johann Matthias von der Schulenburg, podría echarle una mano. Tenía un pasado como soldado e incluso más: como auténtico héroe de guerra, como resultado de sus hazañas en Corfú y, aunque avanzado en años, ciertamente podría darle a conocer ciertas técnicas que con toda probabilidad le serían de utilidad. Tanto más teniendo en cuenta que, sin él, Antonio no tenía la más remota idea de cómo proceder.

Por supuesto, se sentía como un completo idiota yendo a verlo, mencionando la tarea que tenía que realizar; y no se podía excluir que este formidable hombre de armas, aunque lúcido y de corazón de oro, se tomara su papel tan en serio como para desencadenar una contraofensiva de espionaje a gran escala: estaba obsesionado con las teorías conspirativas que, según él, tenían como objetivo el derrocamiento del Gobierno de la República Serenísima. Por lo tanto, la mera idea de poner en su conocimiento la situación en la que se encontraba lo hacía vacilar y, sin embargo, al mismo tiempo, no se le ocurría una solución mejor.

Y así, Antonio había salido aquella mañana helada y había llegado a Ca' Loredan en San Trovaso, suntuosa residencia del mariscal de campo, con vistas al Gran Canal. Presentado ante un sirviente que parecía más bien un ayudante de campo, a decir verdad, por el estilo marcial de su vestimenta, Antonio fue conducido a la biblioteca, un lugar muy querido por el héroe de Corfú.

Cuando lo vio —sentado en una especie de trono de madera, con la gran peluca blanca y el frac impecablemente remachado de oro, medias de seda, zapatos lustrosos— casi se puso firme, pero, para su sorpresa, el héroe de Corfú descendió de un brusco salto de su trono y se acercó a él estrechándole la mano como si quisiera despedazársela. Antonio tuvo la sensación de tener los dedos encerrados en un torno, en la medida en que el mariscal de campo conservaba un físico vigoroso y un espíritu firme.

—Señor Canal, ¡qué inmensa alegría veros! ¡No sabéis cuánto os he echado de menos! ¡Qué honor me hacéis al venir aquí! Llegáis justo a tiempo.

Antonio por poco no se vio obligado a protegerse de la lluvia de cumplidos y contestó con la mayor sobriedad posible.

—Me siento feliz de veros tan bien, mariscal.

—¡Venga! No mencionéis el rango, os lo ruego. Estoy intentando por todos los medios dejar atrás la guerra, aunque la guerra no me quiera dejar atrás a mí.

—Comprendo.

—Bueno, hijo, no creo que podáis entenderlo realmente. Han pasado casi diez años desde los sangrientos días de Corfú, y sin embargo sigo viendo a esos treinta mil demonios desbocados lanzándose contra las murallas de la ciudad. Habían derrotado a la flota de Andrea Pisani, hundiéndola, y martillando las murallas con sus malditos cañones. ¡No hay noche en que no escuche su eco! Y nosotros, que éramos veinte veces menos que ellos, corríamos de un lado a otro, de bastión en bastión, para evitar que se dieran cuenta de cuántos éramos realmente los que defendíamos la ciudad.

—Debió de ser una experiencia terrible.

—¡Bien podéis decirlo, hijo! En cualquier caso, Venecia, con sus extraordinarios talentos, me ayuda a olvidar lo que vi. Y vos sois uno de los más brillantes. No se habla más que de vuestros cuadros. Todo el mundo los quiere. Debéis de estar sobrepasado de pedidos.

—No puedo quejarme —respondió Antonio.

—Venga, sois demasiado modesto, muchacho.

—No, no lo soy en absoluto y, de hecho, vengo a pediros un favor que, por la forma en que os será presentado, dejará clara toda mi arrogancia.

El héroe de Corfú permaneció inmóvil. Y eso no debía de ser frecuente, sobre todo teniendo en cuenta lo que había experimentado.

—Vuestras palabras me suenan oscuras. Vamos, escupidlas.

Invitado con toda la brusquedad del caso, propia de los soldados, a soltar la lengua, Antonio no se hizo de rogar. No pretendía desahogarse ciertamente, sino al menos tratar de poner de su lado a su amigo en aquella insidiosa tarea.

—Veréis —comenzó—. Hay situaciones en las que un hombre no puede negarse a realizar algo que se le exige. Aunque se sienta totalmente inapropiado para ello.

—Estoy de acuerdo. Depende de la identidad del solicitante.

—Precisamente ese es el punto. En mi caso, en Venecia, nadie está por encima de él.

Los ojos del conde Von der Schulenburg brillaron.

—¿Tan alto ha llegado entonces vuestro nombre?

—Sí. Pero no por la razón que vos imagináis.

—Soy todo oídos.

—Bien. Os lo explico rápidamente. Tengo que investigar algo. Y no tengo la menor idea de cómo abordar tamaña empresa.

—¿Investigar algo? —preguntó el héroe de Corfú levantando una gruesa ceja—. ¿De qué tipo? Sed más preciso.

—Debo averiguar qué impulsa a un hombre a ir a un lugar determinado.

—¿Vigilar? ¿Acechar? ¿Largas esperas?

—Exactamente —confirmó Antonio.

—Bueno, no hay otra forma de seguirle la pista a alguien.

—¿Eso es todo?

—Eso es todo.

—Suena sencillo.

—Lo es, si no os sorprenden.

Antonio Canal contuvo a duras penas una mueca.

—Ese es el tema precisamente.

—Lo comprendo. Y comprendo vuestros temores. Vos no sois un experto en investigación, pero esto es lo que tenéis a vuestro favor y, creedme, es la mejor ventaja que podría exhibir un espía...

—¿Y cuál sería? —Tras esa última afirmación, Antonio se impacientó.

—Vuestro contratante fue particularmente astuto, debo reconocerlo. Seamos claros: nadie sospecharía de vos, porque nadie tiene nada que temer de un pintor. Y desde luego ni remotamente espera que sea un espía. Esto ya le ahorra un buen quebradero de cabeza, lo que es el disfraz, un arte en el que un asesino a sueldo, agente o informador, lo que sea, debe ser excelente. Vos, en cambio, podéis actuar con naturalidad, porque Antonio Canal está por encima de toda sospecha.

—Eso es verdad.

—No os quepa duda. En cuanto a la vigilancia, simplemente seguid a la persona que tenéis delante, manteniendo una distancia segura: ni demasiado cerca como para alarmarla, ni demasiado lejos como para perderla. Anotad siempre al final de cada seguimiento o cuando hayáis dejado de vigilar a vuestro hombre; puede que lo necesitéis: horas, días, lugares, personas encontradas, hábitos. Elaborad algunos croquis de los lugares, tenéis la suerte de ser un verdadero maestro de la representación visual y eso es una enorme ventaja. Todo puede seros útil y si lo habéis anotado en un cuaderno, o esbozado en una hoja de papel, será más fácil y rápido utilizarlo en caso de necesidad. Apoyaos en alguien de confianza para adquirir más información o para desplegarla sobre el terreno.

—¿Qué queréis decir?

—Que no podréis hacerlo todo, hijo. Tendréis que delegar. De lo contrario, los que no sospechaban lo harán. Si os acercáis demasiado a los secretos de ese hombre, se os notará. Si, por el contrario, podéis confiar al menos en otra persona, alguien que esté bien relacionado en los círculos frecuentados por aquellos a los que seguís, entonces podréis obtener información útil sin arriesgaros a arruinar vuestra misión. ¿Me explico?

—Perfectamente.

Y, además, era cierto. En pocas líneas, Canaletto estaba aprendiendo mucho más sobre el arte del espionaje que si hubiera ido al cardenal Mazarino en persona.

—Mantened la distancia, pero, al mismo tiempo, no perdáis a vuestro hombre. Recordadlo.

—Yo no podría haberlo dicho mejor.

—¿Olvidáis que llevo toda la vida tratando con espías?

—Lo olvidé... Disculpadme.

—Hicisteis bien en venir a mí, tenéis mi palabra. Sin mencionar el hecho de que, lo creáis o no, dispongo de alguien que podría ser sumamente útil para vuestra causa.

—¿Un espía?

—Mucho mejor. Un fabricante de lentes, que no solo podría proporcionaros aparatos útiles, sino incluso concederos algunas herramientas extra para vuestro trabajo de pintor.

Antonio se sorprendió. Y lo hizo aún más cuando oyó una voz que resonaba en el pasillo. Era la más hermosa jamás oída.

Después de todo, ir a ver al mariscal de campo había sido una muy buena idea.

# 8

## La sorpresa

La joven que entró dejó a Antonio sin habla. Últimamente le ocurría a menudo. Incluso demasiado, para su gusto. Pero si había alguien a quien no se podía describir con palabras estaba justo delante de él, en la biblioteca. Al entrar, la chica parecía unir la luna y la sombra, porque los brillantes ojos verde claro y la piel marfileña parecían relucir como polvo de estrellas, pero, al mismo tiempo, los largos cabellos negros caían en una nube oscura, sueltos hasta la cintura. Había en esa forma de llevarlos, en la ausencia total de peinado, un toque de rebelión contra cualquier convención o regla social. No es que en Venecia fuera tan inusual: el carnaval casi sin fin y los frecuentes ejemplos de mujeres que se habían labrado un papel independiente en la cada vez más variada sociedad de la Serenísima permitían definir ese comportamiento como original pero ciertamente no como inconcebible.

Sin embargo, el resto de la indumentaria de la doncella era mucho más respetuosa con los cánones: un magnífico vestido de terciopelo azul con un amplio escote, mitigado al menos en parte por el velo que, desde lo alto de la coronilla, se deslizaba suavemente sobre la línea del cuello, descendía en tules del mismo color hasta cubrir su pecho, que podía percibirse como turgente, hasta ir a reposar en la cintura. Magníficos encajes de

Burano brotaban como corolas de flores de sus manos, la falda inflada en las caderas, sostenida por *paniers*, exaltaba la feminidad de su figura.

Una visión. Una promesa de pasión y tormento. Así, al menos, le pareció a Antonio, que pensó que, cuando Fidias había imaginado a la mujer, debió de esculpirla de ese modo.

—¡Charlotte! —exclamó el mariscal de campo—. Llegas justo a tiempo.

—¿Por qué, padre mío?— preguntó ella mientras su progenitor la abrazaba, besándola en las mejillas.

—Estaba hablando de ti con mi buen amigo Antonio Canal.

Al sentirse aludido, este se inclinó, arqueándose. Cuando se levantó vio que la hermosa doncella no era tan alta como para sobrepasar su estatura, que tampoco tenía en su prestancia física un asomo de vigor y que, por esa misma razón, le había valido que la mayoría lo llamase Canaletto. Aquel hecho lo reconfortó un poco.

—¡Oh, por todos los santos! —dijo Charlotte con la voz enmarcada en una sonrisa—. Qué descuido por mi parte, señor Canal, no haberos saludado siquiera.

Y, al decir esto, insinuó la más deliciosa reverencia. Antonio se esforzó por no sonrojarse al dirigirse a ella por primera vez, pues era evidente que la hermosura de la doncella lo ruborizaba y temía mostrar su proverbial torpeza. Inseguro, casi tembloroso, tuvo buen cuidado de no dar siquiera un paso por miedo a echarlo todo a perder, como casi seguro que lo habría hecho de no ser así y haberse mostrado petulante.

—Es un honor conocerla, mi señora.

Pero… ¿qué manera de hablar era esa? Se trataba de una presentación perfecta para un barón o un general, no ciertamente para una doncella como aquella. En el último momento, sin embargo, se contuvo de sacudir la cabeza como habría hecho en cualquier otra ocasión, demostrando toda su incertidumbre.

—Aún no estoy casada. Llamadme Charlotte —dijo ella—. Entonces ¿sois vos el pintor más famoso de toda Venecia? —añadió con una pizca de malicia que Antonio captó perfectamente.

Con un simple encogimiento de hombros, el pintor respondió:

—Solo intento ser alguien que celebra la maravilla y el esplendor.

—Esa sí que es una buena respuesta —dijo ella.

—El señor Antonio Canal es amigo mío desde hace tiempo y es un hombre de ingenio y talento. A pesar de su modestia, puedo confirmarte, querida, que no hay nadie más merecedor de crédito en Venecia a día de hoy.

—Mi pregunta, aunque provocativa, ocultaba en verdad toda la curiosidad que surge de las muchas voces que no hacen más que repetir precisamente eso —continuó Charlotte.

—Vosotros dos —reanudó el mariscal de campo— tenéis mucho más en común de lo que os imagináis.

—¿En serio? —preguntó la bella hija, anticipándose a la misma pregunta que afloró a los labios de Antonio.

—Totalmente —concluyó con seguridad el héroe de Corfú.

—¿No os estaba hablando de alguien que era adecuado para vos? —dijo Von der Schulenburg dirigiéndose a su joven invitado.

—Sí.

—Pues lo estáis viendo.

—Creo que no lo entiendo —dijo Antonio.

—Yo tampoco, padre —señaló Charlotte.

—Mi hija es la mejor fabricante de lentes de Murano, o sea, de Venecia y, por tanto, del mundo entero. Vos, señor Canal, necesitáis todo aquello que os pueda ayudar en el arte del avistamiento y de la observación. En consecuencia, creo que una visita al taller de mi hija sería de lo más oportuno.

Antonio quedó impresionado por aquella revelación. ¿Así que la bella Charlotte trabajaba con vidrio?

—Ah —dijo ella, llevándose una mano al pecho—. Ahora lo entiendo. Pero… ¡por supuesto! Y dejadme deciros que sería un privilegio teneros como invitado en mi pequeño horno.

—¿Trabajáis el vidrio? —preguntó Antonio, cada vez más asombrado y admirado.

—¿Os sorprende?

—Bueno, tal vez un poco, aunque en el pasado otras mujeres se han ejercitado en ese arte.

—Justamente —dijo Charlotte, y en su mirada el orgullo brilló como nunca—. Seguro que recordáis a Marietta Barovier, que inventó la *perla rosetta* con una elaboración que era, cuando menos, original y sorprendente.

—Por supuesto. Y vos os ocupáis de...

—He tenido cierto éxito con las lentes para gafas. Desde la impresión de libros se ha convertido en un negocio importante para Venecia la demanda de lentes graduadas, ha aumentado cada vez más, pero tampoco he dejado de fabricar productos que responden más a caprichos, como grandes espejos para señoras o, por otro lado, otros más serios, como lentes para pintores especializados en panorámicas.

—¿De verdad?

—Van Wittel fue mi cliente durante mucho tiempo.

—¿Gaspar van Wittel?

—¿Y quién si no? —preguntó Charlotte, enarcando una ceja.

El mariscal de campo interrumpió aquel minué de palabras con la más estruendosa de las carcajadas.

—Vamos, vamos, amigo mío, os dije que confiarais en mí. Pues bien, creo que mi hija puede ayudaros en vuestra tarea. Mucho mejor que yo, la verdad sea dicha. En primer lugar, porque ella tiene la competencia para ello. En segundo, porque yo solo soy un viejo soldado cansado... y ella tiene plata viva en las venas. ¿Una condesa que trabaja el vidrio?, os preguntaréis. ¿Hay algo más extraño? Bueno, a pesar de mis esfuerzos, nunca pude disuadirla. Así que mejor la dejo en paz, me dije. Pero ahora, por favor, me gustaría continuar esta conservación en la mesa.

Así, según lo decía, el mariscal de campo tomó a su hija de la mano y, después de haber hecho una señal a Antonio, fue el primero en salir de la biblioteca.

# 9

## Un espía

Los había esperado y habían llegado. Como en las semanas anteriores. Para llamar menos la atención, Antonio se había escondido en el vestíbulo de un edificio. Pero a pesar de la fina lluvia, podía verlos claramente con sus capas. En el centro del grupo, el Cojo, el hombre al que había retratado en el cuadro y que representaba la fuente de todos sus problemas, se disponía a confabular con los otros dos.

Esperó a que se pusieran en marcha. Luego los siguió, manteniendo la distancia. Avanzaban lento como si no tuvieran prisa. Un par de veces, el tullido se volvió, mostrando cierta ansiedad, pero sin dar realmente la sensación de que notara que lo seguían.

Tras bordear la iglesia de San Lázaro de los Mendicantes y el hospital que venía a continuación, dejando que los tres que iban delante le sacaran una gran ventaja, ya que a su derecha corría el canal y estaba completamente expuesto, Antonio los vio pasar de largo la Escuela Grande de San Marcos. Se apresuró en cuanto se inclinaron hacia la zona de san Juan y san Pablo. No quería ser descubierto, pero tampoco quería perderlos, o tendría que volver a empezar de nuevo la próxima vez.

Acelerando el paso, llegó también a la plaza, poniendo mucho cuidado en aminorar la marcha para no acercarse demasiado a ellos una vez que hubo salido. Cuando llegó frente a la gran mole de la basílica de San Juan y San Pablo, observó que el tullido y sus dos acompañantes continuaban por la plaza del mismo nombre y luego por la Salizada de San Zanipolo.

La lluvia seguía cayendo. Sentía su manto chorrear y su tricornio empapado. Pero tenía otras cosas en que pensar y no se desanimó.

Los tres que lo precedían, entretanto, no hicieron ademán de detenerse y prosiguieron por Barbaria de le Tole. La calle estaba desierta, bien porque la lluvia en ese momento caía a cántaros, o porque en el lugar había muchos locales dedicados al almacenamiento y transformación de la madera.

No era un escenario muy frecuentado y a menudo, precisamente por su aspecto un tanto lúgubre y siniestro, los venecianos lo evitaban. Lo habitaban obreros del más bajo nivel y pobres cristianos que habrían sajado de buena gana algunos cuellos para ganar unas monedas.

Pero allí, a la izquierda, se veía la Caballeriza de los Nobles, con su amplio terreno destinado a las apuestas. Sin embargo, ni siquiera en dicho lugar se detuvo el lisiado. Antonio empezaba a pensar que caminaría toda la noche. Si hubiera sido necesario, lo habría hecho, pero esperaba tener suerte.

Algo en su interior le decía que a esas alturas los tres estaban llegando a su destino. Tal vez fuera solo la desesperación lo que se lo sugería. De cualquier manera, continuando a través de Barbaria de le Tole, finalmente llegaron al campamento del mismo nombre. Desde allí, girando a la derecha, siguieron por la calle Zon.

Ya cansado, agotado por la lluvia y el miedo a ser descubierto, y al mismo tiempo exacerbado por la frustración de no llegar nunca a su destino, Antonio se lanzó tras él como como un perro de caza. Vio que el Cojo, un instante antes del puente, giraba a la izquierda en la calle Cavalli y allí, en la tercera puerta, llamó. Se detuvo justo en el haz de luz proyectado por dos antorchas de pared que iluminaban la entrada.

Antonio apenas tuvo tiempo de detenerse. Oyó que la puerta se abría y que un hombre pedía una contraseña. No pudo entender lo que respondió el tullido, porque, un instante antes de que los tres entraran pudo ver que era él quien había hablado. Pero unos segundos después las persianas volvieron a cerrarse y se quedó allí pasmado.

Al menos, pensaba, como se había cobijado en un soportal, no lo habían descubierto. Ahora, sin embargo, debía intentar no morir ahogado en la lluvia. No tenía ni idea de qué misterio podía albergar aquel lugar, pero el hecho de que el criado, o quienquiera que fuese el hombre que apareció en la puerta, hubiera exigido una contraseña para entrar ciertamente no dejaba lugar a dudas sobre la peculiaridad de aquel palacete.

Las hipótesis más absurdas se sucedían en su mente, pero ninguna parecían convincentes: ¿una tertulia? ¿Un burdel? ¿Dónde más podrían acudir tres hombres juntos? Desde luego no a la caballeriza, ya que no se lo habían planteado ni por un momento.

Cualquiera que fuese la solución, sin embargo, Antonio decidió ir a buscar una posada. Esperaba encontrar una cerca. Pero antes quería hacerse una idea lo más precisa posible del lugar; sacó un cuaderno y pigmento rojo ocre y empezó a dibujar rápidamente un boceto del edificio. Mientras trazaba líneas y perspectivas, dejó de llover.

Al edificio se accedía desde un pequeño patio; su presencia y tamaño se adivinaban por las ramas desnudas de los árboles que sobresalían por el muro circundante. El edificio se desplegaba entonces en dos plantas de buenas proporciones en un estilo sobrio, casi austero. Le llamó la atención la puerta de la entrada principal de madera maciza y adornada con dos cabezas de león de las que hizo un dibujo detallado. No es que hubiera pocas en Venecia, pero tenían algo especial: exhibían un aspecto increíblemente agresivo y salvaje.

Cuando terminó, se dispuso a moverse, pero se dio cuenta de que alguien más acababa de entrar en la calle y se retiró, escondiéndose en un hueco, aprovechando la oscuridad que le facilitaba el soportal.

Vio que el recién llegado también iba elegantemente vestido. Se paró bajo las dos antorchas encendidas y llamó a la puerta. Al cabo de un rato, mientras el hombre miraba a su alrededor y Antonio se retiraba todo lo posible para no ser descubierto, le abrieron la puerta. Esta vez vio claramente que en el umbral había aparecido un hombre de considerable estatura. Tenía todo el aire de ser un guardaespaldas. El misterio se agudizaba.

Una vez más este le pidió la contraseña y una vez más la respuesta se perdió en las sombras de la noche. Al hombre se le permitió entrar y la puerta estaba a punto de cerrarse de nuevo.

Antes de hacerlo, sin embargo, el guardia de aspecto inquietante volvió los ojos en dirección al soportal. Se detuvo unos instantes y hasta el último momento Antonio tuvo miedo de que decidiera ir a comprobar si algo o alguien acechaba en la oscuridad. Y si lo hubiera hecho, ¿qué le habría dicho? Todas las convicciones y recomendaciones del mariscal de campo Von der Schulenburg resonaron en su mente y parecieron desvanecerse en un segundo mientras el hombre dejaba que sus sombríos ojos exploraran por última vez el espacio que tenía delante. Antonio sintió el sudor frío en la frente. No sabía muy bien qué hacer, temía que sus ojos se encontraran con los de aquel hombre. Posteriormente, la puerta volvió a cerrarse y por fin pudo recuperar el aliento.

# 10

## En la Venecia triunfante

La escarcha pareció dar por fin un respiro. Aunque el día era frío, un hermoso sol iluminaba el cielo y la luz invernal reflejada en la verde laguna parecía irradiar un aura esmeralda sobre la ciudad.

Ese día, Antonio tenía una cita con uno de sus mejores clientes: el irlandés Owen McSwiney, que lo esperaba en una de las mesitas de la cafetería de Floriano Francesconi, que llevaba el letrero, bajo las *procuratie nuove*, EN LA VENECIA TRIUNFANTE. Y, sin embargo, todo el mundo lo llamaba simplemente «donde Florian», por su propietario, para gran agravio de este, que había elegido ese nombre con la intención de celebrar la Serenísima.

Fuera cual fuese la historia, Antonio encontró a su amigo en una mesita de un rincón, concentrado en disfrutar de un café de exquisito aroma, junto con unos *zaeti*, las incomparables galletas de Venecia, hechas de harina de maíz y adornadas con deliciosas uvas sultanas.

En cuanto lo vio, McSwiney se levantó y le dio la bienvenida con un fuerte apretón de manos.

—Señor Canal —le dijo—. Es un gran placer veros. Permitidme deciros que nunca antes había estado tan feliz de hacerlo.

—¿De verdad? —preguntó Antonio visiblemente sorprendido—. Me alegro sobremanera, pero ¿puedo preguntaros por qué?

—Sentaos —dijo el irlandés con su marcado acento extranjero— y os lo contaré todo.

Sin hacerse de rogar Antonio tomó asiento y, tras pedir un chocolate caliente, se puso a escuchar.

—Como vos sabéis —comenzó el antiguo empresario teatral—, a lo largo de los años he desarrollado buenas relaciones de amistad con el duque de Richmond y con otros personajes influyentes de la sociedad inglesa. Para ser más claro, me refiero a lord Somers, al lord Canciller y a John Tillotson, arzobispo de Canterbury.

Aquellos nombres despertaron la curiosidad de Antonio. Conocía las excelentes relaciones del señor McSwiney, pero no había esperado que fueran de tal nivel. Tras el fracaso de su aventura teatral, debido a las intrigas de su más enconado rival, el dramaturgo William Collier, el irlandés se había retirado a Venecia como exiliado. Evidentemente, aunque no podía regresar a su patria, debía mantener relaciones con algunos de los más prominentes miembros de la corte. Cuando lo conoció, McSwiney se había presentado como agente y representante de artistas italianos y Antonio se había hecho la idea de que el irlandés era en realidad un fanfarrón de medio pelo. En ocasiones posteriores, sin embargo, había empezado a valorar el brío y entusiasmo con que se lanzaba de cabeza a las empresas más difíciles. Eso lo convertía en un hombre dispuesto y leal, cualidades que no eran en absoluto accesorias en una ciudad como Venecia. Además, artistas como Giovanni Battista Pittoni o Giovanni Battista Cimaroli podían confirmar sus virtudes. Hacía un tiempo el irlandés le había conseguido un par de obras, por lo que Antonio prestó mucha atención a las palabras de su interlocutor.

—Señor McSwiney, si antes habíais captado mi curiosidad, ahora tenéis toda mi atención —dijo.

—Me alegro de ello. Veréis, en este último periodo, no solo

me he quedado muy impresionado por vuestro trabajo, sino que he continuado vuestros pasos de cerca, apreciando vuestro rápido e imparable ascenso.

Mientras tanto, en ese rato les sirvieron el chocolate.

—He hablado de vuestro trabajo y de cómo conseguís captar el sentido de la verdad en lo que pintáis. Ese talento vuestro me llevó a magnificaros ante el dux, que siempre ha apreciado especialmente este tipo de pintura. Por el contrario, los otros dos mecenas que os mencioné estarían sumamente interesados en composiciones que, transfigurando la realidad, podrían recordar la escenografía, arte que me consta que no os resulta en absoluto ajeno.

—No tendría ningún problema en realizar las obras. Siempre y cuando paguen lo justo —respondió con prontitud Antonio, quien, al considerar aquella propuesta, se preguntaba si sería McSwiney un profundo conocedor de la ciudad y si estaría familiarizado con muchos de los salones venecianos por su propia vocación de buscar talentos, la persona perfecta para ayudarlo a desentrañar el curioso asunto de la noche anterior. Por lo tanto, con exhibido candor y aparente despreocupación trató de averiguar si aquella intuición suya había sido afortunada—. Por supuesto —añadió—. Podría considerar hacerles un precio de favor si pudierais echarme una mano para obtener alguna información.

—Si puedo, estaré encantado, amigo mío. Tanto más si tenéis la amabilidad de concederme un pequeño descuento en las obras.

—Eso es lo que he dicho —confirmó Antonio—. Bueno…, yo me preguntaba lo siguiente: una de estas tardes me encontré paseando por el distrito de Castello, que conozco muy bien porque vivo allí. Caminaba a lo largo del canal de los Mendicantes…

—… Que habéis plasmado magistralmente en vuestro lienzo más reciente.

—Os lo agradezco.

—Es solo lo que pienso.

—Razón de más. En fin…, habiendo llegado a Barbaria de

le Tole me sorprendió la lluvia. Corriendo hacia la calle Zon, en un intento desesperado de resguardarme del chaparrón, busqué refugio en el soportal de la calle Cavalli, ¿tenéis presente dónde se halla ubicado?

—¡Por supuesto! Justo enfrente del palacete donde Cornelia Zane tiene su propio salón.

—¡Ah! —dijo Antonio, sorprendido de que hubiera sido tan fácil—. ¿Cornelia...?

—Cornelia Zane, ¿no la conocéis?

—Me temo que no.

—¡Ah, pero eso sí que es una verdadera desgracia! —exclamó McSwiney con sincero disgusto—. Tendremos que remediar esta deficiencia lo antes posible. Hablamos de una de las cortesanas más fascinantes de Venecia. Además, su salón es un lugar verdaderamente singular. Uno puede encontrar allí los pasatiempos más interesantes, desde aquellos inocentes como conversar sobre arte y política o jugar a la basetta con aventureros y viajeros, hasta otros más picantes, sobre los que no hace falta que diga ni una palabra más, ya que vos bien podéis imaginarlos. El hecho es que el salón de Cornelia Zane es un lugar único, entre otras cosas porque lo frecuenta un selecto círculo de personas.

—Muy interesante —observó Antonio—. Sobre todo porque estaba a punto de preguntar qué tenía de fascinante ese palacio, ya que mientras estaba allí, resguardándome de la lluvia, vi entrar en él a una pareja de caballeros, que se presentaron diciendo una contraseña al portero. Un hombre que, lo confieso, me impresionó: tenía un aspecto imponente, por decir lo menos.

—Ah, ¿en eso consistía la información?

—Exactamente.

—Creo que lo entiendo, entonces. Pero no os preocupéis. Ahora que sé de vuestra ignorancia en la materia, me ocuparé de invitaros cuanto antes; después de todo, soy un visitante habitual de ese extraño lugar.

—¿En serio?

—La razón es muy sencilla. La dueña, como he mencionado, admite a un selecto círculo de clientes. Mis buenos oficios
como agente de arte y buscador de talentos hacen que Cornelia
Zane tenga un enorme interés en que yo esté presente. Llevaros
a una de las fiestas que organiza me parece una oportunidad de
diversión para vos y un honor para ella. Nada resultaría más
fácil, a decir verdad. Por cierto, habrá una en los próximos días.
Estrictamente enmascarado, por supuesto.

—¡Ah!

—Ya sabéis, el anonimato, en ciertas ocasiones, garantiza
una mayor discreción.

—Ya veo.

—Supongo. Seamos claros: nada comprometedor ni vulgar.
Digamos simplemente que Cornelia es una mujer de gustos extraños y de múltiples apetitos, por no mencionar que a menudo
y de buena gana se confía a las tontas ideas de su *cicisbeo,* el
gentilhombre que la acompaña en sus devaneos mundanos.

—Bueno, señor McSwiney, vos tenéis el inusual don de esti-
mular mi atención y, creedme, rara vez sucede.

—Estoy encantado. En cuanto a posibles encargos, ¿puedo
proceder?

—Por supuesto.

—¿Me haréis llegar vuestras condiciones?

—Pronto estará hecho. Pediré treinta *zecchini* por cada cuadro y cuarenta y cuatro por las dos obras sobre cobre.

—¡Ah! ¡Un precio muy ventajoso!

—Lo hago por la cortesía que me habéis dispensado, y también porque tengo plena confianza en vos.

—Pues bien, hoy veo confirmada una vez más nuestra amistad.

—Efectivamente —dijo Antonio mientras terminaba de
sorber su delicioso chocolate—. En cuanto a la fiesta, ¿creéis
que es de confianza?

—¿En qué sentido?

—¿Sabéis? Nunca como ahora he aprendido que no estar en
boca de todos es un elemento realmente valioso.

—Como os dije, será una fiesta de máscaras y vuestro anonimato estará garantizado por mi presencia. No tendréis nada que temer y os aseguro que encontraréis algo con lo que disfrutar.

—Bien, entonces —concluyó Antonio que, pese a todo, aún estaba muy lejos de cierto tipo de distracciones. Por otra parte, la investigación encargada por el dux apenas podía esperar y McSwiney le había hecho un gran favor. Así que, con cautela, bien podía intentar investigar el asunto.

—Una última cosa —añadió—. ¿Quién es el hombre que recibe a los clientes del salón en la puerta?

—¡Ah! ¿Ese? —dijo McSwiney—. Es solo el guardaespaldas de la magnífica Cornelia Zane. Un serbio violento y despiadado, con un nombre impronunciable, a quien la cortesana llama Deghejo. Con él es mejor mantener ciertas distancias. —Y dicho esto, el irlandés esbozó una mueca.

Aquella era la única nota discordante en una mañana magnífica, pero la sensación de malestar que despertaron aquellas palabras acompañó a Antonio Canal durante el resto del día.

# 11

## Murano

Aquella mañana de invierno, Murano le había parecido aún más fantasmal de lo que la recordaba. Desde la barca, Antonio había visto las fachadas de los palacios y las casas flotando entre las orillas del *caìgo*, la densa niebla que en la Serenísima parecía calima de tan espesa y gris que era. Sin embargo, muchos de aquellos palacios albergaban los palpitantes globos de fuego de los hornos. Por un instante tuvo la extraña impresión de que, mientras en el exterior el aire era frío y cortante a causa del crudo invierno, en el vientre de casas y palacios se escondían las bocas infernales de los hornos, listas para cocer la sílice y la sosa con las que se preparaba la pasta de vidrio que luego moldearían los maestros.

Y ahora, mientras la barca de fondo plano se amarraba al bolardo del muelle, y desembarcaba y casi se precipitaba hacia la entrada del horno de Charlotte von der Schulenburg, percibía una curiosidad devoradora y un intenso deseo de volver a verla. Había esperado tenerla de nuevo frente a él, y saber que momentos después la acompañaría a trabajar al horno lo embriagaba de alegría.

No había esperado una reacción así, pero sentía que haber descubierto a una mujer como aquella le daba fuerzas para afrontar cualquier investigación, y en aquel momento poco le importaban el dux o el inquisidor del Estado: no los consideraba más que accidentes del azar que le habían estado reservados. Cuando un asistente lo introdujo, se encontró en el interior de una gran sala con tejado a dos aguas y vigas de madera —abarrotada de mesas de trabajo, atestada de moldes de decoración, botellas de colores, lámparas, vasos, tazas, cañas para soplar, pontones de hierro— y le pareció que entraba en un lugar mágico.

En el medio del taller había un gran horno. Medía casi diez pies de alto, de ladrillo macizo, en forma de cúpula. Ocho pilares desde la base hasta el vértice, como si fueran guardianes inmóviles de un prodigioso monstruo antiguo. En su centro, dos grandes bocas de cocción, luminiscentes y rojas como los ojos de un demonio infernal.

Frente a la de la izquierda, sentada ante una caldera, Charlotte calentaba vasos sobre el fuego. Llevaba el pelo largo recogido en un moño, parecido a una nube negra. Lucía una larga túnica de trabajo y un delantal. Un globo de cristal incandescente coronaba la parte superior del barril que Charlotte hacía girar en la boca del horno. No lejos de ella, un hombre de barba blanca y con largos cabellos canosos la observaba con sincera admiración. A intervalos regulares, con un gran fuelle avivaba la llama. Una sombra le cruzaba los ojos. Antonio no sabía el nombre del anciano, pero estaba absolutamente convencido de que se trataba de uno de los maestros sopladores de vidrio más hábiles de Murano. De repente, Charlotte se levantó, sacó la varilla de la boca del horno y la colocó sobre un pontil, una robusta barra de hierro que sostenía la baqueta. Con la otra mano, la doncella agarró unas pinzas y, con gracia y precisión, empezó a trabajar la pasta de vidrio incandescente. La masa fluida, roja y naranja, parecía lanzar relámpagos mientras Charlotte tiraba de ella y la alargaba para moldearla a su antojo. A medida que el cristal se enfriaba, la forma se iba definiendo cada vez más. Allí estaban los pétalos, el tallo e incluso las espinas. Una rosa surgía poco a poco, generada por el hábil trabajo de las pinzas y unos toques con las tijeras —el *tagiante*— que habían sido cuidadosamente calibradas. Antonio miraba, embelesado, las manos de Charlotte, que, con gestos rápidos y perfectos, seguía moldeando hábilmente el vidrio. Ninguno de sus movimientos era en vano, cada uno estaba dirigido a conseguir la forma deseada en una armonía de acción marcada por la esencialidad.

Sintió que el corazón le martilleaba en el pecho. Aquella visión sencilla y antigua, como el arte que la caracterizaba, lo hechizaba. Había algo poderoso en la forma en que Charlotte se acercaba a la masa luminiscente. Y la idea de que una mujer pudiera enfrentarse al fuego y dominarlo de esa manera y, al mismo tiempo, trabajar un material arcano como el cristal que, casi líquido, cambiaba de forma bajo sus manos, lo dejaba extasiado.

Cuando terminó de trabajar el puño de cristal perfecto, Charlotte cortó una vez más y la rosa, por increíble que parezca, estaba allí ante ella, enfriándose sobre una losa de piedra. Finalmente, la doncella sumergió su varita en el agua de un cubo. Se acercó al anciano y lo besó en la mejilla. Luego se dio la vuelta. Fue entonces cuando vio a Antonio. Se abandonó a una sonrisa mientras iba hacia él.

—Así que habéis venido. Habéis decidido confiar en mí.

—Jamás habría dejado pasar la oportunidad de ver semejante maravilla —dijo Antonio con sincera admiración.

—Sois demasiado bueno, señor Canal, incluso diría que galante.

—Oh, no penséis eso —dijo él tratando de minimizar—. Yo solo sé reconocer el verdadero talento.

Charlotte se permitió una segunda sonrisa. Luego, volviéndose con deferencia al anciano de la barba blanca, dijo:

—Maestro, si no os importa, os ruego que continuéis un momento. Volveré muy pronto. Justo el tiempo para ir a las muelas y mostrarle algo a este señor.

Tras obtener un gesto de asentimiento, Charlotte condujo a Antonio a una segunda habitación, más pequeña que la anterior, pero también abarrotada de objetos e instrumentos de diversa forma y naturaleza. Entre ellos destacaban dos muelas por su tamaño y ubicación. Junto a ellas, dispuestas sobre mesas con caballetes, había un buen número de cajas de madera. Contenían lentes de distintos grosores, formas y colores.

—Estas —dijo Charlotte, señalando algunas de ellas perfectamente transparentes— son el resultado de un proceso de tallado muy preciso que yo hago y se obtienen de un cristal blanco particular que se logra gracias a las progresivas mejoras y al constante perfeccionamiento del método Barovier, que fue el primero en obtener este cristal en particular. Como podéis ver —continuó la muchacha— el cristal es puro, no contiene burbujas de ningún tipo, ningún residuo que comprometa su transparencia, se podría decir que es totalmente incoloro.

Mientras Charlotte hablaba, Antonio estaba encantado con la perfección de aquellas lentes. Nunca había visto unas mejor diseñadas ni más puras.

—Mediante la combinación habitual de lentes convexas y cóncavas construyo telescopios con una notable capacidad de aumento. Este es un ejemplo bastante eficaz —continuó Charlotte, tomando un espécimen compacto pero fácilmente ampliable a través de un moderno dispositivo con cremallera que sustituía al sistema habitual de tubos metálicos deslizantes—. Pero hay una novedad. A través de unas lentes internas especiales, activadas mediante estas pequeñas manivelas —y en tanto lo decía Charlotte hacía girar una especie de manilla metálica—, existe la posibilidad, alargando o acortando el telescopio, de obtener un aumento telescópico o, viceversa, panorámico, manteniendo intacta la definición.

—¿Queréis decir que habéis conseguido eliminar las aberraciones ópticas?

—Eliminarlas por completo, no. Pero corregirlas en gran medida…, bueno, pues sí. He estudiado durante mucho tiempo los sistemas ópticos…, y el conocimiento del vidrio, en su forma más innovadora y por tanto completamente libre de impurezas, me permite obtener telescopios o cámaras ópticas portátiles de la más alta calidad.

Lo que decía Charlotte era impresionante. Antonio no daba

crédito a lo que llegaba a sus oídos. Así que esa muchacha no solo era una de las criaturas más seductoras que había conocido, sino también una verdadera inventora.

—Y...

—¿Estáis a punto de preguntarme si estaría dispuesta a dejaros probar mi nuevo telescopio y la cámara óptica portátil que he creado recientemente? Por supuesto que sí. No os voy a pedir nada por ello.

—¡Pero pienso pagaros! —exclamó Antonio con convicción.

—Soy yo quien no lo quiere. Solo os pido un favor. Si os sintierais a gusto y apreciarais las cualidades de mis lentes e instrumentos, me gustaría que me dierais el crédito correspondiente y ayudarais a difundir mi buen nombre en Venecia. Veréis, señor Canal, ya es bastante difícil para una mujer ser capaz de llevar a cabo una actividad que, sobre todo, ha sido prerrogativa masculina. Tener éxito en un mercado así, sin embargo, raya en lo imposible. Pero si tuviera de mi lado al mejor pintor de Venecia, aquel que es conocido por representar lo real y cuyas imágenes están dando que hablar no solo aquí en la Serenísima, sino en el mundo entero, entonces el éxito de mi actividad como maestra vidriera estaría garantizado, ¿no lo creéis así? —Y por una vez Charlotte se entregó a una mirada lánguida y cómplice, una de esas que podrían haber convencido a cualquier hombre de hacer cualquier cosa por ella—. Veréis, lo creáis o no, admiro infinitamente vuestra obra. Nadie ha pintado Venecia como vos lo habéis hecho. No es solo retratar lo real, no es eso en absoluto, la vuestra resulta una visión auténtica, una sublimación, como si, con el claroscuro y los colores, y la escritura de la luz que vos ejecutáis a través de vuestros pinceles, captarais plenamente el alma de esta ciudad que está viva y palpitante y se estremece de pasiones, abre promesas y representa un ideal de belleza inalcanzable. Por eso deseo que probéis mis objetivos y los instrumentos con todo ello. Es como si, de este modo, os ayudara a ver un poco más allá… Eso es todo.

—Vos —dijo Antonio— sois una mujer extraordinaria. Ya

perdonaréis la audacia de estas palabras mías, pero no puedo reprimir el asombro que he sentido hoy.

—No solo os lo perdono, señor Canal, sino que os agradezco que hayáis acudido a mí.

—Espero que tengamos la oportunidad de volver a hablar los dos.

—Si queréis…, bueno, solo tenéis que pedirlo —dijo Charlotte—. Pero ahora permitidme que os prepare vuestros instrumentos. Luego, si me disculpáis, me veré obligada a dejaros porque debo volver con mi maestro.

Aquellas palabras hirieron a Antonio más de lo que hubiera imaginado. ¿Tan poco era el tiempo que ella estaba dispuesta a dedicarle? Y en cuanto a él, ¿era ya incapaz de resistírsele?

Mientras regresaba pensaba en Charlotte. Sus ojos tenían algo peculiar: era como si, al mirarla, sintiera algo muy dentro de ella que estaba más allá de su comprensión. La echaba de menos y no sabía cómo actuar. Y, sin embargo, esa ausencia le daba una gran energía: era el deseo de volver a verla, por supuesto. Percibió con firme determinación la intención de ser más valiente, más atrevido, incluso temerario. Como si el Canaletto de unos días antes, un poco temeroso, un poco vacilante, hubiera desaparecido y, en su lugar, hubiese un hombre nuevo.

Sonrió, porque sentía que, a pesar de sus limitaciones, podría un día conquistar a una mujer así.

Y nada le daba más alegría en aquel momento.

# 12

## Dolor

La casa era un cuchitril de dos habitaciones diminutas y desangeladas, sucias, llenas de restos podridos y malolientes, las paredes cubiertas de moho. El frío penetraba sin piedad por culpa de las corrientes de aire. La mujer lo recibió con el pelo sucio, recogido en un nido desordenado, sujeto con un palito de madera, sacado a saber de dónde. Llevaba un viejo vestido de lana y agarraba con fuerza alrededor de sus huesudos hombros una especie de chal andrajoso. Los ojos grandes y claros destacaban como linternas en su rostro delgado, ahuecado por el hambre.

Fue al entrar en la habitación cuando Isaac sintió una punzada de dolor en el pecho. Aunque no era la primera vez, ver lo que la viruela hacía a la gente siempre lo dejaba sin habla. En ese caso, sin embargo, la víctima era una niña. Se obligó a ser fuerte, sabiendo muy bien que todo cuanto pudiera hacer sería muy poco.

La mujer lo condujo a la cama.

—Chiara —dijo con un hilo de voz—, aquí está el doctor, el señor Liebermann, que ha venido a verte.

La niña se movió bajo las sábanas y, tras unos instantes, consiguió incorporarse. Mirándola, Isaac se dio cuenta de que en pocos días la enfermedad había empeorado dramáticamente.

La hermosa cara de la niña estaba llena de pápulas: redondas, tensas y duras, que arrugaban la piel en una especie de pellejo, hinchándola tanto que los pómulos se habían elevado hasta casi hundir los ojos.

Isaac le cogió las manos, le acarició el pelo y le palpó la frente.

—Tiene fiebre —dijo. Luego miró a la pequeña a los ojos—. Eres muy valiente, Chiara. Verás que poco a poco esta fuerza tuya te ayudará y vencerás el mal que te aflige. Ahora, ¿harás algo por mí?

La niña asintió.

—Buena chica. Estoy orgulloso de ti —dijo acariciándola de nuevo—. ¿Podrías sacar la lengua, por favor?

Con dificultad, la niña hizo lo que se le pedía.

Al ver el estado en que se encontraba, la madre se llevó la mano a la boca ahogando a duras penas un grito.

La lengua, en efecto, era al menos el doble de grande de lo normal. Si tan solo hubiera podido tratar a la niña con el injerto, pensaba Isaac. Por supuesto, prevenir la enfermedad significaba inocular la viruela, aunque en una forma más leve, a una persona sana. Era como enfermar a alguien que hasta entonces había estado bien. Pero actuar anticipadamente con una enfermedad así resultaba esencial. También porque, una vez contraída la enfermedad, la única opción era esperar y encomendar el alma a Dios. Sacudió la cabeza. Era inútil repetirse a sí mismo lo que ya sabía. La enfermedad estaba en una fase decididamente avanzada. Y ese hecho le daba esperanza. Al menos había superado la fase más aguda. No había otra opción que rezar y tal vez aplicar compresas frías para aliviarle un poco la fiebre.

—Señora —dijo dirigiéndose a la mujer—. No hay nada que pueda hacer ahora; la viruela está en una fase demasiado avanzada. La fiebre ha vuelto a subir. Así que creo que puede ser un buen remedio empapar un paño limpio en agua fría y aplicarlo en la frente para darle a Chiara algo de alivio. Sé que os estoy dando un consejo modesto y que desde luego no soluciona nada, pero, creedme, cualquier otra cosa sería inútil. Habríamos debido actuar antes, pero no ha sido posible. Otra cosa que puedo hacer —añadió Isaac— es darle esto. —Mostró una caja de madera y, deslizando la tapa, dejó entrever unas perlas negras—. Son píldoras de mi invención. Ayudarán a vuestra hija a descansar.

—Entiendo —dijo la mujer.

—Me gustaría hacer más, pero no tengo el poder para ello —prosiguió Isaac—. Administradle dos de estas píldoras cada día durante la próxima semana. Chiara está postrada por la enfermedad —dijo acariciando a la niña—. Vuelve a descansar —susurró, ayudándola a tumbarse y recolocándole la manta.

Luego se levantó, poniendo la pequeña caja de madera en las manos de la mujer.

—Volveré la semana que viene para ver cómo está.

La mujer asintió.

—Muchas gracias —dijo—. Que Dios los bendiga.

Lo acompañó hasta la puerta.

Una vez fuera, Isaac se preguntaba qué sería de aquellos niños. La viruela atacaba a todos, pero, por alguna perversa razón, parecía cebarse con mayor frecuencia con los más jóvenes. Confiar sus conocimientos a una gragea de opio era para él la peor de las derrotas. Pero al menos aliviaría el dolor de la niña. Mientras caminaba a lo largo del canal y apretaba su capa a causa del intenso frío, tuvo la impresión de que Venecia moría un poco cada día.

Quizá era esa sensación de perpetua inmovilidad lo que le inquietaba. Vio una góndola meciéndose lentamente en el agua. La niebla empezaba a envolver los palacios que, magníficos y tristes, se reflejaban en la superficie líquida.

Entró en un *bacaro*, típica hostería veneciana.

De algún modo tenía que disipar la melancolía que le había asaltado. No había comido desde la mañana y ya era casi por la tarde. Debía alimentarse. A menudo se descubría en ayunas. Los muchos pensamientos, el miedo, la sensación de impotencia que su profesión casi siempre le causaba, lo llevaban a olvidar sus necesidades básicas. Como si pudiera vivir y alimentarse del dolor de los demás. Estar solo no lo ayudaba. Había tenido un gran amor, pero se había desvanecido como la luz de aquel día de invierno. Y, además, estaba su hermano.

Pidió sardinas y un vaso de vino blanco. El posadero asintió. Mientras esperaba, Isaac se acercó a la chimenea. Extendió las manos para calentarse y atenuar al menos en parte el gran frío que había experimentado durante aquel largo día. Cuando llegó el plato, volvió a la mesa y empezó a comer. El pescado era excelente y el vino aceptable. Estaba distraído mirando al vacío, cuando alguien se dirigió a él bruscamente.

—Tú —dijo una voz tan desagradable como ardiente de ira—. ¡Eres uno de esos bastardos!

Isaac se volvió en la dirección de donde había venido el insulto y se encontró frente a un hombre delgado como una anchoa, con el pelo largo y fino. Tenía una profunda cicatriz que le marcaba desde la oreja hasta el labio. Iba vestido con harapos y se había levantado de una mesa donde estaban sentados otros dos jetas, feos, probablemente marineros, que tenían como mínimo un aspecto tan mal encarado como él.

—Es inútil que finjas que no me oyes —continuó el hombre—, incluso sin tu maldita gorra eres ciertamente un judío. No sé por qué no la llevas, ¡pero no me engañas!

Sorprendido por aquella repentina agresión verbal, Isaac reaccionó.

—No estoy fingiendo nada, señor. Simplemente no sé a qué se refiere. No llevo el birrete porque, como médico, estoy exento de llevarlo.

—¡Uf! —soltó el pendenciero—. En cuanto a que seas médico, bueno, eso habría que verlo. ¿No será que eres carnicero y le arrancaste el corazón a esa pobre chica? —Y mientras decía esto miraba a sus compañeros—. Tal vez hemos encontrado al asesino.

Los dos soltaron una risita. Uno de ellos mostró la hoja de un cuchillo. Pero Isaac mantuvo la calma.

—No responderé a vuestras provocaciones.

—Pero lo mío no son provocaciones. Sabemos que vosotros, bastardos israelitas, sois la causa de todo el mal del mundo. Y, si no del mundo, al menos de nuestra amada República. Es desde que vosotros os habéis establecido aquí que nuestra ciudad se ha convertido en una pocilga, un nido de miserables, putas y sanguijuelas.

Isaac permaneció en silencio. No quería contestar. La situación se habría vuelto aún más crítica.

—Vete —dijo el posadero.

—Pero...

—Nada de peros —continuó aquel—. No quiero problemas y menos aún deseo que mi taberna sea frecuentada por escoria judía. Ni siquiera quiero tu dinero. Levántate y vete.

—Bien dicho —comentó el pendenciero—. Pero antes de echarle quiero dejarle un pequeño recuerdo. —Dicho esto, se acercó amenazadoramente e intentó agarrar el brazo de Isaac. Pero fue demasiado lento. El médico se levantó de un salto y fue él quien sujetó la muñeca del marinero.

—No te atrevas a tocarme.

—¿Por qué? ¿Crees que puedes impedírmelo? —Y mientras lo decía miraba a sus dos compañeros, que parecían no esperar otra cosa.

—No quiero problemas —reiteró Isaac.

—¡Entonces lárgate de aquí! —tronó el posadero y, por si acaso, sacó una pistola de debajo de la barra—. Está cargada y, créeme, sé cómo usarla. En cuanto a vosotros, quedaos donde estáis —dijo dirigiéndose a los tres atacantes—. No quiero peleas en mi taberna.

—Está bien, está bien —dijo el pendenciero, zafándose—. Le dejaremos en paz.

—¡Fuera! —reiteró el tabernero.

Isaac ya se había dado cuenta de que no podía hacer nada más. Apuró la copa. Sacó un par de monedas de su bolsillo y las arrojó contra el mostrador.

—Toma —dijo con todo el asco del que era capaz—. Toma tu maldito dinero. Yo siempre pago mis deudas.

Luego, sin añadir nada más, se dirigió hacia la puerta. Así que su hermano tenía razón. No eran fantasías. Respecto al aterrador asesinato de la llamada doncella de alabastro parecía que nada se sabía todavía. No se había capturado a ningún asesino... Peor aún: tenía la terrible sensación de que el hecho de que se culpara por ello a los judíos era de alguna manera la solución del problema.

Como si la judicatura de los Signori di Notte al Criminal creyera que, después de todo, esas acusaciones daban en el clavo, liberándolos a ellos de cualquier otra investigación. Zygmund había acertado de pleno. Aparte de las razones que podía esgrimir para justificar la actitud sumisa en la que se apoyaba, para no alimentar la ira que crecía en el gueto, ese sangriento asunto amenazaba con representar la ocasión para una guerra por parte de los venecianos contra una comunidad que siempre había sido mal vista y a la que encerraban durante doscientos años a medianoche en su propio recinto, como una manada de animales.

Y ahora, la horrible muerte que tuvo la doncella de alabastro desataría un odio largamente reprimido.

Ni siquiera era cuestión de tiempo. Ya estaba ocurriendo. Y nadie iba a ocuparse de ellos. Acabarían como ratas enjauladas. Tenía que hablarlo con alguien. Sí, pero ¿con quién? Ir al capitán grando estaba fuera de lugar: jamás iba a creerle, a menos que aportara algo concreto. Algo que exonerara a los judíos porque, en cuanto a su culpabilidad, ya no era necesario probarla: bastaba con hacer correr la voz. Y ya había sucedido.

No se podía esperar más. Lo hablaría con el rabino. No veía otra solución. Tal vez, como jefe de la comunidad, tendría más peso y escucharían su voz. Debían detener esa locura desenfrenada. Antes de que fuera demasiado tarde.

# 13

## Máscaras

Dondequiera que mirase veía algo extraño y extravagante: cajas, muebles, grandes espejos, bandejas, jarrones, neceseres y mil cachivaches más se agolpaban en el espacio que se extendía a su alrededor, sumiéndolo en una fantasmagoría que resultaba más increíble al combinarse con la magnificencia de los vestidos de las invitadas, el esplendor de las joyas de las damas, la excentricidad de las máscaras que llevaban. Esas máscaras, lejos de agotarse en las modalidades de *bautte* y *morette*, las dos más típicas de Venecia, eran, en cambio, rostros de animales, transfiguraciones de cuerpos celestes, reinterpretaciones de criaturas mitológicas.

Admitido en el exclusivo salón de Cornelia Zane, Antonio se movía entre los numerosos invitados, llevado casi de la mano por su particular Virgilio, Owen McSwiney. Sentía que estaba demasiado lejos de aquel tipo de diversión que reflejaba, a su modo de ver, toda la frívola desesperación de la ciudad.

Pero había hecho una promesa que no podía romper. Por supuesto, averiguar quién era su hombre en aquel delirio habría sido, cuando menos, complicado, pero estaba animado por las mejores intenciones y además tenía un pequeño detalle a su favor: el que buscaba era cojo. ¿Cuántos caballeros podía haber cojos en aquella fiesta y, por añadidura, de aquella forma tan particular, ya que era apenas perceptible? Si su hombre estaba presente en aquella recepción, lo habría reconocido, estaba seguro de ello.

Consiguió pasar junto a un grupo de invitados que discutían de manera indecorosa sobre el grado de libertinaje de las damas venecianas. A las mujeres presentes pareció gustarles, soltando grititos y risas altisonantes. En un rincón, algunos hombres bien parecidos daban la impresión de estar ocupados planeando una conspiración de algún tipo y, mientras se empleaban en ello, vaciaban una copa de malvasía tras otra. Un poco más allá tres damas intercambiaban opiniones pecaminosas detrás de unos abanicos. Una de ellas, mirándolo, parecía ruborizarse, pero en verdad no había nada sincero en aquella aparente inocencia, tan ostentosa que se revelaba falsa y destinada únicamente a sacar unos cuartos. Resultaba bastante claro que al menos algunos de los presentes esperaban entregarse a la fornicación en todas sus formas y solo parecían pendientes de dar con la persona adecuada con quien recluirse. El palacete, después de todo, ofrecía, además de un salón de recepciones —en el que Antonio se encontraba justo en ese momento—, una serie de salas más pequeñas donde se retiraban algunos grupos y allí se entretenían en juegos de la más diversa índole. En el piso superior, según Owen McSwiney, las actividades se volvían aún más pecaminosas.

Fue en ese instante, mientras intentaba encontrar un sillón para quedarse a hablar con su amigo, cuando este se detuvo para presentarle a alguien.

—Me alegra poder saludar a la reina de esta velada —dijo McSwiney, insinuando una reverencia y rozando con los labios la mano que le tendían.

Delante de ambos apareció una dama vestida y peinada con tal ostentación que resultaba vulgar, empezando por la monumental peluca y el perfecto lunar postizo, magistralmente colocado en el carnoso labio que quedaba a la vista. La pequeña máscara de gato, de hecho, solo cubría los ojos y la nariz, que se veía que era importante, dejando la boca bien expuesta. Los pechos reventones estaban sujetos con un corsé que no dejaba nada a la imaginación y el vestido se encontraba tan repleto de *paniers* que hacían que la mujer se revelara imponente, hasta el punto de que Antonio sospechaba que llevaba debajo de los volantes del increíble vestido —toda una floritura de cintas y encajes sobre terciopelo azul pastel— unos zapatos con un tacón más alto de lo que la moda permitía. En cualquier caso, se movía con cierta gracia y no dejaba de lanzar coquetas miradas a McSwiney. Fue este quien le presentó, de la manera más discreta y anónima, a la señora de la casa.

—Señora mía —dijo el irlandés—. Estoy feliz de haber traído a este lugar de perdición a un amigo de prodigioso talento. Confío en que será capaz de encontrar almas afines a él para compartir con ellas las alegrías de vuestra morada.

La dama no dejó de arrugar los labios cordialmente, simulando una expresión de sorpresa con un toque de coquetería. Se acercó sus hermosos dedos a la boca y se dejó llevar en un ridículo movimiento de excitación.

—¡Querido, sois incorregible! Pero, como siempre digo, un amigo de un amigo es amigo mío, y por eso me alegro de esta visita y de poder conocer a un joven tan prometedor.

—Es un placer conocerla, señora —respondió Antonio—. No hace falta decir que mi buen compañero hace tiempo que me habla de vos, magnificando las delicias de su salón y, por lo tanto, con no poca expectación, decidí que era absolutamente necesario conocerla.

—Aunque de incógnito —deslizó Cornelia Zane, insinuando una sonrisa, dejando entrever que le encantaba bromear y que había algo sinceramente divertido en aquella fiesta suya que parecía estar a medio camino entre una reunión de jóvenes galantes y una velada que anticipaba la unión carnal.

—Por supuesto, adaptándome al tenor de la fiesta.

—Por lo que os doy las gracias y permitidme que os diga que esa máscara vuestra de Pantalone, que respeta incluso el detalle de los colores rojo y negro, os sienta pero que muy bien.

—Excesivamente amable, señora mía —dijo Antonio, que

pretendía causar buena impresión para suscitar el menor número de preguntas posibles.

—Además, estamos en Venecia, ¿no?

—Absolutamente —confirmó McSwiney mientras pasaban un par de ayudas de cámara con bandejas coronadas por gigantescas pirámides de dulces.

—¿Besos de dama o pezones de Venus? —preguntó con picardía Cornelia Zane—. Elijáis lo que elijáis, no os decepcionará —aseguró. Y sus ojos, detrás de la máscara, brillaron con diversión.

—Que sean los besos —dijo McSwiney, cogiendo uno.

—¿Y vos? —preguntó Cornelia, volviéndose hacia Antonio.

—Elijo Venecia, siempre y sea como sea.

—¿Los pezones? Pero entonces... ¡ese sobrio porte vuestro esconde un alma licenciosa! —gritó la bella dama, estallando de alegría.

—Simple gula. No puedo resistirme al sabor de las castañas —replicó Antonio.

—Como ya os dije, milady, el amigo aquí presente es un hombre de mundo y os tiene reservadas muchas sorpresas.

—Según se expresaba, McSwiney se comió su beso de dama de un bocado y se sirvió otro a continuación.

—No lo dudo; confío en volver a verlo más tarde, entonces.

—Y, despidiéndose con ese deseo, Cornelia Zane dejó a los dos amigos y se unió a un *cicisbeo* que parecía esforzarse en reír de la manera más escandalosa posible.

—¿Quién es ese patán? —preguntó Antonio, que no entendía cómo un hombre podía permitirse tales exhibiciones.

—Ah —dijo McSwiney—. Es Olaf Teufel.

—Y ese, ¿quién es...?

—El *cicisbeo* de Cornelia Zane —respondió el irlandés, bajando repentinamente la voz—. Desconfía de él. No hay ni un gramo de verdad en sus palabras, y me temo que las mentiras y las falsedades no son sus únicas debilidades.

Cuando McSwiney terminó la frase, Antonio se puso blanco. El irlandés se dio cuenta.

—¿Qué pasa? —preguntó—. Parece como si hubieras visto un fantasma.

—No tenéis ni idea de cuán cerca de la verdad está lo que decís. —Y sin añadir una palabra, se puso en pie de un salto.

Al final del pasillo vio al tullido. Su andar renqueante, apenas perceptible, era único, por decir lo menos. Vio que estaba a punto de salir y no pensaba perderlo después de todo el esfuerzo que había hecho. Tenía que averiguar a toda costa qué se traía entre manos en aquel lugar.

# 14

## Secretos

Antonio estaba a punto de alcanzar la puerta por la que el lisiado salió cuando sintió que le agarraban el hombro. Se volvió y vio que McSwiney lo retenía con firmeza. A pesar de que llevaba una máscara, era evidente que estaba molesto.

—¿Os habéis vuelto loco? —preguntó el irlandés en voz baja, casi ahogando un grito de rabia. Le lanzó una mirada preocupada, volviéndose, pero nadie en ese momento les estaba prestando atención—. ¿Creéis que podéis moveros como os plazca, completamente solo?

Antonio no supo qué contestar. No era necesario.

—¡Seguidme! —prosiguió, saliendo mientras lo decía.

Un instante después, los dos hombres estaban en un pasillo. Una serie de puertas entreabiertas, a ambos lados, indicaban que todas las habitaciones laterales se encontraban ocupadas. Antonio vio que el tullido había llegado al final del pasillo, donde había una puerta. Una máscara roja le cubría el rostro, dejando libre la boca. El hombre llamó a la puerta. Alguien miró por una rendija y abrió. Antonio vislumbró una segunda habitación, casi tan grande como la primera.

En un instante McSwiney comprendió.

—¿Tenéis intención de seguirle? —dijo en voz baja.

Antonio asintió.

—Nos meteremos en problemas, os lo advierto.

—Correré el riesgo.

—Al menos explicadme por qué. Me lo debéis, creo yo.

—El irlandés tenía razón.

—Ahora os lo diré. Necesito saber qué está a punto de hacer aquel hombre. Estoy convencido de que descubriré el motivo por el que está aquí.

—¿Desde cuándo lo seguís? —preguntó McSwiney. Y en tanto lo preguntaba ya habían alcanzado la puerta del nuevo salón.

Antonio suspiró. Llegados a ese punto..., ¿para qué mentir? Además, el irlandés siempre había sido leal con él. ¿Por qué retribuirle con falsedades? Mejor que se enterara por él.

—Tengo un encargo y debo llevarlo a cabo.

—¿Un encargo de quién?

—De la República.

—Pero ¿quién sois vos, Canaletto? —En el tono de voz de McSwiney, Antonio advertía por primera vez un sentimiento de inquietud mezclado con incredulidad.

—Un artista.

—¿Y un espía?

—¡Silencio! —lo conminó Antonio—. O sí que tendremos problemas, justo como me acabáis de advertir.

Llegaron a la puerta cerrada. McSwiney resopló. Se notaba que no estaba nada convencido. Finalmente se rindió y llamó a la puerta. Al cabo de un momento, deslizando una mirilla, alguien comprobó la identidad de los recién llegados. Les abrieron.

Un ayudante les dio la bienvenida. Antonio vio lo que ocurría en el nuevo ambiente al que acababan de llegar. Frente a ellos, en el lado opuesto, había una gran chimenea de mármol decorada con cerámica azul de Delft. Los muebles, de fina madera de palisandro, la pureza de los estucos blancos y la austera sobriedad del mobiliario combinaban perfectamente con el silencio absoluto que reinaba en el lugar. Tres grandes mesas llenaban el salón. En cada una de ellas un caballero, con máscara y frac negro ribeteado en plata, ocupaba un lugar prominente. Montones de monedas de oro y ducados relucían bajo las grandes lámparas de cristal de Murano mientras los jugadores, sin pronunciar palabra, jugaban a faraón, basetta y biribissi, los juegos de mesa que hacían furor.

Lo que más impresionó a Antonio fue la concentración total que reflejaban los rostros. Los jugadores parecían haber estado dedicados desde tiempos inmemoriales a aquella actividad, algunos incluso parecían cansados, como si el juego agotara sus mentes incluso antes que sus bolsillos.

—Aquí está el infame reducto de Cornelia Zane —dijo McSwiney en voz baja. Antonio asintió—. Desde esas rendijas en las paredes —continuó el irlandés, señalando unas grietas en los muros— se pasan platos y bebidas desde la cocina para permitir que los jugadores continúen sin interrupción. Como podréis comprender hay una categoría particular de caballeros que pasan noches enteras aquí. Confieso que esta es quizá la actividad que le rinde más beneficios a nuestra anfitriona. Este reducto, por supuesto, está debidamente autorizado, aunque es de exclusiva prerrogativa de los socios.

Uno de los jugadores fulminó con la mirada a McSwiney, quien, captando la indirecta, se apresuró hacia el lado opuesto del gran pasillo para salir. Antonio lo siguió. En ese momento cerraron la puerta tras ellos, bajo la severa atención de uno de los criados.

Se encontraron en un balcón del que salía una escalera al piso superior.

—Pues bueno —dijo McSwiney—, si subimos llegaremos a las alcobas. Ni que decir tiene lo que encontraremos. Bien podéis imaginároslo.

—No vi a mi hombre en la sala de juego.

—Y por lo tanto es evidente que está en una de las habitaciones dedicadas a los placeres de Venus.

—Entiendo.

—¿Deseáis explorar también esa parte? —preguntó el irlandés. Y su voz revelaba un tono de fastidio.

Antonio podía comprenderlo. Después de todo, la verdadera razón por la que estaba allí solo la había revelado en el último momento. Le quedaba claro que tenía que convencer a su compañero y presentar una justificación válida.

—Amigo mío —le dijo—, siento haberos ocultado la verdadera razón por la que pretendía venir aquí. Creedme cuando os digo que no tenía forma de eludir esta tarea.

—Estáis perdonado —respondió el otro.

—A su debido tiempo, os daré todas las explicaciones necesarias.

—Pero este no es el lugar —observó el irlandés con bastantes reflejos—. Por lo tanto, ¿procedemos?

—Habiendo llegado a este punto..., ¿hay alguna manera de hacerlo sin ser vistos?

McSwiney parecía pensar en ello. Finalmente admitió.

—En realidad, es posible...

—¿Cómo?

—El entresuelo está dispuesto a lo largo de un pasillo que, como el que acabamos de recorrer, tiene habitaciones a derecha e izquierda. Cada una de ellas está provista de una mirilla que permite ver lo que ocurre en su interior. Pagando, se puede espiar.

—Ah...

—Veréis, a algunos de los que están aquí el solo hecho de mirar les proporciona un gozo mucho mayor que entregarse a los placeres de la carne de la manera tradicional.

—Por visto, Cornelia Zane ha pensado en todo.

—Así es, amigo mío. Aunque, os confieso, pertenezco al grupo de los que aún aprecian las manos y los labios.

Antonio sonrió.

—Estoy de acuerdo. Por otra parte, hemos ido ya demasiado lejos como para rendirnos ahora... Quiero llegar hasta el final.

—Entonces subamos.

Sin perder más tiempo se pusieron en marcha y, en unos instantes, estaban en lo alto de la escalera. Desde allí llegaron a otro balcón, que conducía a un pasillo custodiado por un ayuda de cámara sentado a una mesa.

—¿Para mirar o para consumir? —fue la pregunta.

—Para mirar —respondió McSwiney.

—Un ducado cada uno. Y se ha de mirar en silencio, sin hacer alboroto.

Tras pagar el óbolo los dos se encontraron en un pasillo con tres puertas a cada lado. Estaba apenas iluminado por unos pocos candelabros. Sin embargo, en la penumbra aún era posible ver.

—Y ahora —dijo el irlandés—. Intentad comprobar ver si vuestro hombre está en alguna de estas habitaciones.

Antonio miró por la mirilla de la primera puerta de la derecha. Vio a un hombre y a una mujer sentados en un sofá. La cortesana llevaba un vestido especialmente escotado. El cliente besaba sus pequeños pechos blancos. Cuando levantó la cabeza, Antonio se dio cuenta de que no era el tullido. Portaba una máscara que nada tenía que ver con la que lucía su hombre. Volvió a cerrar la mirilla.

—Para nada —susurró.

—Probemos con el siguiente —le instó McSwiney.

Esta vez Antonio se asomó por la rendija de la primera habitación a la izquierda. Dos mujeres estaban desnudando a un hombre. Pero aquel era evidentemente distinto del tullido, por no decir que, por la forma en que se movía, no cojeaba en absoluto. Y el color del frac y la camisola no coincidían lo más mínimo.

Era otro intento fallido. Resopló.

—¿Qué pasa? —preguntó el irlandés.

—Nada. Tampoco ha habido suerte esta vez.

A medida que se acercaba a la segunda puerta del lado derecho, Antonio Canal empezaba a pensar que se había equivocado. Se sentía incómodo en aquel lugar, como si hubiera algo sucio y retorcido. No era un hombre perfecto, pero entre sus defectos no se hallaba el de pagar a las mujeres para meterlas en su cama, menos aún para verlas entretener sexualmente a clientes. Y sin embargo, la situación en la que se había metido era justo esa.

Todo ello por no mencionar que Charlotte von der Schulenburg le había robado el corazón y el solo hecho de pensar en ella intensificaba esa especie de culpa que sentía en aquel momento, justificada o no. Tal vez exageraba, pero por primera vez se percataba de que albergaba un sentimiento sincero y puro y, allí de pie, en ese momento, le daba la impresión de estarlo mancillando. Acercó el ojo a la mirilla. Vio a un hombre de espaldas. Llevaba un frac color sangre de buey que pronto acabó en el respaldo de un pequeño sillón. Cuando se movió, lo vio cojear.

Lo hacía de forma apenas perceptible: era él. Mientras una mujer de larga melena pelirroja hundía el rostro entre sus piernas, el hombre se volvió. Y Antonio Canal tuvo la sensación de que lo estaba mirando de verdad. ¿Era posible que lo hubiera visto? Apartó los ojos de la mirilla y esperó. No ocurrió nada. Tal vez fuera solo una sensación. No obstante, lo embargó una profunda inquietud.

—¿Le habéis visto? —preguntó McSwiney. Antonio se limitó a asentir. Luego, sin más dilación, se dirigió hacia la entrada del pasillo. El irlandés lo detuvo, lo agarró por el brazo y dijo con voz entrecortada:

—¡Por ese lado no! ¡Venid conmigo! —Y se dirigió hacia el final del pasillo pasando por delante de las demás habitaciones.

De una de ellas, Antonio oyó gemidos de placer. En lo que dura un instante McSwiney bajó el picaporte de una puerta y se encontraron en un nuevo balcón. Desde allí, un tramo de escaleras conducía al piso superior, otro se dirigía hacia abajo.

Bajaron los escalones, pero, mientras volvían al gran salón de recepciones, Antonio seguía sintiendo aquellos ojos clavados en él. No le parecía posible que el tullido lo hubiera reconocido, no a través de la mirilla, y menos aún teniendo en cuenta que llevaba una máscara. Era completamente irracional hasta sospecharlo y, además, nunca se habían visto y nunca, hasta entonces, su hombre había sido consciente de que lo estaban siguiendo.

Y a pesar de todo, Antonio no lograba librarse de una sensación de creciente angustia.

# 15

## El informe

—¿Y bien? —preguntó Su Serenidad con mal disimulada impaciencia.

—Ahora os contaré lo que he descubierto —respondió Antonio Canal. Se preguntaba por dónde empezar y entonces decidió omitir el preámbulo e ir directamente al meollo de la cuestión—. Gracias al consejo de un buen amigo, esperé a que el tullido se reuniera con sus dos compañeros en el Hospital de los Mendicantes.

—¿Estáis seguro de que no os ha visto? —preguntó el dux.

Por un momento Antonio dudó. Estaba seguro de que no lo habían visto durante el seguimiento, pero, en ese instante, recordó la mirada del tullido mientras la prostituta se ocupaba de él. Esperaba que Su Serenidad no se diera cuenta de su vacilación.

—En absoluto. En cuanto se puso a andar, junto con los otros dos, lo seguí. Después de la plaza de San Juan y San Pablo giró hacia Barbaria de le Tole.

—¿Y no se detuvieron en la Caballeriza?

—Al principio yo también lo pensaba, pero en vez de eso continuaron hasta la calle Zon.

—¡Ah! ¿Y qué iba a hacer allí?

—Después de doblar por la calle Cavalli, se detuvieron delante de un edificio. Llamaron a la puerta. Les abrieron. Pronunciaron una contraseña y los dejaron entrar.

—¿Contraseña?

Antonio asintió.

—A mí también me pareció extraño, pero lo que descubrí después lo aclara todo. El palacete alberga el salón de Cornelia Zane, una honesta cortesana que recibe en sus locales a jugadores y mujeres de la vida, garantizando el anonimato con el uso de máscaras. La sensación que tuve es que el salón es una tapadera para algo más: vi las mesas del faraón y de basetta, los jugadores, las alcobas…

—Comprenderéis bien que no podemos detenerlo por eso…

—No he dicho nada al respecto. Solo puedo confirmar que el hombre que he representado en el cuadro no desdeña los placeres carnales en lo que es, a todos los efectos, también un burdel.

El dux suspiró. Tendría que esperar hasta el final de la investigación para ver si el resultado era ese y, sin embargo, de momento era eso lo que había ocurrido.

Levantó una mirada preocupada y sus ojos se fijaron en Antonio.

—Pero eso no es todo, ¿verdad?

Canaletto se quedó callado. Su Serenidad había dado en el clavo. Había algo indefinible en el llamado salón de Cornelia Zane. No podía describirlo, pero ciertamente no se trataba de un simple lugar de juego y placer. Durante la fiesta había tenido la impresión de que flotaba un aire de depravación, como si lo que había descubierto no fuera más que el telón de un teatro más perverso y criminal.

—Esto es lo que puedo contaros por el momento. Pero, aun a riesgo de aventurarme demasiado, no creo que eso sea todo.

—Entiendo.

—¿En serio? ¿Puedo preguntar si ha habido alguna novedad con respecto a la doncella de alabastro?

—Deberíamos preguntarle al capitán grando, pero sé a ciencia cierta que las sospechas recaen sobre los judíos.

—¿Hay alguna razón para creerlo? —Al hacer esa pregunta Antonio se sorprendió. ¿Acaso se había convertido en un espía? Desde luego que no y, de hecho, ese asunto estaba completamente fuera de su control. Había logrado, de manera sorprendente, desentrañar el misterio. A pesar de sus dudas iniciales, había completado la tarea asignada con relativa facilidad y ahora, por alguna inexplicable razón, sentía la necesidad de saber más al respecto. Ese pequeño mundo de vicios y debilidades le había llamado la atención. Percibía algo inacabado y poco claro en sus pesquisas—. Necesito comprender —añadió, como si razonara para sí mismo. Y quizá, bien mirado, así era.

—Me doy cuenta, señor Canal —dijo el dux—, pero vos entenderéis que tengo plena confianza en el capitán grando y en su criterio. Supongo que está llevando a cabo las investigaciones necesarias. Por otra parte, estoy sinceramente sorprendido por el celo que habéis puesto en estas pesquisas vuestras.

—Bueno, teniendo en cuenta que fuisteis vos quien me las encomendasteis…

—¡En efecto! —confirmó el dux—. Y habéis hecho un trabajo excelente. De todos modos, la cuestión está clara. Como os prometí, tenéis carta blanca. Nunca confirmaré que os he dado instrucciones personalmente, pero, como ya he hecho, me aseguraré de que el poder judicial os deje tranquilo.

—Es más que suficiente. También porque, como os dije, no me veo capaz de parar —contestó Antonio dándose cuenta de hasta qué punto aquella extraña intriga ejercía sobre él una fascinación que, evidentemente, había subestimado.

Y sin más dilación, se despidió.


El cielo azul había adquirido el tono dorado del crepúsculo. Las gaviotas chillaban a lo lejos, planeando en el aire gélido del atardecer. Se le erizaba la piel. Estaba nervioso. Sudaba frío. Se sentía vivo, más vivo que nunca, galvanizado por sus sentimientos hacia Charlotte y sacudido por la agitación que su visita al salón de Cornelia Zane le había causado. Se sentía atraído y repelido al mismo tiempo. Un singular claroscuro igual que los trazos de luces y sombras que siempre intentaba capturar en sus lienzos. Sí, su pintura. En los últimos días se había desentendido de ella por completo.

Jamás antes le había ocurrido y le parecía increíble. La pintura era para él una experiencia que lo abarcaba todo y ahora, de repente, se encontraba teniendo que alcanzar un acuerdo con su propio corazón y descubría que no estaba preparado para lo que sentía por Charlotte. Y la sensación de curiosidad devoradora por los descubrimientos en el transcurso de sus pesquisas hacía el resto.

¿Y McSwiney? Gracias a él había progresado rápidamente. Y también fue gracias a él que se había asegurado no uno, sino tres encargos diferentes. Sentía gratitud y se daba cuenta de que quería confiar en él. Después de todo, el irlandés le había demostrado su lealtad, mucho más que nadie, mucho más de lo que él mismo había hecho hasta ese momento. Se trataba de una buena manera de corresponder a la confianza. No tenía muchos amigos: su actividad tan peculiar y solitaria, que realizaba con la estricta disciplina de un monje, no lo llevaba a establecer relaciones importantes desde un punto de vista humano. Pero ciertamente no iba a hacer ningún progreso comportándose así. Se prometió a sí mismo una vez más confesar plenamente a McSwiney en qué andaba metido. Si al principio podía haber tenido razones para una cierta reticencia, ahora no le quedaba ya ninguna.

Era todavía muy joven y, aunque sufría de una cierta misantropía, lo que había vivido en esos últimos días le había cambiado. Al menos un poco. Enfrentarse a sentimientos y tareas desconocidos podía resultar embriagador. Y no se iba a atrincherar tras su soledad, como había hecho unos días antes. Pretendía dejarse llevar: daría la bienvenida con los brazos abiertos a ese torbellino de vitalidad y aventura que lo estaba succionando.

En cuanto a los judíos, algo no le cuadraba. El dux había reiterado que las sospechas apuntaban en esa dirección. No tenía ninguna base para argumentar si esos supuestos eran correctos o equivocados, pero cuando lo convocaron el inquisidor del Estado y el capitán grando, habían sido ellos mismos los primeros en decir que algunos rumores buscaban en los judíos a los perfectos culpables, sugiriendo, sin embargo, que esa tesis parecía más una forma de silenciarlo todo y no el resultado de una investigación real. ¿Y ahora? Ciertamente habían surgido nuevos elementos, pero ¿y si las cosas no hubieran acontecido así?

Contempló la basílica de San Marcos: las cúpulas contra el cielo oxidado por la puesta de sol, los cinco grandes portales coronados por arcos, los biseles magníficamente decorados... Cada vez que miraba la fachada, sentía que se le cortaba la respiración al menos durante un instante. Venecia siempre lo había hechizado con su belleza. Nunca estuvo preparado para tanto esplendor, no lo suficiente, y percibía una vez más cómo sus pinturas no le hacían justicia, a pesar de que él intentaba por todos los medios reproducir sus proporciones, su armonía, las líneas, los juegos de luz.

Se hacía tarde. Quería volver. Pasó bajo la torre del Reloj y apresuró el paso. Fue cuando se acercaba a San Zulian cuando tuvo la clara sensación de que lo seguían. Intentó darse la vuelta, pero no vio a nadie.

Lo más probable era que se hubiera equivocado.

Sin embargo, la duda lo acompañó todo el camino de vuelta a casa.

# 16

## Los Moeche

No sabía qué ópera se representaba aquella noche, pero desde luego la explanada frente al teatro San Juan Crisóstomo estaba más atestada que nunca. Después de todo, en ese escenario debutaban los melodramas más importantes, con majestuosos decorados y donde las prima donnas y los cantantes lucían elegantes trajes que habrían hecho las delicias de una princesa. ¡Cómo deseaba, por una vez, poder ver con sus propios ojos un espectáculo como aquel, que tanto nobles como plebeyos se disponían a presenciar en aquel momento! Por desgracia, Colombina sabía que tenía que pensar en otra cosa. Era tan pobre que tenía que recurrir a pequeños hurtos y artimañas de todo tipo, y en ese preciso momento, junto con Magnaossi, se disponía precisamente a ese tipo de actividad. No muy lejos de ellos, el Moro los vigilaba. Lo llamaban así porque tenía la tez oscura y el pelo encrespado. Era el líder de los Moeche, la banda de huérfanos que rapiñaban todo lo que podían y se ganaban la vida de cualquier manera.

Últimamente las cosas habían ido un poco mejor porque el Moro había empezado a trabajar para un hombre al que Colombina solo había visto una vez. Y eso había sido suficiente para ella. Tenía un nombre extraño, ciertamente no veneciano, pelo largo y negro, igual de oscuro que sus ojos, vestía con mucha elegancia y era un caballero respetable en apariencia. Pero entonces, en un instante, ella lo había visto convertirse en lo peor cuando había golpeado a un chico de la pandilla que era incapaz de hacer, según su parecer, lo que se le había pedido. El Moro se había opuesto a aquella paliza, pero aquel bestia lo estampó contra la pared sin siquiera mirarlo a la cara, continuando con patadas en la barriga del pobre chico hasta dejarlo por los suelos.

Ante esa visión, la sangre se le había helado en las venas. Tenía los ojos aún llenos de aquel horror: el hombre de larga y negra cabellera empapado en sudor, con una sonrisa aterradora. Se mostraba engreído porque casi había matado a golpes a uno de ellos, un miembro de la banda de los Moeche. Luego había sacado su tabaquera, se había colocado un poco de polvo marrón en la muñeca y, después de inhalarlo, se había echado la larga melena hacia atrás, soltando una carcajada escalofriante. Por último, había dicho que a la banda de los Moeche nunca les irían mal las cosas si las hacían como él quería. Sin embargo, si lo decepcionaban, los aplastaría como los desagradables cangrejitos que eran. Colombina intentó no pensar en ello. Había venido a hacer un trabajo y no quería decepcionar al Moro: era muy guapo e inteligente y a ella le gustaba. Por supuesto, intentaba no demostrarlo, sobre todo porque sabía que no le era indiferente y esperaba así poder retenerlo.

En cualquier caso, la explanada estaba atestada de los tipos más diversos: caballeros sin dama, cortesanas, mercaderes deseosos de ampliar sus posibilidades, aspirantes a actrices, nobles en busca de aventuras, sirvientes, lacayos, aventureros sin escrúpulos, escritores, empresarios... o supuestos empresarios, charlatanes, borrachos y, en medio de ellos, vendedores de manzanas confitadas, *bussolai*, bollos de crema y otros dulces y, junto con ellos, los vendedores de café y, además, los que estaban dispuestos a ceder en el último momento y por unos pocos *zecchini* su lugar, tratando de estafar a los crédulos que nunca faltaban.

Estaban todos, entre los que entraban a empujones en el teatro y los que se entretenían esperando a alguien o, simplemente, tomándose un poco más de tiempo, a pesar de que se hacía oscuro y estaba frío.

Colombina tenía toda la intención de ir al grano. Se acercó a un caballero bien vestido con frac galoneado, tricornio y una gran capa, con una monumental peluca empolvada y una barriga prominente. En parte por su riqueza y en parte por su tamaño, posaba como un potentado. Ella hizo alarde de su mirada más lánguida y dejó a la vista sus firmes pechos blancos, gracias al escote del vestido. No era un vestido como tal, más bien un harapo, pero su piel fresca y su hermosa forma lograban ampliamente el efecto deseado.

—*Good evening*, mi señor —dijo con todo el brío del que era capaz de hacer acopio en aquel momento—. ¿Qué representan en el teatro esta noche?

El potentado la miró sorprendido, desnudándola con la mirada.

—Sangre de Baco —dijo—. Están poniendo en escena la *Berenice* de Sergio Maria Orlandini. ¿Y tú quién eres? ¿Un ángel?

—¡Qué galante! —trinó Colombina, sonriendo y frunciendo sus labios rojos. Ni que decir tiene que esto hizo que el viejo Ganímedes entrara en éxtasis.

—Sangre de Baco —reiteró este último—. Me preguntaba… —Y, en tanto lo decía, alguien que llegó corriendo le golpeó el hombro. Mientras el seductor blasfemaba contra el desgraciado que había chocado contra él con tanta malicia, Colombina, acercándose, recuperó el bolso de cuero que Magnaossi había cortado y que ahora había acabado en el suelo entre la gran muchedumbre. Se apresuró a cogerlo y se lo metió en el bolsillo.

Mientras tanto, la gente se abría paso en el teatro y ella y el viejo impenitente acabaron separados de la multitud que, como una marea, casi arrollaba a este último, conduciéndolo, a su pesar, hacia la entrada.

—Querida... —dijo aquel—. Cómo me gustaría tenerte conmigo...

Ella le sopló con la mano el más seductor de los besos.

—Es como si hubiera aceptado, mi señor, será para la próxima vez. —Y, sin más esperas, giró sobre sus talones y se dirigió en dirección opuesta a la del viejo galán.

El palacio abandonado estaba situado en el extremo del barrio de Castello. Parecía a punto de derrumbarse. Desde fuera, nadie habría adivinado jamás que estaba habitado, pero los Moeche lo habían elegido como refugio suyo. En los grandes y destartalados salones, con el tiempo, habían montado un verdadero cuartel general: el comedor donde comían juntos; los dos dormitorios, excepto las habitaciones del Moro y Colombina; la armería, en la que acumulaban hondas, puñales, cuchillos, balas de todo tipo —piedras o puñados de clavos, poco importaba—, garrotes, espadas, tijeras.

El Moro estaba con ella, en el desván, en su habitación. Acariciaba su largo pelo rubio, parecido a la luz del sol cuando brillaba dorada en el agua de la laguna, y le besó las mejillas.

—Has hecho bien —le dijo.

A Colombina le pareció que tocaba el cielo con un dedo.

—Debo encontrarme con Olaf Teufel.

Otra vez ese nombre. El demonio del largo cabello negro. Y ella se sintió morir. Nada bueno podía venir de un hombre así. Le rogó al Moro que no lo hiciera.

—Le tengo miedo —dijo ella con un hilo de voz—. Es una bestia.

Guardando silencio, él se limitó a desviar la mirada porque sabía que ella tenía razón. Pero entonces la miró fijamente a los ojos.

—Debo pensar en encontrar comida para todos. No podemos seguir así.

—¿Por qué no? Podemos volver a hacer lo que hemos hecho hoy.

—Diez *zecchini*, es todo lo que tenía. Ese viejo cerdo estaba lleno de orina y aire, y no es la primera vez que nos pasa. Necesitamos un ingreso seguro y ese hombre puede proporcionárnoslo.

—No quiero —dijo ella. Las lágrimas ya le surcaban las mejillas.

—Tienes que confiar en mí —repuso él. Luego la besó en la frente—. Piensa en los chicos. Son más pequeños que nosotros y, aunque sean listos, no pueden hacer más de lo que ya hacen. Y, aun juntando todo lo que podemos, casi no nos da ni para pan.

—¡Pero somos libres! —replicó ella.

—¿Por cuánto tiempo?

—Mientras tengamos el valor de serlo.

Sacudió la cabeza.

—Sabes que no es así. Solo nos mentimos a nosotros mismos. Iré a ver a Teufel y ya veremos. Quiere una red de informantes en la ciudad y los Moeche pueden ser justo lo que necesita. Tenemos contactos en cada barrio y con tus palomas podemos cubrir los cielos de Venecia como nadie. Tus amigas serán de inestimable valor para nosotros y pueden convertirse en nuestros ojos.

Entonces el Moro se levantó.

Ella intentó detenerlo, pero él se soltó. Lo hizo de manera brusca, definitiva. Mientras se alejaba, Colombina se dio cuenta de que eso sería el principio del fin.

# 17

## El miedo

Varias veces ese día, Isaac se preguntó si la elección por la que estaba a punto de decantarse era la correcta y la respuesta resultaba siempre la misma: no tenía otra. Ante la completa inacción de la República la única opción que le quedaba era alertar a la comunidad. Aunque en un principio había discutido con su hermano, tenía que reconsiderarlo. Para ello se proponía hablar con el rabino. Entró por el soportal, como de costumbre, accediendo al gueto desde el lado de la Fondamenta della Pescaria que bordeaba el canal de Cannaregio. La luna esa tarde ya lucía en el cielo, tan grande y amarilla como una medalla de oro. En el gueto viejas panaderías, verdulerías y carnicerías... iban cerrando, una a una. Isaac avanzaba entre los altos y estrechos edificios mientras hombres, mujeres y niños se apresuraban a ir hacia sus casas, ofreciéndose unas pocas palabras de saludo y llenando el aire frío de la tarde, por unos instantes, con fragmentos de diversas lenguas. Las frases parecían flotar en una babel de modismos que Isaac no dejó de reconocer: yidis, alemán, italiano, turco, portugués y español.

Por fin se sentía en casa y, de algún modo, protegido. Especialmente después de lo que le había pasado. Quizá aquella valla, en un momento desafortunado como aquel, hubiera representado un muro infranqueable. Pasó por delante del Ospedale dei Poveri y del Albergo per i Viandanti Levantini, llegando así al Campiello delle Scuole para luego proseguir en dirección al Gueto Nuevo. Pronto callaron las voces y, a excepción de unos pocos propietarios de casas de empeño que aún se entretenían con el cierre, los callejones y los patios quedaban vacíos.

Al llegar al campo del Gueto Nuevo se detuvo. Las casas eran tan altas que ascendían hasta el noveno piso en algunos casos. Esa era la única manera para los judíos de ganar nuevos espacios: elevarse. E incluso así, las casas ya no eran suficientes. Sacudió la cabeza. Ese hecho lo angustiaba.

A la derecha tenía la Escuela Grande Alemana, la Escuela Cantón y la Escuela Italiana. Las tres se encontraban en el interior de otros tantos edificios y palacios y no se las habría reconocido desde el exterior por la ausencia total de signos distintivos, para no llamar la atención y así evitar despertar la desaprobación del Gobierno de la Serenísima, que solo había permitido su construcción a regañadientes. Continuó, inclinándose hacia la izquierda, en dirección a una gran casa, alta y estrecha, de seis pisos. Llegó frente a la puerta, reforzada con hierro, metió la llave por el ojo de la cerradura y entró.

En el pequeño patio arrancaba el primer tramo de escaleras. Un peldaño tras otro se llegaba al balcón del primer piso. Luego al segundo, finalmente al tercero. Aquellos escalones le pesaban ese día. Porque le recordaron, una vez más, que él, como todo el mundo en el gueto, se veía obligado a vivir en habitaciones estrechas y mal ventiladas, por las que se pagaba el triple de lo que le habrían cobrado a un veneciano. No era justo. Y era aún menos justo que no pudiera adquirir la propiedad si quería. Por supuesto, ¿qué interés podría tener en convertirse en propietario de aquel cuchitril? Pero aquella era una cuestión de principios.

Una vez dentro, dejó la bolsa de cuero y llamó a Zygmund. Su hermano no contestó. Seguramente debía de estar en la sinagoga para las oraciones de la tarde. Después de lavarse la cara, fue a la cocina y bebió un poco de agua. Finalmente, de pie, se dedicó a rezar la amidá y sus diecinueve bendiciones.

Isaac llegó al campo del Gueto Nuevo frente a la Escuela Grande Alemana, la sinagoga de rito asquenazí, construida hacía dos siglos. Estaba situada en el primer piso de un edificio. Se reconocía por las cinco grandes ventanas arqueadas y el pequeño *liagò*, el edículo saliente que señalaba su presencia en el canal.

Entró por la puerta y, desde la planta baja, subió una empinada escalera que conducía directamente al lugar de culto. La planta trapezoidal quedaba algo desdibujada, en su singularidad, por la estructura elíptica de la galería de las mujeres que, sostenida por elegantes columnillas, corría alrededor de todo el techo. La *bimá* octogonal —el púlpito del oficiante— estaba situada en el centro de la sinagoga y un marco continuo reproducía los diez mandamientos en letras doradas sobre fondo rojo. En el lado corto de la sala, el elegante *aron*, un arca de formas renacentistas, coronado por un frontón ricamente decorado en oro, tenía a su lado los asientos de los *parnassim*, los administradores de la sinagoga. En las puertas del *aron* estaban tallados e incrustados en nácar los diez mandamientos. Las paredes estaban revestidas de madera, así como los bancos, y su color oscuro y austero contrastaba con el suntuoso dorado de las paredes y el rojo de las cortinas.

En aquella magnificencia, Isaac no vio inmediatamente al rabino, ni siquiera al *shammash*, el sacristán. Así que se dirigió a su *gabba'im*: el secretario del rabino era un hombre gordo con la cara sonrojada, los ojos llorosos y escaso pelo coronando aquel rostro redondo como una luna llena.

—Gabbai Wiesel —dijo—. Debo hacer una consulta al rabino Mordecai Coen.

El *gabbai* era un hombre de pocas palabras. Hablaba con monosílabos y solo cuando se veía obligado a hacerlo. Así que, sin inmutarse, indicó con una inclinación de cabeza la última fila de bancos. Allí, sentado, con aspecto cansado, Isaac vio al rabino. Dio las gracias al *gabbai* y se unió a Mordecai Coen.

Era, este último, un hombre de avanzada edad y profunda sabiduría. Casi ni se dio cuenta de la llegada del médico. Permaneció con la mirada aparentemente perdida en el vacío hasta que, distraído por el ligero ruido de pasos, volvió sus ojos hacia arriba. Su rostro estaba pálido, enmarcado por una larga y bien cuidada barba y unos caireles perfectamente rizados.

Isaac, al saludarlo, se puso de pie, por el respeto que le debía. El rabino pareció atravesarlo con la mirada de sus grandes ojos claros.

—No te he visto esta noche en las oraciones, hijo.

—Llegué tarde, rabino —replicó Isaac—, y lo lamento.

—Y yo contigo —fue la respuesta.

—Vengo a hablar de lo que ocurre en la ciudad.

El rabino suspiró.

—Me temo que ya entiendo. ¿Aludes al terrible asesinato de la mujer que apareció flotando en el canal de los Mendicantes?

Isaac asintió.

—Toda Venecia nos culpa de ese crimen.

—Lo sé.

—Ayer estuve en un lugar público.

—¿Y qué? —preguntó el rabino. Parecía indiferente a las palabras de Isaac.

—Y fui atacado por hombres que nos llaman exterminadores de vidas y bebedores de sangre.

—Pues eso es lo que está sucediendo —dijo el rabino. Y en esas palabras había un sentido de fatalidad que parecía sacudir la sinagoga hasta sus mismos cimientos.

Isaac no comprendía. Pero el rabino no esperó su comentario y continuó:

—El contagio. El miedo es como el contagio. Comienza como una pequeña llama, suficiente para encender una mecha. Luego se propaga y, en poco tiempo, se convierte en un incendio. —Suspiró—. Sabbatai Zevi.

Ese nombre resonó en el aire como una sentencia de muerte.

—Conoces la historia, ¿verdad, hijo? —insistió el rabino.

Isaac asintió.

—Hace setenta años, Sabbatai Zevi, un joven seguidor del rabino mayor de Esmirna, se autoproclamó mesías.

—Sí —fue la lacónica confirmación de Mordecai Coen. Y al actuar de ese modo parecía invitar a Isaac a continuar.

—A pesar de que mucha gente se le oponía —continuó el doctor—, poco a poco fueron creciendo sus seguidores, hasta el punto de que acabó siendo considerado peligroso y acusado de *herem* y abandonó la ciudad, refugiándose en Constantinopla. Allí un destacado predicador, Abraham Yachini, lo reconoció como mesías, apoyando la tesis con una antigua profecía hebrea según la cual este último se llamaría Sabbatai.

—Y ese hecho condujo a un cisma —concluyó el rabino Coen— entre los que creían que era un charlatán y los que veían en él, en cambio, al verdadero Mesías. Pero esto ya lo sabemos… El problema es otro, Isaac. —Y, al pronunciar esas palabras dejó escapar un suspiro.

—¿Cuál?

—Antes que nosotros, buena parte de los judíos del gueto saludaron con demasiado entusiasmo su autoproclamación. Y fueron trágicamente desmentidos cuando abrazó el islam.

Isaac quiso hablar, pero dudó.

—¿Tienes miedo de decirlo? —lo instó el rabino—. Entonces lo haré yo: alguien de la comunidad podría argumentar que lo que está ocurriendo es un castigo por sucumbir a los halagos del falso mesías.

¿Así que se trataba de eso? ¿La posibilidad de que el bárbaro asesinato de esa chica tuviera una motivación de naturaleza religiosa?

—Así que creéis que el asesinato de esa joven…

—Yo no. Pero eso, la viruela, las acusaciones contra nosotros, todo ello podría ser culpa de la maldición que pesa sobre nosotros —completó el rabino, interrumpiéndolo.

—¡Pero sabéis que no está de ninguna manera probado que haya sido un judío quien asesinó a esa pobre chica!

—Por supuesto. Pero cuidado: lo que yo sé no cuenta para nada. Además, repito, no soy quién para decir que los preceptos de Zevi y sus seguidores nos condenan. Digo, en cambio, que alguien podría apoyarlo. Es más, que alguien ya lo está haciendo.

—¿De verdad? ¿Quién? —preguntó Isaac en el colmo de la angustia.

—No lo sé. He intentado pensar en ello y no me viene nadie a la cabeza. El único alborotador en esta comunidad es Shimon Luzzatto, pero, para ser honestos, todas sus invectivas se dirigen contra los venecianos. Así que no veo cómo podría tener algún papel en esta historia. Pero el nombre de Zevi ya ha sido pronunciado en estos días.

—Si esta historia se extendiera, la comunidad podría terminar en el caos.

—Exactamente. Por no hablar de que, cuando Zevi se proclamó mesías, la comunidad judía de Venecia no se opuso enérgicamente a la impostura. Más bien, como he dicho, al menos parte de ella, le dio la bienvenida. Así que, en cierto modo, si bien no creo en la maldición, tampoco puedo afirmar que seamos completamente inocentes.

Y mientras terminaba de hablar, su mirada hizo temblar a Isaac.

# 18

## El pacto

Inmerso en la oscuridad, Antonio contemplaba embelesado el escenario. En su centro, Mérope, reina de Mesenia, desahogaba su ira por la muerte de su hijo Cresfontes. Quince años antes, su marido, el rey, había sido asesinado. Su hijo se había salvado y ella se lo había confiado a su sirviente Polidoro, para que lo criara en secreto. Cuando quince años después, amenazada de muerte, había tenido que aceptar las descaradas ofertas de Polidoro, tuvo bien claro quién había sido el asesino de su marido. En aquel momento, mientras gritaba llevándose las manos al pecho, con su larga cabellera negra despeinada, sus ojos enrojecidos por el resentimiento y la frustración, Mérope se había enterado de que el propio Cresfontes había sido asesinado por Egisto, a quien llevó a la ciudad un siervo de Polifonte. De ahí su desesperado deseo de asesinarlo, clavándole una daga en el costado.

En ese drama de sangre y venganza, de dolor y depravación, Antonio veía de nuevo el destino de Venecia, consumida por el vicio, diezmada por la epidemia de viruela, oprimida por unas garras despiadadas que parecían no aflojar nunca y atravesada por oscuras tramas que amenazaban con poner en peligro su frágil equilibrio. Y cuanto más gritaba Mérope, golpeándose el pecho con los puños, más le pesaba su propia incapacidad. Por supuesto, había descubierto las obscenas licencias que se tomaba el Cojo, pero aquel salón, estaba convencido, ocultaba mucho más. Tras el barniz de descarada diversión, se escondía sin duda algo más serio e inquietante. Se lo había contado al dux y ahora se proponía averiguar todo lo que se le había resistido hasta ahora. Las contraseñas, las alusiones licenciosas de Cornelia Zane, el llamativo guardaespaldas y aquel *cicisbeo* de aspecto poco tranquilizador le sugirieron que algo retorcido y malévolo acechaba en aquellos habitáculos. Al principio, Owen McSwiney había intentado disuadirlo de cultivar ciertas ideas, pero él no podía dejarlo pasar, aunque era el primero que deseaba regresar a la pintura y refugiarse en los sentimientos que albergaba por Charlotte.

Así que, cuando el drama de Scipione Maffei llegaba al final del tercer acto, Antonio se preguntaba una vez más si no sería el irlandés la persona que podría ayudarlo a despejar sus dudas. Y la respuesta era siempre la misma: sí.

—Tengo que hablar con vos —dijo Antonio en voz baja, en la oscuridad del palco, al amigo que estaba allí con él. Y en cuanto terminó el tercer acto, entre gritos de júbilo y estruendosos aplausos, McSwiney lo miró, alzando una ceja.

—¿Qué tal? ¿Lo estáis disfrutando?

—Un drama muy negro y sangriento —contestó Antonio.

—Estoy de acuerdo.

—Me produce incomodidad, debo admitirlo. Pero, después de todo, eso es lo que le pedimos al teatro, ¿no? Emoción. Y este drama me desafía, lo confieso. Tal vez porque, en lo trágico de la historia, veo a mi amada República. Precisamente por ello, si me lo permitís, me gustaría preguntaros algo.

—Adelante, señor Canal.

—Bueno…, amigo mío, a ver cómo lo digo… Me gustaría volver al salón de Cornelia Zane.

—¿De verdad? Me pareció que no era de vuestro agrado. Por no mencionar el riesgo que corrimos la otra vez.

—Y tenéis razón.

—¿Y entonces?

—Veréis… —reanudó Antonio y, por un momento, dudó—. Hasta ahora os he contado una verdad a medias.

—Era consciente de ello.

—Sí, pero no os lo he contado todo y vuestra amistad se ha vuelto tan querida que ya no quiero tener secretos con vos —observó Antonio—. Seré sincero: fue el propio dux quien me encargó ciertas pesquisas.

McSwiney puso cara de incredulidad.

—Conque así están las cosas…

Antes de que Canaletto asintiera, el irlandés continuó, procurando mantener el tono de voz bajo:

—Pero entonces me pregunto… ¿por qué vos? ¿No podría tener policías, espías, *signori di notte* para hacer ese trabajo?

—Veréis, al principio solo se trataba de averiguar en qué andaba metido cierto individuo al que había retratado en uno de mis cuadros por pura casualidad.

—El Cojo.

—Exactamente. Pero ahora, no sé por qué, me estoy convenciendo de que hay algo más en ese salón.

—Es probable.

—¡Ah! Entonces ¿lo confirmáis?

—No es tan así. Pero puedo deciros que ayer mismo recibí una invitación muy particular.

—¿De qué estáis hablando?

—No puedo ser más claro de lo que estoy siendo, pero puedo decir que el *cicisbeo* que habéis vislumbrado es un hombre verdaderamente extraño y quizá algo más.

—Me gustaría conocerlo mejor.

—Creo que es una mala idea. Yo mismo estoy pensando en limitar mis frecuentaciones.

—¿Y eso por qué? —preguntó Antonio. Y en su voz no pudo ocultar un cierto tono de preocupación.

—Porque tal vez tengáis razón: hay algo que no encaja en ese lugar.

—Pero entonces, si así fuera, tendríamos un motivo más para averiguarlo.

McSwiney sacudió la cabeza.

—¿Y si para ello tenemos que perder nuestro honor? ¿La reputación? ¿O tal vez la vida misma?

—Os pido que me ayudéis; ya está, lo he dicho —admitió Antonio—. Que seáis mis ojos en ese lugar y que me contéis lo que ocurra durante esa nueva reunión a la que habéis sido invitado.

—Si he de seros sincero, señor Canal, lo primero que se me ocurre deciros es: ni por todo el oro del mundo. Por supuesto, la parte aventurera de mí, que ha anidado en lo más hondo de mi alma, hija del exilio y de tener que inventar cada día una solución a mis problemas de paria, me hace decir que, en parte por curiosidad y en parte por un *quid pro quo* adecuado, yo podría ser vuestro hombre. Sin embargo, me gustaría que os dierais cuenta de que me estáis pidiendo mucho. Una cosa es elegir si te arriesgas o no, y otra que te obliguen. Así que os pregunto: ¿qué ganaría yo en todo esto?

—¿Una nueva obra que os pueda vender a muy bajo precio o regalárosla?

—Eso sería al menos un buen comienzo. —Y mientras enunciaba esas palabras se abrió el telón. Comenzaba el cuarto acto.

Antes de entregarse de nuevo a la atmósfera del drama, Antonio hizo una promesa:

—Señor McSwiney, vamos a reanudar la conversación con una buena copa de vino.

—Contad con ello —fue la respuesta.

# 19

## Plaza de San Giacomo de Rialto

Antonio salió cuando aún era de noche. Quería ver la iglesia de San Giacomo de Rialto con los colores nacarados que únicamente a esa hora podían captarse. Pretendía grabarlos en su memoria para reproducirlos en un lienzo al que llevaba un tiempo dándole vueltas.

Portaba una linterna que iluminaba su camino. Caminaba a paso rápido porque quería llegar a tiempo al sitio elegido. A punto de alcanzar Rialto había cruzado el puente a una velocidad vertiginosa y estaba casi llegando. Fue entonces cuando oyó un grito atravesando el aire.

Corrió a lo largo de Ruga dei Oresi porque tenía la clara sensación de que algo terrible estaba sucediendo. La luz del amanecer desvanecía los arañazos dorados del crepúsculo. Vio perfectamente delante de él a dos personas bajo los soportales de las Fábricas Viejas. Sintió que el corazón le martilleaba en el pecho.

Se plantó allí en un instante. Una mujer llorosa, vestida como una plebeya, era sostenida por un hombre con una camisa remendada y pantalones andrajosos. Seguramente debía de ser uno de los pescadores del mercado cercano. Calcetines raídos y zapatos gastados completaban su pobre atuendo. La mujer parecía angustiada. Pero Antonio no entendía por qué. Entonces, como si de repente lo hubiera comprendido, se dio la vuelta. Lo que vio lo dejó sin aliento.

Al principio, en la grisura del amanecer, no se había dado cuenta. Pero ahora, en cambio, la imagen lo golpeó con toda su terrible fuerza. La mujer estaba apoyada contra la pared de la iglesia. Alguien se había tomado la molestia de sentarla. El elegante vestido, o lo que quedaba de él, revelaba sin lugar a dudas que pertenecía al patriciado o al menos a una familia adinerada.

Tenía el pelo largo que le caía hacia delante, por debajo de los hombros. Era rubio pero enmarañado, como si alguien lo hubiera frotado con tierra o arena. Los grandes ojos azules parecían de cristal, congelados en una máscara de horror mudo. El cuello blanco como la nieve estaba salpicado de sangre oscura y seca. Gotas del color del hierro asaltaban las manos y las muñecas. Más abajo, los pechos estaban desgarrados y lo que quedaba era un montón de carne viscosa y castigada. El pecho había sido arrancado, literalmente y, Antonio no hubiera podido encontrar otra palabra: vaciado. Apartó la mirada porque le pareció que esa forma de regodeo era como profanar una vez más a aquella pobre mujer. Tanteó con el brazo y se agarró a un pilar. Tuvo que sentarse en los escalones de la plaza de la iglesia. Se quedó sin aliento cuando la plebeya comenzó a gritar de nuevo. Alguien más blasfemaba. Probablemente el pescador. Este profirió amenazas e imprecaciones, como si esas palabras pudieran castigar a quienes habían llevado a cabo semejante crimen. Pero ciertamente no había nada que hacer.

Antonio volvió en sí. Llevaba papel y lápiz, así que, sin perder más tiempo, se puso resolutivo y, por repugnante que le resultara lo que estaba a punto de llevar a cabo, comenzó a dibujar todo lo que pudo de cuanto tenía ante sus ojos: la mujer estaba sentada, su pecho desgarrado, su corazón arrancado, ausente, transportado a saber dónde, arrebatado por un monstruo con toda seguridad. El vestido le cubría los hombros, pero estaba rasgado hasta la cintura, como si un loco hubiera querido agrandar el escote hasta el infinito. La doncella se hallaba descalza. Un charco de sangre negra y coagulada se extendía bajo ella. La violencia del crimen era insoportable. ¿Quién había podido cometer semejante horror? ¿Y con qué propósito? Venecia era una ciudad violenta, pero tales escenas Antonio solo las había visto en ejecuciones públicas, cuando la Serenísima ajusticiaba a los criminales, culpables de los crímenes más atroces, entre las columnas de San Marcos y San Teodoro. Sin embargo, él nunca había oído hablar de un encarnizamiento como aquel, ni siquiera en los más horrendos actos de derramamiento de sangre. Cuando vio al sacristán salir de la iglesia, se detuvo de inmediato. Había esbozado lo que pudo de la forma más completa y lo más rápidamente posible. La plebeya, asistida por el pescador o quienquiera que fuese, se había alejado unos pasos y los dos, aunque se mantenían cerca, parecían ahora absortos en otros asuntos. Desde luego, no se habían fijado en él. El alba daba paso al azul de una mañana fría. Convocados por los gritos de un rato antes, carreteros, mendigos y sirvientes se iban reuniendo con rapidez en el patio de la iglesia para presenciar el espectáculo de horror que se había consumado allí en el transcurso de la noche. Con ellos llegaban mercaderes de la herbolaria de la Naranzeria y carniceros de la Beccheria. Era gente sencilla en su mayor parte y que debían de estar tan conmocionados como él por lo que habían oído. Antonio, que ya se había ocupado de meter el papel y el lápiz en el bolsillo del frac, se dirigió hacia el rincón más alejado del patio de la iglesia.

Mientras se iba retirando, apareció por Ruga dei Oresi uno de los Signori di Notte al Criminal. Avanzaba como la muerte, completamente vestido de negro, su capa ondeando levantada por el viento frío que azotaba Venecia aquella mañana infernal. Detrás de él venían media docena de policías.

—Salid de ahí —atronó el magistrado al tiempo que desenvainaba su espada amenazando en cualquier momento con ensartar a alguien como a un pollo. A su paso, los grupos de transeúntes, comerciantes y plebeyos que se habían congregado rápidamente frente a la iglesia se abrieron como las aguas del mar Rojo al paso de Moisés. Había algo efectivamente bíblico y sobrehumano en la violencia extrema que Antonio acababa de presenciar. Y tal vez ahora el *Signore della Notte al Criminal* dispensaría, muda y terrible, la justicia de Dios.

No sucedió.

Antonio se esforzó en caminar sobre sus piernas temblorosas y se obligó a sí mismo a mirar una vez más el cadáver de aquella pobre y maltrecha mujer.

—¿Qué demonios hacéis aquí? —preguntó el capitán grando a Antonio Canal. Este no tuvo los reflejos de contestar, así que fue el magistrado quien continuó—: ¿Sabéis algo de esto? ¿Estabais vos aquí cuando ocurrió este horror?

Antonio se limitó a negar con la cabeza. Fue una voz casi inaudible y quebrada la que acudió en su ayuda. El capitán grando volvió la mirada y vio al sacristán contemplándolo fijamente. Era un hombre de baja estatura, pero de complexión fuerte, tonsura perfecta y barba bien recortada. Vestía hábito y sandalias. Cómo no se congelaba en una mañana como aquella seguía siendo un misterio. Pero a juzgar por la prontitud con que respondía y la luz de su mirada, no parecía causarle demasiadas molestias.

—La encontré tal y como la veis. Me ausenté por un momento para buscar al párroco, sin suerte. Casi al mismo tiempo que yo llegó esa mujer —dijo, señalando a la plebeya que había gritado llamando la atención de Antonio—. Dudo, sin embargo, que esa pobre mujer pueda deciros algo más que yo.

El capitán grando pareció mirar con un deje de abatimiento a la plebeya.

—Sí —admitió con un suspiro.

—¡Muerte a los perros judíos! —gritó alguien. Otras voces se alzaron en un eco de odio que parecía rebotar en el aire, ganando fuerza a medida que se multiplicaban las amenazas.

—¡Exterminadores de mujeres! —estalló un hombre de pie, no muy distante.

—¡Sanguijuelas israelitas! —continuó otro.

—¡Silencio! —instó el capitán grando—. ¡O como que hay Dios que os arrepentiréis amargamente! —Luego volvió su atención a los suyos—. Vamos, apartad a la multitud —ordenó.

Y un instante después, los policías increparon a los curiosos, dispersándolos como una bandada de gansos. Hombres y mujeres se arremolinaron hacia los puestos de los herbolarios o las tiendas de la Ruga dei Oresi.

—¡Esto era lo que nos faltaba! Como si no tuviéramos bastante con la viruela —exclamó el alto magistrado—. En cuanto a vos, señor —dijo el capitán grando—, haré como si no os hubiera visto. Ni siquiera quiero saber por qué estabais aquí. —Luego bajó la voz y agarró a Antonio por el brazo—. Solo os recuerdo lo que prometisteis un par de noches atrás, en otras circunstancias. No me hagáis repetir cuál era el pacto. Y si tenéis intención de pintar este lugar, os ruego que vendáis el lienzo en el extranjero. ¿Me explico?

Antonio asintió.

—¿Qué haréis? —preguntó casi instintivamente y como reacción a la violencia que el otro ejercía sobre él.

—Lo que se espera de mí, por supuesto —exclamó enfáticamente el magistrado—. ¿Por qué? ¿Debo responder ante vos de mis acciones? —preguntó en modo despectivo.

—Solo estoy preocupado.

—¿Ah, sí? —respondió el capitán grando, levantando una ceja y dejando escapar una sonrisa que bien podría haber sido de burla—. ¿Y de qué, si se puede saber?

—¡Estoy seguro de que no son los judíos los responsables de semejante horror!

—¿Ah, sí? ¿Tenéis alguna prueba? ¿Os dedicáis a la investigación? ¿Acaso os jactáis de tener alguna experiencia en asuntos criminales?

—En absoluto.

—Lo sospechaba. Entonces hacedme el favor de quitaros de en medio y haced lo que acabo de ordenaros. Recordad: si alguna vez pintáis este lugar, Dios no lo quiera, cuidaos bien de llevar esa obra vuestra a otras tierras. —Y mientras lo decía, el capitán grando casi empujaba a Antonio Canal por los escalones que permitían que la iglesia se elevara por encima de la plaza.

Luego, sin preocuparse más por él, el magistrado volvió a interrogar al sacristán.

# 20

## Las dos mujeres

Antonio no podía quitarse de la cabeza el rostro de la mujer asesinada. Incluso cuando intentaba no pensar en ello, aquel rostro clavado en el terror seguía atormentándolo. Estaba trabajando en el cuadro, ya empezado, de la plaza de San Giacomo de Rialto. Creía que pintar la iglesia, los puestos de los vendedores ambulantes, el gran reloj que marcaba los tiempos de los mercaderes, el pórtico... era una forma de controlar el dolor. No pretendía perder ese sufrimiento —aunque hubiera querido no habría podido—, pero, si fuera posible, era su deseo procesarlo, colocando ese sentimiento en un ataúd dentro de sus pensamientos. Por lo tanto, tenía la intención de almacenarlo en una habitación de la mente de donde extraer, cada vez que resultase ser un estímulo, una exhortación a no rendirse jamás, sin dejarse abrumar por ella.

Había descuidado la pintura en aquellos días, en nombre de unas pesquisas que le habían robado el sueño y la serenidad, unas que no le daban tregua alguna, precisamente porque no tenía título ni competencia para llevarlas a cabo. Por no hablar del hecho de que, como una carcoma, la sensación de que se había metido en un avispero estaba siempre presente. No podía describir de otro modo su visita al salón de Cornelia Zane. No tenía ni idea de cómo probar sus sospechas y, a decir verdad, ni siquiera podía definir exactamente lo que lo angustiaba, pero, a medida que pasaban los días, estaba cada vez más convencido de que aquellos terroríficos asesinatos, ese hielo, partía Venecia en dos, la propagación de la viruela, el odio a los judíos y la rampante amoralidad de la ciudad formaban parte de un mismo plan de horror.

Por supuesto, muchas de esas fuerzas oscuras no podían ser gobernadas. Y sin embargo... Y, sin embargo, en un rincón de su alma, de forma completamente instintiva, percibía la verdad del pensamiento que acababa de materializar. Era más fuerte que él.

La chica asesinada de aquella manera aterradora era la puerta a ese mundo. A través de sus ojos congelados por el miedo vio ante sí el abismo en el que se precipitaba la Serenísima. Le habría gustado entender más, y sabía que, por su forma de ser, no se daría por vencido, de hecho, no descansaría hasta que aquel misterio, que comenzó como el simple acecho de un extraño, se hubiera revelado en toda su complejidad.

Quienquiera que estuviera cometiendo esos actos de pura depravación se cebaba con las mujeres. Y no con las de procedencia humilde, sino con las hijas del patriciado. O eso parecía, ya que no tenía ninguna certeza, solo información de segunda mano, sospechas, hipótesis, algunos trazos. Pero la chica que había visto en aquel charco de sangre llevaba un vestido elegante, a pesar de haber sido rasgado en pedazos por la locura asesina de su agresor. ¿Podría Charlotte haber estado también en peligro? La sola idea le ponía enfermo. Pero probablemente no eran más que las divagaciones de un pobre pintor influenciado por lo que había visto. ¿Con qué pruebas podía hacer tal afirmación? Incluso si acudiera al dux, ¿qué podría haber aducido para sustentar sus ideas? Tal como él las imaginaba, no eran más que las fantasías de un artista delirante.

Intentó calmarse. Miró el lienzo: contempló la fachada de la iglesia y, a la derecha, la logia a lo largo de la Ruga dei Oresi. Bajo los arcos, los talleres de joyeros y orfebres, uno tras otro sobre el puente de Rialto. De esa vista ya había dibujado un par de versiones a pluma y tinta marrón. Al observar los detalles recordando los bocetos preparatorios que había hecho, yendo a aquel lugar y utilizando la cámara óptica, el torbellino de su mente le confrontó con otro aspecto de aquel horrible suceso: los cadáveres habían sido encontrados en lugares que él mismo había visitado recientemente. Primero, el canal de los Mendicantes y ahora la plaza de San Giacomo.

Aquel hecho lo desconcertó.

Por lo tanto, ¿era posible que estuviera pintando los lugares donde el asesino había elegido que aparecieran las víctimas de su rabia sanguinaria? ¿Lo seguía alguien? ¿Y si fue él, sin querer, la inspiración de ese plan?

Por absurdo que sonara, era un hecho que la primera víctima había sido encontrada en el canal de los Mendicantes, después de que su lienzo se hubiera hecho de dominio público. ¿Y ahora? Ahora que había dirigido su atención a la iglesia de San Giacomo de Rialto, había aparecido la segunda víctima. Por supuesto, en este caso el asesino no había esperado a que su obra fuera conocida en la ciudad y en ese particular los puntos comunes entre las dos muertes fallaban.

Pero resultaba evidente que, en más de una ocasión, Antonio había tenido la sensación de que alguien lo seguía. Al principio había creído que simplemente estaba sugestionado por la tarea que el dux le había encomendado; luego se había preguntado si, tal vez, el inquisidor del Estado o el capitán grando habrían puesto a algún matón para que siguiera sus movimientos. Podría haber tenido sentido, en efecto. Sobre todo, y no era por casualidad, porque el magistrado había hecho alusiones al encontrarse con él en la explanada de la iglesia.

Era difícil culparle. Y tenía que estar agradecido al sacristán si cualquier duda sobre su participación se había disipado. Pero ¿era entonces cierto y el dux realmente había alejado de él a policías y espías… o sus palabras carecían de sentido, no eran sino frases circunstanciales para tranquilizar a un pintor insensato que solo había resultado culpable de haber retratado al hombre equivocado en el lugar equivocado?

O, por el contrario, y esto habría sido verdaderamente aterrador, ¿era el asesino quien lo seguía? ¿Y si la elección de San Giacomo como lugar para desmembrar a aquella infeliz no era más que un mensaje a ese artista arrogante al que se le había metido en la cabeza ocuparse de algo que no era de su incumbencia? Como diciendo que sabía a qué se dedicaba y que debía dejarlo…

Preguntas, solo preguntas. Y sin respuestas.

Esperaba que McSwiney hubiera conseguido averiguar algo. Cuanto más pensaba en lo que había pasado el día anterior, más clara era la sensación de que se había convertido en un objetivo. Quizá siempre lo había sido, solo que ahora se estaba dando cuenta.

Sacudió la cabeza. Tenía que encontrar la forma de averiguar quiénes eran las dos mujeres asesinadas. Pero ¿cómo hacerlo? ¿A quién preguntar?

Y si el asesino lo estaba siguiendo, entonces Charlotte realmente podría estar en peligro. A partir de ese día sería más precavido, se dijo a sí mismo. Tenía que vigilar sus espaldas. Y esperar. A pesar de que tenía un deseo ardiente de volver a verla, se obligaría a esperar. Era la única manera de mantenerla a salvo.

¿O el asesino ya lo había seguido hasta Murano y ahora sabía dónde encontrarla?

# 21

## El irlandés

Antonio acababa de terminar de contar lo sucedido en San Giacomo de Rialto: la joven asesinada, el horror, los ríos de sangre, el encuentro con el capitán grando... Owen McSwiney lo miró visiblemente alterado.

—Temo que me estén siguiendo —añadió, como si lo que había revelado hasta ese momento no fuera suficiente para impresionar a hombres con más presencia de ánimo que el irlandés, quien, a decir verdad, después de su asombro inicial, estaba recuperando rápidamente una admirable frialdad.

—Si realmente es así, deberíais probarlo fácilmente.

—¿De qué manera? —preguntó Antonio.

—Si volvierais a experimentar esa sensación, supongo que basada en impresiones y sospechas de cierta gravedad, podríais intentar eliminar vuestro rastro y, al mismo tiempo, observar desde un lugar privilegiado qué se mueve detrás de vos.

Antonio pareció pensarlo un instante, como si aquel consejo le hubiera sugerido una idea.

—Por ejemplo, desaparecer en el interior una iglesia, subir al campanario a velocidad de vértigo y observar desde lo alto de la plaza de enfrente con un telescopio.

—Ni poniendo en ello todo el empeño me podríais haber dado un consejo mejor.

Estaban en la mesa del rincón de un *bacaro*. El irlandés picaba algo de bacalao y sardinas en *saor*. Luego suspiró.

—Dicho eso, si he de ser sincero, amigo mío, tengo la sensación de que nos enfrentamos a algo que está resultando ser más grande que nosotros.

Las palabras de Owen McSwiney eran exactamente lo que Antonio temía oír.

—Yo también lo creo —dijo.

El irlandés se sirvió un poco de malvasía y vació su copa de un par de sorbos, como si el vino fuera a aliviarle. Volvió a llenar la copa de nuevo. Suspiró y reanudó su relato.

—Veréis, la otra noche, volví a la casa de Cornelia Zane. Como os dije, tiene en Olaf Teufel un sirviente considerado y atento, pero también un alborotador y un individuo algo fuera de control.

Habló en voz baja para no llamar demasiado la atención de los clientes.

—¿Qué queréis decir con eso? —preguntó Antonio, a quien el vino ya se le estaba atragantando.

—Ahora os lo explicaré. ¿Recordáis que os dije que había recibido una invitación especial?

—Por eso estamos aquí —confirmó Antonio.

—Sí. Os diré que no es la primera vez que ese extraño *cicisbeo* me ha ofrecido participar en sus tejemanejes y, en unas cuantas ocasiones, confieso que he aceptado. Pero si en el pasado se trataba simplemente de unos festejos licenciosos con un gusto demasiado estrafalario (creo que ya he mencionado que no desdeño de vez en cuando tales entretenimientos), esta vez la mente de Teufel ha ideado algo verdaderamente insólito —observó McSwiney; luego hizo una pausa.

—Continuad —instó Antonio, que estaba desesperado por entender a dónde iría a parar aquella historia. El irlandés asintió.

—Bueno, dejadme deciros que una vez allí Teufel nos juntó, a mí y a los otros diecinueve invitados, haciendo que diez doncellas de considerable atractivo nos vendaran los ojos. Cada una de ellas actuaría como guía de dos de nosotros. Después de que la seda cubriera nuestros párpados nos condujeron a una parte del palacio que yo no conocía. Si he de ser sincero, creo que, en verdad, nos condujeron, a través de un pasadizo secreto, al palacio contiguo al de Cornelia Zane.

—¿Qué os lo hizo pensar?

—Mientras caminaba, distraído por las dulces palabras que la doncella nos susurraba a mí y a mi acompañante, prometiéndonos delicias jamás probadas, me pareció oír un clic metálico, un sonido que sugería que algún dispositivo había sido activado. Sé con certeza que había bajado una escalera que debía de conducir a un patio porque, de repente, sentí un frío cortante que me hizo pensar que estábamos en el exterior. En cualquier caso, al llegar a nuestro destino, nos quitaron las vendas. Cuando pude volver a ver, las diez doncellas ya no estaban allí. Estábamos solo nosotros, veinte invitados y, por supuesto, nuestro anfitrión: Olaf Teufel.

—Y entonces… ¿qué pasó?

—Tal y como había previsto, el lugar era realmente extraño. En cierto modo estaba arreglado como si se hubiera tratado de… —Y en esa frase McSwiney se detuvo un momento, como si buscara las palabras adecuadas.

—¿Como si se hubiera tratado de qué? —apremió Antonio, totalmente impaciente.

—Un templo —confesó el irlandés.

—¿Estuvisteis en una iglesia?

—¡No, en absoluto! —exclamó McSwiney, conteniendo a duras penas una sonrisa—. Era, más bien, el vestíbulo de un palacio. No hay ninguna iglesia cerca del edificio en el que se encuentra el salón de Cornelia Zane. No, no, la cuestión es otra.

—¿Cuál?

—Que el entorno en el que nos encontrábamos, en todos los sentidos el de un palacio patricio, estaba bizarramente decorado. Y no solo eso: Teufel también parecía otro hombre. Como transfigurado.

—Creo que no lo entiendo —observó Antonio, a quien aquel relato le parecía cada vez más oscuro e incomprensible.

—Me doy cuenta. Me explico: el techo del salón estaba cubierto por un cielo de estrellas, pintado por algún artista, pero eso no era lo importante. El suelo era de mármol a cuadros blancos y negros. La puerta por la que debimos entrar tenía dos columnas a cada lado: una tenía grabada en el centro la letra B, la otra la letra J. Las paredes habían sido repintadas con extraños símbolos arcanos. Os cuento todo esto para que comprendáis que era como si alguien hubiera concebido para aquel lugar una especie de absurda coreografía que antecediera a un ritual. Pero lo que más me impresionó fue la forma en que iba vestido Olaf Teufel.

—¿Qué queréis decir? —preguntó Antonio cada vez más impaciente.

—Iba vestido completamente de negro y llevaba en la cintura una extraña tela blanca. Luego, entraron al menos otros diez individuos vestidos de la misma manera. Se colocaron detrás de nosotros. Teufel parecía alterado por alguna bebida o sustancia. Comenzó a divagar sobre la hermandad, sobre lazos irrompibles, proyectos comunes. Afirmó que los veinte podríamos ser sus nuevos ojos y oídos y que Venecia merecía ser defendida y protegida de hombres codiciosos y crueles, hombres dispuestos a todo para hundirla en un infierno de dolor y perdición. Confieso que me sonó al discurso de un loco. Tanto más porque la Serenísima ya tiene un poder judicial eficiente y guardias capaces de defenderla. Sin embargo, arengó sobre pactos consagrados y símbolos de unión, los mismos que habían ya aceptado los hermanos colocados detrás de nosotros. Entonces cada uno de nosotros prometió no revelar nada de lo sucedido, so pena de que nos cortaran la lengua. Y como veis, ya he roto esa promesa.

—Y yo os agradezco la valentía de la que hacéis gala.

—Mirad, si tengo que decirlo todo, lo que pasó me sorprendió y asombró. Y arrojó una luz aún más oscura sobre las sospechas que teníamos. Por otra parte, como os dije, no es la primera rareza de la que he sido testigo. En el pasado este Teufel no ha desdeñado actitudes extrañas. De hecho, creo que puede decirse que fueron precisamente esas extrañas maneras suyas las que conquistaron el corazón de Cornelia Zane.

—¿La cortesana mantiene una aventura con su *cicisbeo* protector?

—Yo no lo llamaría exactamente así. Por supuesto, él es su sirviente y, como tal, satisface sus antojos y apetitos ilimitados. Al mismo tiempo, sin embargo, dada su buena apariencia y sus insinuantes modales, no deja de influir en ella y manipular sus decisiones.

—¿Por ejemplo?

McSwiney negó con la cabeza.

—No es fácil de explicar, en parte porque no hay nada abiertamente subversivo y menos aún criminal en lo que hace. Sin embargo, al principio el salón de Cornelia Zane era realmente eso: nada más que una camarilla de artistas, actores, intelectuales. Desde que Teufel entró al servicio de Cornelia, no obstante, las cosas han cambiado. Y así se instituyó ese reducto que, como habéis visto, está en efecto bien organizado. Posteriormente se dedicaron salas a entretenimientos secretos…

—¿Las que dan al pasillo que conduce al reducto?

—Exacto. Y, además, como vos bien sabéis, en el entresuelo hay alcobas. Al principio eran lugares cerrados, pero más tarde, de acuerdo con todos los miembros, se permitió que los ocupantes pudieran ser espiados, lo que hacía los juegos eróticos más excitantes porque, más o menos sin que los protagonistas lo supieran, uno o más espectadores podían ser testigos. Las máscaras garantizan un cierto anonimato.

—Sí, aunque, bien lo sabemos, depende de lo que te pongas…

—Claro que una *moretta* esconde mucho menos que una *bautta* o una máscara facial completa.

—Exacto.

—Lo que quiero decir, sin embargo, es otra cosa. Desde que entró Teufel en la vida de Cornelia Zane es como si una sutil y creciente perversión estuviera llenando las habitaciones de ese edificio. Repito, nada realmente criminal, sino inapropiado, vulgar y obsceno. Y digo esto a pesar de que no he rechazado abiertamente algunas de sus «proposiciones»: la carne es débil, amigo mío. Solo el alma es inmortal. Pero la ceremonia de la otra noche, bueno, eso fue algo muy inusual y extraño. Y más aún debido a los arcanos símbolos en las paredes y al delirante discurso de aquel hombre.

—Pero… ¿sabéis quién es?

—¿Teufel? ¡Estaría anonadado si así fuera, pues habríamos resuelto una gran parte del problema! Lo que sé es lo que, sospecho, él quiere que se sepa.

—¿Y de qué se trata?

—Él dice ser un noble prusiano venido a menos, que llegó a Venecia para respirar el viento de la renovación. En resumen, si esta información no sonara claramente falsa a mis oídos, casi podría creer que es un exiliado como yo. En cambio, me temo que viene de las tierras de Moravia o tal vez de Silesia. No es que haya nada malo en eso, pero se sabe del temperamento voluble y extravagante de los hombres de aquellas tierras salvajes. Sospecho que es un vagabundo y un viajero. Por cierto, sí ha estado en un país que conozco bien.

—¿Irlanda?

—¡Inglaterra!

—¿Cómo podéis saberlo?

—Porque habla el idioma. Y muy bien, diría yo, como alguien que conoce los matices. Y no puedes aprender inglés de esa manera si no has vivido mucho tiempo en el propio lugar. Pero Teufel habla igualmente bien alemán, húngaro, francés, polaco, ruso, turco, griego y otra serie de idiomas que ni siquiera sabía que existían. ¿Cómo he sabido todo eso? Porque en este último año lo he visto conversar con señores extranjeros, marqueses polacos, comerciantes de las tierras del norte y de Rusia, y en cada ocasión no dejaba traslucir ninguna duda o vacilación. No hace falta añadir que un conocimiento tan amplio de lenguas ha fascinado a Cornelia, que, con razón o sin ella, lo ha convertido en un líder o, más bien, en su maestro de ceremonias.

—Y este hombre tan singular os ha reunido a vos y a otros diecinueve, en torno a su figura, para pontificar sobre Venecia y su defensa...

—Y no os olvidéis de los diez que estaban con él. Sé que puede parecer delirante, pero así es. Y os diré más: casi todos los que han presenciado esa especie de ritual parecían entusiasmados.

—¿Y vos?

—En el mejor de los casos podría describirme como atónito. Pero en realidad, lo admito, también sentí cierta inquietud. Había algo oscuro en ese tipo de ceremonia de iniciación, pero, por supuesto, no podía dejar mis dudas al descubierto. Por ello, ante los otros me proclamé extasiado. Sobre todo, porque, más allá de lo absurdo de ciertas proclamas, no había nada, y digo nada, que fuera censurable. Era como si simplemente planteara un pacto con los invitados presentes, fundando una especie de hermandad. Y en algunos aspectos, alguien como yo, desprovisto de protectores, exiliado en una tierra extranjera, no se inclina fácilmente a rechazar amistades. Y por extraño que parezca, lo confieso, siempre he establecido relaciones interesantes y rentables en el salón de Cornelia Zane.

—Pero ahora está yendo demasiado lejos.

—Así es.

—No sé qué decir —exclamó Antonio. Y había un sentimiento de profunda consternación en sus palabras—. Esos dos horrendos asesinatos, el hecho de que las víctimas muy probablemente pertenezcan al patriciado, el odio arrebatado hacia los judíos...

—¿En qué sentido?

—Olvidé contároslo. Después de que el capitán grando hubiera llegado junto a la iglesia, donde la doncella yacía en medio de un charco de sangre, los curiosos que se acercaban comenzaron a gritar contra los judíos y a afirmar que ese crimen era cosa suya.

McSwiney negó con la cabeza.

—No tiene ningún sentido —dijo—. ¿Y por qué iban a hacer algo así?

—Teóricamente, diría que durante estos años podrían haber ido acumulando motivos por varias razones: estar encerrados en un recinto desde medianoche hasta el amanecer como un rebaño de animales; el hacinamiento de las viviendas en las que viven; el desorbitado alquiler exigido por la Serenísima; la prohibición de poder comprar la propiedad y las escasísimas actividades empresariales que se les permiten... Francamente, hay donde elegir.

—Entiendo. Y aunque estoy de acuerdo con vos, me digo: el hecho de que estén confinados en el gueto es solo para protegerlos de actitudes agresivas de las que puedan ser víctimas. Ya ha ocurrido, después de todo. Y además la República les ha garantizado una serie de prerrogativas y derechos que difícilmente podrían disfrutar en otro lugar.

—Eso es cierto.

—No, amigo mío, los judíos son utilizados como trampa para incautos. Pero sabemos muy poco sobre las dos mujeres asesinadas. Por lo tanto, propongo que procedamos paso a paso —dijo McSwiney con cierta confianza.

—¿O sea?

—Por un lado, sugeriría profundizar en todo lo relativo a Teufel. Por otro, a través de vuestra relación con Su Serenidad, obtener algo más de información sobre quiénes son las dos víctimas de las que estamos hablando.

—La celebración de anoche dio en el clavo.

—Exactamente. Me sentía sorprendido y preocupado al mismo tiempo, al menos por ahora. Y eso me lleva a haceros una propuesta.

—Os escucho —dijo Antonio.

—Tengo un buen amigo aquí en Venecia.

—Para ser un hombre sin protectores, estáis muy bien relacionado, querido mío. ¿Cuál es su nombre?

—Joseph Smith.

—¿Irlandés como vos?

—Inglés, de hecho. Y, debo añadir, bastante influyente. A pesar de estar recién llegado a Venecia tiene excelentes relaciones con el consulado británico de la Serenísima. Si alguien puede arrojarnos alguna luz sobre la sesión de ayer, es él.

—¿Y por qué iba a saber él algo? —preguntó Antonio.

—Porque hace poco me encontré con él y cuando, desahogándome como hago a menudo, le hablé de mi odio por William Collier y cómo él había sido el artífice de mi fracaso en el tribunal inglés, me confesó con franqueza que este último tenía fuerzas oscuras de su parte.

—¿Quiere decir que tenía un protector sobrenatural? —preguntó Antonio desconcertado e incrédulo.

—Eso es lo que yo también pregunté, en el mismo tono.

—¿Y qué salió en claro de todo eso?

—Smith insinuó hermandades secretas y pactos ocultos. Y ahora que os cuento esto se me ocurre que…

—Lo de ayer suena a algo así —remató Antonio.

—Así es.

—Y entonces ¿a qué esperamos? ¿Podéis fijar una cita con Smith?

—Por supuesto.

—Hacedlo lo antes posible —dijo Antonio.

—De acuerdo. Quizá pueda ayudarnos a comprender mejor la tortuosa mente de Olaf Teufel.

—Yo, por mi parte, volveré a ver al dux e intentaré averiguar algo sobre la identidad de las víctimas.

—Mientras tanto, haced lo que os he dicho —concluyó McSwiney, levantándose de la mesa, en ademán de despedirse—. Vigilad vuestras espaldas.

# 22

## Fanatismo

Isaac Liebermann estaba sentado a la mesa donde estudiaba el Talmud. Pero esa noche tenía unos libros muy distintos entre sus manos. El rabino Mordecai Coen, de hecho, lo había llevado a su biblioteca rebosante de libros y le había regalado dos volúmenes, forrados en cuero oscuro y con letras doradas en la tapa, para que los leyera con atención.

Isaac, por lo tanto, había obedecido y, una vez que hubo llegado al final del primer libro, se había quedado sorprendido. Estaba completamente dedicado a la historia de Sabbatai Zevi, joven y refinado, buen conocedor de la palabra, que había ejercido desde el principio gran influencia sobre un buen número de seguidores. Sobre él se habían desatado todo tipo de leyendas y rumores: que montaba un caballo blanco, que vivía en un palacio cubierto de oro y piedras preciosas, que resultaba de una hermosura deslumbrante e inigualable en la batalla, que hablaba más de veinte lenguas y que conocía tan bien los escritos cabalísticos del rabino Isaac Luria como para aportar una visión completamente nueva de las leyes...

Sin embargo, con independencia de esas historias, una cosa era segura: no pasaba un día que Sabbatai Zevi no encendiera la esperanza en las comunidades judías de todo el mundo. Después del largo exilio, el pueblo de Israel finalmente regresaría a casa: era lo que repetían una y otra vez los hijos del pueblo elegido. Fortalecido por su propio prestigio personal, ese hombre había propuesto una lectura por completo nueva de la Torá, subvirtiendo sus reglas y aboliendo algunas obligaciones. Luego se casó con Sara, una judía de impactante belleza que, gracias a su irresistible encanto, había atraído a muchos seguidores. Fuera o no cierto, en una cosa coincidían casi todos: Sara era una huérfana polaca, huida de la furia de los cosacos que habían devastado los campos. Lejos de ser una temerosa de Dios, hasta el matrimonio con Sabbatai Zevi había ejercido de prostituta.

Pero el éxito del supuesto mesías no había dado señales de disminuir; por el contrario, como una ola, se había levantado impetuoso y, pese a todo, expulsado por los rabinos de Esmirna, había vagado de ciudad en ciudad viendo cómo aumentaban desmesuradamente las filas de sus fieles. Entre ellos destacaba la figura de su profeta: Natán de Gaza.

Su creciente éxito lo llevaría a Constantinopla, donde se libraría el armagedón, la batalla que daría finalmente la victoria al mesías. Apenas llegó, Sabbatai Zevi había reunido un número tan grande de prosélitos que obligó al gran visir Ahmed Kuprili —que temía el estallido de disturbios— a confinarlo en la fortaleza de Gallípoli, en Turquía, a la espera de una decisión sobre cómo tratar con él. Allí, Sabbatai Zevi, lejos de ser tratado como un enemigo, había tenido la oportunidad de regodearse en la expectación, entregándose al placer y la violación de las obligaciones sagradas. En vísperas de la Pascua, había hecho degollar un cordero para él y sus compañeros y también había comido las partes prohibidas por la ley de Moisés, exhibiendo la abolición radical de los antiguos preceptos.

Pero mientras Sabbatai Zevi se burlaba de sus enemigos, galanteaba y se entregaba a las gracias del amor y los placeres terrenales, el gran visir Ahmed Kuprili le organizó una reunión en el palacio imperial de Edirne con el sultán y uno de sus principales predicadores: Vani Efendi. Convocado por el Sublime

Muhammad IV y llevado ante la corte, Sabbatai Zevi se encontró teniendo que elegir entre la ejecución capital o la conversión al islam. Sin dudarlo, el aspirante a mesías había resuelto abrazar la fe musulmana y lucir turbante.

Aquel acto había conmocionado a la comunidad judía, sumiendo al pueblo elegido en un caos total. Casi de inmediato, los seguidores de Sabbatai Zevi se habían dividido en dos ramas diferentes: la de aquellos que, rechazando la elección de su mesías, que se había convertido en un apóstata, habían decidido refugiarse en el dolor y el arrepentimiento, vistiéndose con harapos y castigando sus cuerpos casi hasta el punto de suicidarse; y la de quienes, alabando aún más a Sabbatai Zevi y apoyándose en una ambigua lectura de la Torá teorizada por Natán de Gaza, afirmaban que Zevi se había convertido para combatir al enemigo desde dentro y así poder derrotarlo. Estos últimos fueron los que acabaron formando la llamada secta de los Dönmeh: practicaban el islam en público, pero clandestinamente permanecían fieles al judaísmo. Aun así, el impacto de la conversión había resultado devastador y no se quedó en esa primera escisión, de modo que también los Dönmeh se dividieron a su vez entre los que creían que la generación de los apóstatas debía adherirse estrictamente a las reglas de pureza y castidad para favorecer la llegada del verdadero mesías, y los que, liderados por Baruchiah Russo, sostenían que debían cometer los crímenes más atroces, a imitación del pecado de Sabbatai, en espera de la redención. En los primeros años del siglo XVIII Baruchiah, en su afán por seguir los pasos de Sabbatai y exagerar sus preceptos, había armado un gran revuelo al declarar que la Torá mesiánica, base de los preceptos de Zevi, implicaba la inversión total de los valores, transformando las treinta y seis prohibiciones —las *keritot*, castigadas con el desarraigo del alma y la aniquilación— en mandamientos positivos. Y así, según ese planteamiento demencial, se les permitía, entre otras cosas, todas las uniones sexuales prohibidas, incluido el incesto. Isaac se había quedado sin palabras. Nunca hubiera esperado tamaña muestra de locura. Fue el rabino quien le proporcionó aquellos libros, recomendándole que los mantuviera siempre a buen recaudo y que no los extraviara.

Y ahora entendía por qué. Pero tenía la sensación de que el horror estaba lejos de terminar. Una cosa era conocer en detalle los pasos que habían llevado a la apostasía de Sabbatai Zevi y otra era leer sobre las enseñanzas de ese loco Baruchiah Russo, puestas en práctica por uno de sus más fieles acólitos. Y el segundo libro trataba precisamente de eso. Era un volumen no demasiado pesado pero que contenía tantos actos nefandos y obscenidad como para dejarlo a uno alicaído.

Sin embargo, en cuanto conoció el contenido de aquellas páginas, Isaac fue madurando una convicción: de caer en las manos equivocadas, ese volumen podría convertirse en fuente de inspiración para todos los horrores del mundo. Casi dudaba de que eso no hubiera ya sucedido. Que alguien, después de todo, hubiera encontrado el libro y se lo hubiese aprendido de memoria, teniendo en cuenta lo que estaba sucediendo en Venecia. Ese mismo día, de camino a la sinagoga, había oído pronunciar el nombre de Sabbatai Zevi. Y no era la primera vez. La influencia que podía desatar resultaba aterradora.

La Serenísima era conocida por sus trabajos de imprenta. Y aunque quedaban lejos los tiempos de Aldo Manuzio, era innegable que la tipografía seguía representando una actividad de excelencia en Venecia. Y tanto más teniendo en cuenta que eran precisamente los judíos quienes desempeñaban un importante papel en ese oficio. Expertos tipógrafos, estaban entre los más solicitados de la ciudad para ese trabajo.

¿Y si alguno de ellos hubiera encontrado realmente ese libro maldito? Pues de eso se trataba. Y si el rabino Mordecai Coen tenía una copia, ¿no era posible que alguien más guardara ese libro negro en su casa y se inspirara en él para cometer crímenes horribles? ¿O tal vez solo para propagar, como la mala hierba, las mentiras y las acusaciones contra los judíos, afirmando que tenían entre ellos un exterminador? Ahora que lo pensaba, el joven Shimon Luzzatto trabajaba en un taller de imprenta.

Era gracias a su profesión que se difundía una hoja informativa con la que alimentaba propaganda de forma no demasiado velada contra cierta forma veneciana de humillar a los judíos. Pero, como ya se ha dicho, tal actitud resultaba incompatible con el deseo de culpar precisamente a la comunidad de los asesinatos. Aunque, y esto era un hecho, tal vez Shimon podía haber cometido los asesinatos con la excusa de vengar a su pueblo. Pero, aparte de que ni por asomo a Isaac se le pasaba por la cabeza que ese joven pudiera ser culpable de atrocidades tan inauditas como las mencionadas, había otro detalle que refutaba esa hipótesis: ¿por qué alimentar sospechas? Habría sido como tirar piedras contra su propio tejado. Y un asesino, precisamente por ser un asesino, habría tenido todo el interés en desviar cualquier investigación. Así que, fuera como fuese, la hipótesis no tenía sentido.

Isaac volvió a hojear las páginas: no podía continuar. La historia contenida en el libro hablaba de un pequeño pueblo judío en Moravia y de cómo su población había sido seducida por el autoproclamado mesianismo de Sabbatai Zevi, solo para sumirse en el horror del cisma tras su conversión. Los habitantes se habían dividido en dos facciones. La victoria había sido para aquellos que habían llevado al extremo las enseñanzas del supuesto mesías, radicalizando el concepto de violación del precepto sagrado a través del pecado.

A la cabeza de esa banda de idólatras, que habían decretado su supremacía en el pueblo moravo, estaba el cabalista Shimon Friedman. Era un hombre atractivo, con una larga barba negra y ojos como brasas incandescentes, dotado de una magnífica elocuencia y una voz llena de encanto. Se proclamaba seguidor de Baruchiah Russo, el adepto más sanguinario de Sabbatai Zevi. Bajo su dirección, la gente de la pequeña aldea se entregaba a todo tipo de placeres, incluso los más repugnantes. Celebrando la gloria de un impostor como Baruchiah Russo, el cabalista Shimon no dejaba de poseer a las más bellas doncellas y justificar sus ruines actos. Pero luego, en medio de la noche, yacía desnudo en la nieve y se flagelaba con zarzas y ortigas, y aquella rígida disciplina, esos flagrantes actos de dolor autoinfligido, no solo lo absolvían a los ojos de sus fieles, sino que lo mostraba como un guía al que imitar y alabar.

Pronto sus hazañas llevaron a engrosar las filas de sus seguidores y las proporciones de su fama fueron mucho más allá de las fronteras de la aldea, llegando a todos los rincones de Moravia e incluso más allá. En proporción a su fama, crecían sus ilimitados apetitos: se enriquecía cada día más, acumulaba toda clase de bienes, mostraba cada vez más preocupación por el cuidado de su propia persona, exigía que le sirvieran comida exquisita y sonreía a todas las mujeres que lo admiraban y albergaban en sus corazones el secreto deseo de ser fecundadas por aquel hombre apuesto y atrevido como no había otro igual.

En todo esto no dejaba de describirse a sí mismo como «el esposo de la Torá» y «el hijo primogénito de Dios». La locura había continuado un día tras otro, y nada parecía perturbar la delirante orgía de poder que habitaba en el pueblo. Pero cuando una de las mujeres había dicho que había sido tomada contra su propia voluntad por el cabalista, mostrando los profundos arañazos de sus caderas y afirmando que había sido él quien se los había infligido sobre las carnes, algo se había roto y la máscara de Shimon Friedman experimentó la primera de muchas grietas.

Naturalmente, no faltaron seguidores dispuestos a desacreditar a la mujer, afirmando que Sarah, porque ese era su nombre, se había hecho a sí misma las heridas, pero la semilla de la incertidumbre y de la discordia había quedado sembrada. El hecho había suscitado escándalo y las voces de los rabinos de las comunidades vecinas, que intentaban aniquilar la fama de Shimon Friedman, habían empezado a cobrar fuerza.

Cansado de leer aquel cúmulo de perversidad y vileza, Isaac cerró las páginas del libro que tenía entre las manos. Sacudió la cabeza. No quería seguir leyendo porque temía perderse. Pero comprendió la admonición del rabino Mordecai Coen: tenía razón, por supuesto. Lo que ocurría en Venecia parecía justo el castigo reservado a los judíos por los actos cometidos, sobre todo, por Sabbatai Zevi, y después por Baruchiah Russo y por aquellos que, como le había sucedido a Shimon Friedman, habían practicado sus enseñanzas, radicalizándolas y llevando al extremo sus falsos preceptos de impostores.

Incluso en Venecia, decía el rabino Coen, la comunidad no se había manifestado abiertamente contra las mentiras del falso mesías de Esmirna como había hecho, por ejemplo, la de Livorno. Y según la voluntad traicionera y tendenciosa de algún malvado ministro, se traía de nuevo al gueto judío una estigmatización preñada de tragedia: aludía a que el silencio indiferente a los preceptos de Zevi de cincuenta años antes, en el mejor de los casos, y la aceptación, en el peor, representaba ahora esa culpabilidad que condenaba a los judíos del gueto a pagar por su propia pereza o, de hecho, por su apostasía deliberada.

Por no hablar de que nadie sabía si, aunque fuera uno de ellos, había sido subyugado por las doctrinas dementes de Zevi y Russo y ahora, revitalizándolas, habían decidido arrastrar al pueblo de Dios a un océano de sangre, enrojeciendo las aguas de la laguna. Por supuesto, era una hipótesis descabellada y el libro que tenía en sus manos, impreso en la propia Venecia, parecía una colección de desvaríos de un autor anónimo, con el único objetivo de difundir veneno en la comunidad judía. Y eso por no entrar a considerar que Isaac tampoco tenía ni idea de lo que pasaría si la obra cayera en manos de alguien que no fuera judío.

No sabía qué hacer. Seguramente ese libro tenía que mantenerlo bien escondido. Sabía, sin embargo, que si el rabino había mencionado la figura de Zevi y se había tomado la molestia de hacerle leer ese volumen, debía de estar convencido de que alguien, en algún lugar de Venecia, ya era consciente de que esa podía ser la manera de culpar a los judíos de los hechos sangrientos que estaban ocurriendo.

De aquellos y de todo lo demás.

Y la maldición de Zevi y aquellos cabalistas delirantes era una excusa perfecta.

# 23

## Charlotte

Lo que lo sorprendió fue la nitidez del campo de visión. Al contrario que la mayoría de los catalejos, el aumento no comprometía la definición, o al menos no hasta el punto de impedir el reconocimiento inmediato del sujeto observado. Evidentemente, la calidad de las lentes de Charlotte von der Schulenburg era de verdad de altísimo nivel. Y no solo eso: el dispositivo con bastidor permitía una perfecta transformación del movimiento circular en lineal. Al hacerlo, consentía un acortamiento del telescopio y, también gracias al simple accionamiento de las palancas laterales, una transformación de la vista sencillamente asombrosa. Según el principio habitual por el que, al acortarlo, el telescopio aseguraba una ampliación del campo de visión, Antonio se dio cuenta de que abarcaba casi por completo el espacio frente a él. Evidentemente se perdía algo de profundidad, pero no tanta como para no permitirle un punto de vista apreciable. Eran los paquetes de lentes internos, activados por las palancas, los que lo garantizaban.

Sin embargo, apuntando con el telescopio ahora hacia un lado o el otro, conseguía encuadrar a los viajeros que aparecían en su campo visual. Uno en particular —entre vendedores ambulantes, mendigos, vagabundos, borrachos, criados y criadas— le llamó la atención: era un hombre vestido con colores invernales, empezando por el tabardo marrón oscuro que se abría sobre un frac manchado por varios lugares, arrugado y de color verde botella. El cuello de la camisa había pasado del blanco al gris. Una determinación gitana, por no decir pirata, se veía realzada por la gorra biselada que le cubría los ojos, de la que descendían largos mechones de pelo castaño moteados de gris que escapaban rebeldes de la cola en la que estaban recogidos. Un extraño pendiente de oro daba un toque vagamente exótico a su rostro. La razón por la que se había tomado la molestia de explorar con el catalejo que le había dado Charlotte la plaza situada frente al palacio donde se había refugiado, mientras subía la escalera que conducía al segundo piso, residía en su creencia de que lo seguían. En los días anteriores había tenido esa sensación al menos en dos ocasiones.

Y quería tenerlo más claro.

No podía estar seguro de haber visto a su perseguidor, pero la forma en que el secuaz miraba a su alrededor era bastante elocuente. Cuando se había acercado a la plaza, Antonio había acelerado el paso, dirigiéndose hacia el palacio donde sabía que lo esperaban gracias a un acuerdo previo con un amigo, el propietario de la residencia. Por eso se había limitado a empujar la puerta y había entrado mucho antes de que el otro doblara la esquina. A continuación, había corrido hacia los peldaños de la escalera y, tras llegar al balcón del segundo piso, se había asomado sin ser visto para observar la plaza de abajo. A fin de vigilar mejor sin que lo descubrieran, había sacado su nuevo telescopio, poniéndolo a prueba, y estaba plenamente satisfecho con él. La verdadera cuestión ahora era comprender quién demonios era aquel hombre, admitir que era realmente el espía que lo había estado vigilando. Antonio se dio cuenta de que debía de ser él quien le siguiera la pista mientras se permitía una flagrante decepción. Esa nueva conciencia, al menos, le daba una ventaja. No le apetecía enfrentarse a él en aquel momento y no quería ciertamente involucrar al buen amigo, sin duda de edad avanzada, que con generosidad le había cedido su balcón. Pero sabiendo de quién cuidarse sería mucho más fácil, junto con McSwiney, desenmascarar y darle una lección al canalla. Y, en efecto, había que preparar cuidadosamente la ocasión, ya que, sorprendiendo al hombre que, con certeza, no sabía que había sido descubierto, tal vez podría desvelar algunos detalles más de la compleja trama en la que se veía envuelto. Para no delatar su presencia, Antonio había traído consigo un disfraz. No quería que lo reconocieran y lo siguieran cuando saliera de allí. Por eso había elegido un atuendo completamente distinto del que había llevado al entrar. De ese modo, nadie sabría quién era y, por lo tanto, podría encontrarse con Charlotte sin temor a ponerla en peligro. Aquel hecho lo aliviaba. Los últimos acontecimientos lo habían puesto constantemente en guardia, y aunque sus escrúpulos pudieran haber sido excesivos, prefería arriesgarse a hacer el ridículo antes que tener que arrepentirse cuando ya fuera demasiado tarde.

Charlotte lo miró con los ojos de una mujer que no conocía el miedo. ¡Cómo la deseaba! Era una muchacha de temperamento ardiente y él esperaba poder desempeñar algún papel en su vida, tarde o temprano.

Tras el bello encuentro en Murano, ella le había permitido volver a verla en el primer piso del café Stella d'Oro en las Procuratie Vecchie. Como otros establecimientos de la ciudad, pertenecía a un confitero suizo, un *graubünden*, como solía llamárseles, un profundo conocedor de dulces y bebidas.

Cuando podía, le había dicho, le gustaba pasar el tiempo en la salita que Josef Fischer siempre le reservaba. En cuanto el pastelero había visto quién era el invitado de Charlotte, se había flexionado en una reverencia tan profunda que Antonio temió que pudiera caerse al suelo, dada su robusta estatura. El anfitrión de la casa, contra todo pronóstico, había revelado una agilidad sorprendente.

Así que, tomando chocolate caliente y una selección de pastas y galletas, Antonio pensaba que le gustaría revelar a

Charlotte lo atraído que se sentía por ella. Pero no podía permitírselo, todavía no. No se sentía preparado. Además, ¿cómo afrontaría un eventual rechazo? ¿Qué le hacía pensar que ella aceptaría sus insinuaciones? Por eso, prudentemente, consideró mejor hablar del magnífico telescopio cuyas cualidades había comprobado.

—Mi querida Charlotte —dijo aclarándose la garganta—. Permitidme que os diga que las lentes que fabricáis son de excelente calidad. He utilizado vuestro telescopio y he apreciado su nitidez y su versatilidad, gracias al mecanismo de cremallera con el que está equipado. Confieso que no esperaba semejante nivel.

—Señor Canal —respondió Charlotte—, sois muy amable. Que sepáis que vuestro aprecio es para mí motivo de gran orgullo.

—Me alegro de ello —contestó Antonio, tomando un sorbo del exquisito chocolate y dejando que sus ojos se llenaran al contemplarla.

También ese día Charlotte estaba impresionantemente guapa: su pelo recogido en deliciosos tirabuzones y peinado con cintas de terciopelo verde azulado que resaltaban una vez más el brillo de sus ojos. El vestido, un precioso *andrienne* de seda y tafetán, repetía los mismos tonos, realzado por broches de oro y adornado con rubíes y esmeraldas de magnífica factura. Antonio apenas pudo contener un suspiro y por un momento le pareció asombroso que aquella mujer fuera la misma que lo había recibido unos días antes en su horno de Murano. Sin embargo, no cabía duda de que así era, ya que, a pesar del deleite de los modales, Charlotte mantenía el pragmatismo y la franqueza, sin entregarse nunca demasiado a ciertas afectaciones. Pero ahora, pensaba Antonio, quería contarle algo más de lo que le ocurría.

—Es gracias a vuestro catalejo como he descubierto que me están siguiendo —dijo casi de un tirón, como si tuviera que librarse de un peso.

—¿Os están siguiendo? ¿Quién? ¿Qué quieren? —Charlotte pronunció esas palabras con una participación tan intensa como para parecer, al menos por un momento, casi protectora. A la luz de aquel día invernal, sus ojos parecían arder.

—La cuestión es compleja. ¿Por dónde empezar? Bueno, os diré esto: por una extraña razón, me han asignado que siga a una persona. Todo surgió del hecho de que yo la había retratado sin darme cuenta en mi reciente cuadro *Rio dei Mendicanti*. Alguien importante lo ha descubierto y me ha encargado unas pesquisas. Pero lo que he ido averiguando parece incomodar a ciertas personas. No obstante, no quisiera importunaros con mis hallazgos de espía del tres a cuarto —concluyó Antonio. Sabía que le había dicho una verdad a medias, pero, en conjunto, le parecía prematuro confesar más. No es que no confiara en ella, solo que ¿era realmente prudente exponerla a más detalles?

—Y ahora al perseguidor le toca ser el perseguido —añadió ella.

—Exactamente.

—Pero ¿estáis en peligro?

—En absoluto. Será una mera molestia. En el momento oportuno me desharé de él —respondió Antonio encogiéndose de hombros.

—Sois muy confiado, señor Canal.

—Ojalá fuera así —dijo con un deje de pesar.

—¿Os habéis enterado de lo que está pasando en la ciudad? —preguntó entonces Charlotte; y el tono de su voz cambió bruscamente, volviéndose más oscuro.

—¿A qué os referís?

—A los dos sangrientos asesinatos de los últimos días. Es inconcebible. Dos mujeres fueron encontradas bárbaramente asesinadas. Dicen que alguien les arrancó el corazón.

Antonio guardó silencio un momento.

—Así es —confirmó.

—Y vos...

—¿Cómo lo sé? —se anticipó.

Charlotte asintió.

—Porque, en el caso de la segunda mujer asesinada, el destino quiso que yo fuera de los primeros que se encontrara en el lugar donde había sido abandonada.

La hermosa hija del mariscal Von der Schulenburg parpadeó...

—¿Vos? —preguntó en voz baja.

—Fue una horrible treta del azar —observó Antonio—. Aquella mañana había elegido ir al amanecer a la plaza de San Giacomo en Rialto. Me interesaba imprimir en mi mente el color perfecto del cielo al captar esa luz particular que únicamente se manifiesta a la salida del sol. Recuerdo haber pasado por el puente y luego por la Ruga dei Oresi. Era el momento exacto en que la oscuridad da paso al crepúsculo. Sin embargo, pronto me di cuenta de que había un cadáver en la plaza de la iglesia. No muy lejos, una mujer gritaba mientras un hombre la sostenía en sus brazos.

—He oído cosas horripilantes.

—Que sepáis que lo que se ha dicho no representa ni la milésima parte de lo que tenía delante de mis ojos. A esa mujer la han masacrado.

—Pero ¿quién podría llevar a cabo semejante salvajada? —preguntó Charlotte; y sus ojos brillaron de ira.

—No lo sé —respondió Antonio—. Ni que decir tiene que, poco después de mi llegada, apareció el capitán grando con su policía.

—Sí. Sin embargo, no se sabe nada, salvo que dos mujeres fueron asesinadas. No se capturó a los asesinos. ¿Alguien ha sido interrogado? ¿Las sospechas apuntan a un culpable? Es cierto que el poder judicial se cuidará de no divulgar detalles, pero mi sensación es que estos asesinatos no interesan nada a la República. Todos mantienen silencio. Nada cambia. Igual que sobre la viruela. Sé a ciencia cierta que algunos médicos judíos habían propuesto un tratamiento que implica la inoculación de humores tomados de llagas maduras con el fin de prevenir la aparición de la enfermedad. De esta manera uno caería enfermo con una versión menos virulenta, con mayores posibilidades de recuperación. Pero tampoco sobre esto la República se explaya, espera. Como en el caso de estas mujeres horriblemente asesinadas. Como si, después de todo, lo ocurrido pudiera considerarse tolerable. Pero un mundo como este no durará mucho más tiempo —concluyó Charlotte con rabia.

Antonio percibió en ella un profundo resentimiento, como si aquello de lo que hablaba lo hubiera experimentado ella misma.

—Pero tenéis razón —continuó—. No quiero estropearos el día. La verdad es que no soporto la forma en que un grupo de familias ha dominado esta ciudad durante más de mil años. ¿Y para qué? Para conservar su poder. Y si para ello es necesario asegurarse de que nada cambie, entonces la mejor manera es dejar que ciertas cosas sigan su curso.

—Charlotte, ¿qué ha pasado? —preguntó preocupado. Sentía que necesitaba desahogar un dolor que llevaba dentro.

—Menego, el maestro vidriero que me ayudaba hace unos días, ¿os acordáis de él?

—Por supuesto.

—Anoche… La viruela se lo llevó. Murió en mis brazos.

# 24

## Confesiones

Antonio comprendía el dolor de Charlotte. Aprender un arte, fuera cual fuese, era algo que trascendía las percepciones humanas. Había un elemento de magia, de creación fantástica, que no tenía nada que ver con el mundo material. Por supuesto, también estaba el aspecto más prosaico del trabajo, de la profesión, de obtener los ingresos con los que vivir, pero en su núcleo más profundo pintar o trabajar el vidrio contenía secretos y tradiciones que hundían su significado en la memoria del tiempo. Y aprender de alguien implicaba participar en esos secretos y tradiciones y ser iniciado en un conocimiento que no estaba al alcance de todos. Y era por esa razón por la que con el maestro de uno se establecía una relación única por su naturaleza e intensidad. Cuando había entrado en el horno de Charlotte había percibido perfectamente que aquel hombre de larga cabellera blanca era el maestro de la hermosa hija de Von der Schulenburg y cómo un profundo afecto la unía en ese momento a él, quien, habiéndola visto florecer como artista, era testigo de un talento que ciertamente había intuido, pero que, muy probablemente, no había previsto en toda su proporción. No en vano solo una discípula entre muchos era depositaria de tal don. Y cuando esto ocurría entonces la relación se tornaba un afecto paternal.

Le había ocurrido a Antonio, tiempo atrás, con su propio padre, Bernardo. Fue él quien lo inició en la pintura, quien le enseñó la belleza de los colores, el uso de la luz y la sombra, la maravilla del teatro y la importancia de fotografiar lo natural. Y aunque, tras su viaje a Roma, había adoptado algunas de las enseñanzas de Giovanni Paolo Pannini y de Gaspar van Wittel, en realidad, era siempre a su padre a quien regresaba. Él, que lo había preparado para amar Venecia a través de su pintura. Esa Venecia que lo abrumaba con la luz de su cielo y el espejo de la laguna que irradiaba un aura reflejada, capaz de multiplicar los efectos, esa luz con la que intentaba rasgar sus lienzos con la fuerza de un huracán.

Por todo ello, en aquel momento percibía el dolor de Charlotte.

—Puedo entender lo que significa. Debe de ser una pérdida irreparable. Mi padre fue mi maestro. Si él falleciera creo que no sería capaz de soportarlo, solo podría llevar el dolor por dentro y, tal vez, después de mucho tiempo, aprender a vivir con ello. Lo que sé de pintura se lo debo a él y la pintura es mi vida, es a lo que me aferro cuando lo que veo está más allá de mi comprensión y me hiere.

Charlotte lo miró con los ojos como dos charcos de luz.

—Eso es exactamente lo que creo —dijo—. Lo que me indigna es el silencio de la República. Y su indiferencia. No por la muerte de Menego, sino por la de miles de venecianos que caen como moscas, devorados por el mal de la viruela. Y por las dos mujeres brutalmente asesinadas, respecto a las cuales nadie parece querer hacer nada. Como si fueran un accidente cotidiano, un hecho ordinario. La llegada a la ciudad de un embajador, quiero decir, del último de los cónsules, se consideraría un acontecimiento mucho más importante.

—Tenéis razón. Por eso intento ocuparme de ello —afirmó Antonio. Se dio cuenta demasiado tarde de que había dicho más de lo que hubiera sido prudente. La razón residía en su corazón, que se había dado cuenta antes que su mente de que en aquella mujer deseaba confiar.

Aquella revelación dejó a Charlotte estupefacta.

—¿De verdad?

—Veréis, lo cierto es que esta ciudad se está convirtiendo en un nido de serpientes —continuó Antonio—. No sé cómo explicarlo, pero percibo una fuerza oscura que la recorre y que ya no se puede ignorar. Al principio, cuando me pidieron que siguiera al hombre que había retratado en mi cuadro, pensaba que sería mejor dedicarme a otra cosa. Luego cedí. Porque no podía negarme. Pero fue una señal del destino, evidentemente. Y ahora, si tengo que deciros lo que pienso, siento una presencia maligna, un oscuro complot que vincula lo que he descubierto con los aterradores asesinatos de estos días, las calumniosas acusaciones hechas a los judíos, la epidemia de viruela, la indiferencia ante la muerte de esas mujeres. Si me preguntáis de qué se trata todo esto soy incapaz de responderos, ni creo que sea fácil encontrar un remedio eficaz al mal que mató a vuestro maestro. Pero tenéis razón en una cosa: la República parece demasiado... preocupada por sobrevivir, cueste lo que cueste, pase lo que pase. Y si eso significa quedarse contemplando, simplemente esperar a que pasen las tragedias, confiando en el paso del tiempo, pues bien: eso no es para mí. Y creo que los hombres de buena voluntad tienen que hacer algo, incluso cuando, como en mi caso, no disponen de las habilidades específicas para tener éxito.

—¿Sabéis? A veces me digo que debo tener fe. Y, sobre todo, que no debo quejarme. ¿Con qué cara lo hago? Yo, que fui criada por un noble. Y, entonces, por esa misma razón, me respondo que no puedo permanecer en silencio. Miro a mi padre: él, que fue un héroe de guerra. Que defendió Corfú del ataque de los turcos, arriesgando su propia vida por Venecia. ¡Por Venecia! ¡No por las familias que la gobiernan! Por una ciudad que es una idea, un principio, un desafío a lo imposible: nacer y vivir sobre el agua cuando todas las demás comunidades de mujeres y hombres han elegido la tierra. Venecia es el último sueño que nos queda y no debemos dejarlo escapar. Perder Venecia es perdernos a nosotros mismos. Y sin embargo, alguien intenta arrebatárnosla: magistrados, burócratas, administradores. Son solo hombres tratando de negar algo más grande. Los maestros vidrieros abandonan Murano y los inquisidores del Estado los amenazan, chantajean a los que han elegido huir, los envenenan. Pero no preguntan por qué los maestros abandonan los hornos. Solo quedamos unos pocos. Y Venecia muere un poco cada día. Por eso me encantan vuestros cuadros, Antonio. Porque vuestro amor por Venecia es tan grande que quemáis los lienzos, gracias a la luz que captáis. Es como si, observando el cielo, el sol y el agua, recogierais con vuestras manos los rayos, reflejos, brillos y reverberaciones, lanzándolos sobre el lienzo con tal energía que deja al espectador sin aliento. Y tenéis razón: hay una magia en el arte que nos protege de las indignidades de la vida. Pero debemos preservar Venecia. No solo para nosotros, sino para los que vengan después. Sin Venecia, ¿qué seríamos?

Antonio aspiró largamente. Había una pasión en Charlotte que lo abrumaba. Y lo hizo querer conseguir algo grande. Nunca le había pasado antes, pero ocurría cada vez que se encontraba con ella. La belleza no tenía nada que ver. Desaparecía en comparación con ese corazón intrépido y ese coraje que él nunca tendría.

Finalmente, ella lo miró con extrañeza, de un modo que él no pudo definir.

—¿Salimos? —le preguntó.

—Iba a proponéroslo —dijo Antonio.

Y sintió que algo había cambiado entre ellos.

## 25

## Un gentilhombre inglés

Entraron en lo que, sin exagerar, Antonio habría descrito como un gabinete de curiosidades. Él y Owen McSwiney fueron recibidos por una serie de prodigios absolutamente asombrosos. La habitación estaba revestida de madera de ébano negro, de modo que los antiguos artefactos de oro puro procedentes de Oriente, los objetos de cristal, los jarrones de bronce y cobre, las copas de jaspe, las estatuas de marfil y los miles de otros objetos extraños y únicos que contenía contrastaban con la superficie oscura de manera aún más extraordinaria.

La monumental pintura de Petrus Christus, dedicada al juicio final, con el ángel guerrero de armadura negra en el acto de elevar la espada sobre la cabeza de los condenados a sus pies, dejó a Antonio sin aliento. Y también los grimorios y las barajas de tarot contenidos en cajas sencillamente espléndidas, de *pastiglia*, con frisos de oro y plata, incrustaciones de rubíes, zafiros y esmeraldas.

Sus ojos se detuvieron largo rato en una mano momificada, una corona de plumas de cuervo, algunos cráneos pertenecientes a animales que no creía haber visto nunca, por no hablar de toda una colección de magníficos globos terráqueos.

—Los hizo Vincenzo Maria Coronelli —dijo finalmente el

dueño de la casa, aludiendo a estos últimos, al cerrar a sus espaldas la puerta.

—Increíble —apuntó Antonio.

—¿Os gusta mi gabinete de curiosidades?

—¿Y a quién no?

—Joseph —dijo McSwiney asintiendo con la cabeza.

—Owen —lo saludó Smith—. ¿A qué debo el placer de esta visita? Os agradezco ya de antemano que me hayáis traído al más grande pintor de Venecia.

El irlandés carraspeó nerviosamente. Smith era un coleccionista muy conocido, como confirmaba aquel gabinete de curiosidades, y no ocultaba que cultivaba relaciones con ricos mecenas británicos y presumía de conocimientos en el campo del arte. Era a todos los efectos un competidor potencial. Pero el propio McSwiney había sugerido su nombre y así, después de un momento de vergüenza, explicó el motivo de la reunión.

—Mi buen amigo…, como os anticipé en mi misiva de hace unos días, me complace crear la ocasión para un encuentro entre vos y el señor Canal, a quien considero el talento pictórico más extraordinario de la Venecia actual. Y me alegra saber que compartís mi juicio. Y precisamente por que Antonio es tan buen amigo mío no me avergüenza decir que le he procurado algunos encargos artísticos provechosos, creo que es justo por mi parte facilitar vuestro mutuo conocimiento que puede ser tan útil para ambos, sin que esto me impida seguir trabajando con él. Por otra parte, sería el más profundo deseo de ambos pediros algunas aclaraciones respecto a una situación particular en la que recientemente me encontré, a mi pesar, envuelto. El motivo por el que he pensado en dirigirme a vos tiene que ver no solo con vuestra ilimitada erudición, alimentada por viajes a todos los rincones de la tierra, con estudios de primer orden, sino también con el profundo conocimiento que tenéis de la corte británica y, al mismo tiempo, de la Serenísima República.

Smith asintió, demostrando de inmediato su voluntad de colaborar. McSwiney, por su parte, había propuesto el intercambio de favores de una manera extremadamente sutil, y negarle ayuda en ese momento habría sido de muy mala educación. Pero ese peligro no existía en modo alguno, ya que los dos caballeros estaban en muy buenos términos.

—Contádmelo todo, entonces, que os escucharé —fueron las palabras de Joseph Smith. Era un hombre elegante pero también de muy buenos modales, lo que lo convertía en un interlocutor especialmente grato para Antonio.

—Veréis —observó McSwiney—. Hace unos días me sucedió que asistí a una reunión bastante peculiar. Fui invitado por un anfitrión al que no dudaría en calificar de estrafalario. Ahora bien, sin entrar en detalles, confieso que fue una especie de sorpresa que me cogió completamente desprevenido, y añadiría que una de las cosas más absurdas fue el lugar en el que me encontré.

—Creo que no lo entiendo —observó Smith, que parecía cuando menos desconcertado e incrédulo al escuchar la última parte del discurso de McSwiney, que en realidad sonaba bastante críptico.

—Os lo explicaré. Estaba en una gran sala que tenía el techo cubierto por un cielo de estrellas y un suelo de mármol a cuadros blancos y negros. La puerta tenía dos columnas a cada lado: una tenía grabada en su centro la letra B, la otra la letra J. Las paredes estaban pintadas con extraños símbolos arcanos…

—Ahora todo se va aclarando… —dijo casi de inmediato Smith—. Y lo que a vos os interesaría saber es…

—Qué significados podrían tener tales símbolos.

—La solución es muy sencilla, Owen, solo que no consigo entender una cosa: ¿qué tiene que ver el señor Canal en todo esto? ¿Estaba también presente con vos?

—No, no estuve —intervino Antonio—. Pero por varias razones tengo curiosidad por entender la situación en la que se encuentra mi buen amigo McSwiney. En esta historia intervengo en calidad de acompañante, ya que me importa el destino de Owen —mintió Antonio, ya que esa era la versión acordada entre él y el irlandés.

—De acuerdo —dijo Smith—. Entonces —reanudó—. ¿Lucían por casualidad las paredes de la habitación símbolos extraños..., como escuadras, brújulas, triángulos...?

—Así es —respondió el irlandés, con los ojos muy abiertos por la sorpresa.

Joseph Smith se permitió una sonrisa y luego continuó:

—Vuestro anfitrión, como vos lo llamasteis, ¿vestía un traje negro y un delantal blanco alrededor de la cintura?

McSwiney pareció particularmente impresionado por esa nueva observación.

—¿Tenéis acaso el poder de conocer la vida de las personas, Joseph?

—En absoluto, Owen, en absoluto —respondió el otro visiblemente divertido. Luego continuó—: Veréis, lo que estoy a punto de deciros puede no solo sorprenderos, sino quizá, y esto es pura suposición, arrojar luz sobre una serie de acontecimientos ocurridos en vuestra vida anterior cuando, si no me equivoco, vos erais un empresario teatral en la corte de Inglaterra. Recuerdo que me hayáis mencionado ese hecho en una de nuestras conversaciones anteriores, pero también que no entré en demasiados detalles, limitándome a deciros que uno de vuestros peores enemigos estaba protegido por fuerzas oscuras.

En ese momento, McSwiney se quedó perplejo.

—Supongo que estáis hablando de William Collier, y sin embargo creo que no lo entiendo.

—Estoy convencido de ello. Bueno, la reunión a la que vos asististeis, de la forma en que la habéis descrito, suena como la de alguna logia masónica. Como tal debería permanecer secreta. Pero esto imagino que vuestro anfitrión, que supongo que pretendía ser llamado maestro, lo habrá reiterado. Las referencias a vuestra actividad anterior están relacionadas con el hecho del nacimiento de lo que podría describir como un movimiento secreto que tuvo lugar en Inglaterra. Y añadiría que uno de sus más prominentes representantes en estos años fue el dramaturgo William Collier, vuestro archirrival, quien, gracias a una de las primeras logias o sectas, como a vos os gusta llamarlas, forjó tantas amistades y relaciones con hombres de poder en la corte como para echaros de la escena, obligándoos a refugiaros aquí, en esta ciudad. Perdonad la brutalidad de mi declaración, pero esto es, en esencia, lo que pasó. Supongo que adivinasteis algo así.

Los ojos de McSwiney se abrieron de par en par.

—Claro, tenía entendido que ese maldito lameculos poseía conexiones influyentes, pero no que perteneciera a una logia, como vos la llamáis, y que tenía como único propósito...

—... la conquista del poder —completó Joseph Smith—. El propósito de este tipo de asociaciones secretas es precisamente este: crear una red de relaciones de inteligencia y ayuda mutua dentro de la cual los afiliados obtienen cada vez más provecho personal de los beneficios que les reportarán las alianzas y la información. Este es el quid de la cuestión, aunque existe un aparato iconográfico bastante complejo y vinculado a la numerología y simbología, que atribuye implicaciones ocultas y excéntricas a todo este asunto. El origen del término masonería deriva precisamente de la palabra inglesa *mason*, albañil. Esto es así por que debe sus raíces a los gremios masónicos, depositarios de aquellos conocimientos y habilidades constructivas que, en la logia masónica, tienen que interpretarse también en clave ideal e intelectual. Hay quien dice que el origen de estas logias se remonta al constructor del templo de Salomón, el arquitecto Hiram Abif, pero, en realidad, esto no es más que un rumor. Lo cierto es que el principio de construcción y edificación es la base de la masonería, de ahí el uso de símbolos como escuadras, compases y reglas. La letra G aludiría a Dios en inglés o Gran Arquitecto, el Gran Arquitecto del Universo. En este sentido, la primera logia fundada, y hasta la fecha la más poderosa, es la Gran Logia, con sede en Londres. Que yo sepa, las reglas constitutivas fueron dadas a la imprenta por el duque de Montagu.

—¿Y cómo lo sabéis? —preguntó Antonio, impresionado por lo metido que estaba Joseph Smith en ese asunto.

—Porque me pidieron que me uniera. Pero decliné la invitación. Esos juegos secretos no me atraen. Prefiero las amistades a la luz del día y jugar según las reglas, ya que resulta evidente que tales individuos son a menudo admiradores de métodos como el soborno de burócratas, magistrados y administradores, del pago de prebendas e intercambio de favores, del robo y la malversación de fondos y, más en general, tienen como ley la de doblegar el interés público al privado y personal. Por supuesto, diréis, esto ha ocurrido siempre, ni siquiera las oficinas de la República de Venecia son inmunes a tales vicios, pero, observo, la Gran Logia, despojada de sus absurdas veleidades esotéricas, tiene como único objetivo el beneficio personal a cualquier precio. Y vos, señor McSwiney, sois una de las muchas víctimas de esta forma de pensar y actuar.

Antonio ya había escuchado bastante. Por un momento, el irlandés pareció estremecido. Aquella entrevista había empezado de una manera y ahora estaba resultando un dramático descenso a un pasado que en muchos aspectos seguro que había querido olvidar. Sin perder de vista que, aunque intuía algo de lo que Teufel había estado divagando, ahora se encontraba enredado en un pacto de hermandad que podría tener quién sabe qué implicaciones. Una afiliación así no parecía un asunto de lo más fácil. Además, se arriesgaba, según las reglas de la logia, a perder literalmente la lengua. Por otra parte, como solía suceder en circunstancias como aquellas, el irlandés recuperó la sangre fría casi al instante. Sabía por qué él y Owen luchaban juntos: no podían quedarse a contemplar cómo la ciudad más hermosa del mundo se ahogaba en un torbellino de horror y villanía. Y, por lo que parecía, McSwiney se había unido a una hermandad secreta que tenía como objetivo poner sus garras sobre la Serenísima.

Antonio no lo permitiría. Y pensar que todo empezó a partir de una figura en un lienzo…

—Señor Smith, Owen y yo os estamos profundamente agradecidos por arrojar cierta luz sobre algunas personas con las que, por razones que no puedo contaros, hemos entrado en contacto. Hablé en plural porque, como dije, un problema de Owen es también un problema mío. No os ocultaré, sin embargo, que la inescrupulosa empresa británica, la que está detrás de estas asociaciones secretas, no solo tiene sombras sino también luces, si se mira desde otro punto de vista. En los últimos meses, de hecho, mi buen amigo ha encontrado un interés particular, alimentado por ciertos protagonistas de la vida cortesana londinense, hacia la visión de la belleza y el esplendor que Venecia representa para el mundo. Como habréis adivinado, mi trabajo está destinado precisamente a celebrar este lugar de ensueño. Para agradeceros vuestra valiosa cortesía, de acuerdo con el señor McSwiney, que seguirá ocupándose de mis asuntos de forma no exclusiva, debo deciros que, en caso de que mi trabajo resultara de algún interés, estaría encantado de cooperar con vos.

Joseph Smith sonrió.

—Señor Canal, estas palabras significan mucho para mí. No podría pedir nada mejor. Y si esta nuestra colaboración ayudara a Venecia a superar sus dificultades y volver a brillar con su propio esplendor…, bueno, nos esforzaremos por hacerlo, lienzo tras lienzo.

—Así es —dijo Antonio, sonriendo, feliz de que Joseph Smith hubiera comprendido plenamente el significado de su obra.

—Lienzo tras lienzo —repitió Owen McSwiney.

Y en aquella comunión de propósitos las sombras de las revelaciones de aquel día parecieron, por un momento, disiparse al menos un poco.

# 26

## Los cinco

La casa del rabino Mordecai Coen era modesta, pero su mesa estaba llena de suculencias. Los invitados habían hecho honor a la comida. Las velas titilaban. Isaac veía libros por todas partes. Los había en cada rincón. Tomos apilados como troncos de madera. Torres de libros que parecían tocar el techo, rollos de pergamino con inscripciones de la Torá, varias ediciones del Libro de Nevi'im, y además los Salmos, el Cantar de los Cantares, el Eclesiastés y todos los demás volúmenes del Ketuvím.

Isaac se sirvió más vino especiado. La noche era gélida y, a pesar de que habían avivado bien la estufa, a esas horas nunca caldeaba lo suficiente. Junto con él y el rabino había otros miembros relevantes de la comunidad, como Thaddeus Zylbermann, propietario del banco de préstamos más importante del gueto y de Venecia; Josef Reischer, que tenía una gran trapería en Rialto, y por último Giacomo Ortona, matarife ritual de la comunidad.

Los rostros expresaban la fragilidad y el miedo de aquellos días. Durante la comida habían estado hablando de cómo el espacio en el gueto ya no era suficiente, de lo estrechas que eran las casas y de que el constante levantamiento acabaría por hundirlos. Thaddeus Zylbermann decía que la viruela había aterrorizado a la gente y que existía una incertidumbre en el futuro que nunca había percibido con tanta claridad. Josef Reischer afirmaba que las telas que vendía eran de gran calidad y que el título de «trapero» degradaba su producto y su dignidad. Todos tenían motivos para quejarse. Pero cuando hubieron expresado suficientemente sus quejas, cuando quedó expuesta hasta la última razón para la decepción, cuando el rabino Mordecai Coen recomendó modestia y hospitalidad a todos, fue entonces cuando surgió por fin el verdadero motivo de aquella cena y conversación. En cierto modo constituyó una liberación para Isaac.

—¡Así que alguien se atrevió! —dijo Zylbermann.

—¿A qué? —preguntó Giacomo Ortona.

—Ha hablado —reiteró el prestamista—. Ha extendido el rumor de que lo que está ocurriendo está relacionado con lo que pasó con Sabbatai Zevi.

—No debió ocurrir —dijo el rabino con voz débil, como si afirmarlo le costara esfuerzo.

—Pero en cambio… —insistió Zylbermann—… sabíamos que antes o después ocurriría.

Isaac no pudo soportar aquel tono.

—¿Qué? ¿Que encontraríamos una manera de acusarnos mutuamente? ¿No te basta con lo que ya ocurre cada día: llevar ese maldito birrete, estar encerrados como bestias en un corral, pudiendo realizar solo ciertas actividades? ¿Que se rían de nosotros cuando conviene? ¡No! Tenemos que hacernos sangre entre nosotros, ponérselo en bandeja a los que no ven el momento de acusarnos.

—Pero ¡lo que está ocurriendo es el castigo que merecemos por las incertidumbres mostradas cuando deberíamos haber elegido no creer en las ficciones de un cabalista megalómano! —subrayó Josef Reischer.

—¡Otra vez estamos con eso! —tronó Giacomo Ortona—. Entonces no vamos a acabar nunca…

—No —dijo Zylbermann, como si se tratara de un hecho inexorable y no una elección fútil o fruto de las impresiones que cada uno de ellos sentía...; como si le tirara, en el fondo de su corazón, una secreta atracción por la idea de ser perseguidos.

—Basta ya —soltó el rabino Coen, como si de repente se hubiera recuperado de esa especie de apatía en la que parecía haber caído hasta un momento antes—. Lo que dice Thaddeus es cierto, todos sabemos que en nuestra comunidad alguien ha extendido el miedo al castigo y por mi parte creo que nuestros antepasados, y nosotros mismos, no estamos libres de culpa...; sin embargo, no entra en mis intenciones permitir que la comunidad se vea sobrepasada por el terror y la incertidumbre.

—Rabino —dijo Zylbermann con deferencia—. ¿Qué piensas hacer? No quisiera alimentar el pánico, pero desde varios lugares existen ahora rumores de que las mujeres asesinadas son víctimas de un adepto de Baruchiah Russo, el seguidor demoniaco engendrado por las enseñanzas del apóstata Zevi.

—No podemos excluir nada —dijo el rabino con gravedad—. Esa es la verdad. No debemos negar que una posibilidad así existe.

—Pero lo que está sucediendo también podría estar urdido a propósito para culpar a la comunidad —observó Isaac, a quien le costaba creer que esa conversación estuviera ocurriendo realmente y de esa manera.

—¿Qué quieres decir? —preguntó Giacomo Ortona.

—Que alguien, conociendo la historia, también podría haber querido difundirla con el único objetivo de culpar a uno de nosotros.

—Me parece poco probable que pueda ser alguien ajeno a nuestra comunidad. Tendría que tener un conocimiento del judaísmo del que nadie en Venecia puede presumir —replicó Ortona.

—Eso no es cierto —observó el rabino—, puesto que hay un libro, impreso aquí en Venecia, que cuenta la misma historia de cómo la semilla del mal se extendió y cómo pudo encontrar terreno fértil entre algunos de los seguidores de Baruchiah Russo. Y si alguien ha podido imprimir tal libro, bien podría, como un hábil intrigante, dominar las frágiles mentes de algunos miembros de nuestra comunidad, hallando así una manera de plantar la semilla del miedo.

—Por supuesto, eso lo cambia todo —observó Zylbermann.

Los demás parecieron concordar con él.

—Sí —adujo Josef Reischer—. Si las cosas fueran realmente así, todavía podríamos estar en grave peligro. Sería la excusa perfecta para atacar a toda la comunidad. Diré más: daría a los venecianos la oportunidad de hacer nuevas reclamaciones contra nosotros.

—Sin mencionar que dos mujeres inocentes fueron asesinadas. Y de forma terrible, según todos los indicios —observó Isaac.

Su afirmación no pareció suscitar especial interés: el rabino asintió gravemente, mientras los demás se limitaban a un obstinado silencio.

—Entonces ¿qué? —preguntó Zylbermann—. ¿Qué podríamos hacer para salvarnos? —Y al decirlo Isaac sintió una sensación de disgusto, porque se dio cuenta de que, aunque comprendieran la gravedad de la situación, a nadie le importaban aquellas dos mujeres.

Tampoco a él, la verdad, le importaban demasiado. No hasta ese momento. Y se sintió avergonzado.

—Entonces tendré que intentar hablar con el dux —concluyó el rabino—. No hay más tiempo que perder.

# 27

## En los salones del poder

Su Serenidad se encontraba en sus aposentos. Y no estaba del mejor humor. Acababa de reunirse con Antonio Canal para el habitual informe sobre su personalísima investigación y lo que había surgido no era nada alentador, a pesar de la falta de pruebas concretas, en el salón de Cornelia Zane parecía estar urdiéndose una oscura trama de algún tipo. Y no solo eso: Canaletto había sido testigo del descubrimiento de la segunda doncella asesinada por el criminal desconocido que aterrorizaba la ciudad. En aquella ocasión se había encontrado con el capitán grando, que lo había despedido de malos modos.

Había suficiente como para llamar inmediatamente al jefe de los Signori di Notte al Criminal y así averiguar qué se estaba cociendo en esos momentos. Por ahora, de hecho, las pesquisas, si es que se habían llevado a cabo, no parecían haber dado con nada concreto. Y no solo eso. Lo único cierto era que las víctimas eran chicas de la aristocracia veneciana y las dos familias, a través de los respectivos padres, no habían dejado de presionar para tener noticias de lo que había sucedido. Era totalmente legítimo, por supuesto, y perfectamente humano. Habría sido increíble cualquier otra cosa, a decir verdad. Y Su Serenidad, que era un hombre de sólidos principios y fragilidad humana, había participado en ese dolor con pena sincera. Por otra parte, su función también le exigía proteger la labor de sus magistraturas y, por esa razón, había dicho a aquellos padres que sus hijas eran víctimas de un delito que la Serenísima estaba investigando. Esos hechos no permitían entierros en las tumbas familiares. Por lo tanto, se había unido al dolor, pero, con notable tacto y franca consternación, incluso había conseguido convencer a sus interlocutores de que celebrar la memoria de sus hijas recurriendo a los recuerdos que tenían de ellas era la obra más misericordiosa y justa que pudieran realizar.

Con toda coherencia, las magistraturas, como siempre ocurría en tales ocasiones, no habían dejado de acallar las voces que reclamaban la inconsistencia de las investigaciones llevadas a cabo, amenazando si era necesario, pero el dux se daba cuenta de que, a la larga, esa actitud no solo lo debilitaba a él, sino que hacía más frágil cualquier equilibrio político digno de ese nombre.

Así que, cuando el capitán grando llegó a su presencia, pensó en darle una buena reprimenda, ya que, tal y como lo percibía, era bastante evidente que la situación se le había ido de las manos.

Giovanni Morosini hizo una reverencia, tan profunda como su preocupación. Su Serenidad lo notó y, como un depredador que huele la sangre, decidió clavar la espada sin remordimiento alguno.

—Así que, capitán —exclamó en tono desdeñoso—, ¿os parece posible que os mande llamar para saber cómo va la investigación de los crímenes que sacuden la ciudad? Aparte de citar al señor Antonio Canal para amenazarle, ¿qué más habéis hecho vos y ese otro vago del inquisidor del Estado? Porque, creedme, estoy verdaderamente preocupado al oír que no solo no habéis atrapado al asesino, sino que ¡dejasteis que este masacrara a una segunda doncella! Y no pasa un día sin que los padres de ambas víctimas exijan una audiencia para escuchar la verdad. Y yo se la repito. Pero ni siquiera entonces tienen paz. ¿Y cómo podrían tenerla? Tampoco yo lo haría en su lugar, ¡podéis estar seguro de ello! Tened en cuenta que, a pedido vuestro, aprobé la inmediata inhumación de los cadáveres, violando así cualquier ley de la piedad humana y la decencia, negando a padres y madres el consuelo de un último adiós a sus hijas. Así lo hice, citando como motivo la razón de Estado. Pero si vos pensáis que tal comportamiento no requiere explicaciones precisas e informes de vuestra parte, pues bien, no solo estáis muy equivocado, sino que, evidentemente, ¡aún no me conocéis!

Impresionado por aquella feroz reprimenda el capitán grando vaciló. Su rostro, habitualmente inescrutable, traicionó un gesto de inquietud. Fue una sombra la que cruzó su mirada durante un instante. No lo suficiente como para llamar la atención del dux.

—Su Serenidad —comenzó Giovanni Morosini—. Estoy consternado.

—Eso no basta, capitán —lo apremió el dux—. Y, sobre todo, no sé qué demonios pensar de vuestra consternación.

—Tenéis razón, por supuesto. Lo que puedo deciros, en relación con la investigación, es lo siguiente: como vos sabéis, las víctimas son ambas de familias patricias. A ambas les arrancó el corazón el asesino. Por supuesto, no es seguro que el autor sea el mismo…, pero es cierto que las víctimas fueron asesinadas de la misma manera. En ambos casos, las personas que encontraron el cadáver no vieron nada ni a nadie. No tenemos verdaderos sospechosos, aparte de un rumor insistente que crece cada día y que sugiere la responsabilidad de los judíos.

—¿Vos me entendéis cuando digo que esta declaración vuestra suena a mis oídos como una absoluta divagación? ¿Así que ahora basáis vuestras sospechas en meros rumores?

Giovanni Morosini se encogió de hombros. Tenía poco que decir y lo mejor de lo que disponía ya lo había expuesto.

—Solo puedo añadir que en el gueto hay rumores de algún tipo de castigo que parece haber caído sobre los hijos de Israel.

—¿Qué?

—El *signore di notte* a cargo del barrio de Cannaregio me ha dicho que sus soldados de infantería han detectado un nerviosismo inusual cerca del Gueto Nuevo. Hay rumores acerca de un tal Sabbatai Zevi y de un pecado de idolatría que la comunidad habría tolerado hace mucho tiempo.

—¿De qué demonios estáis hablando?

—Parece ser que ese cabalista, Sabbatai Zevi, se autoproclamó mesías hace unos setenta años. Después de una década reuniendo adeptos y seguidores en todos los rincones del mundo, incendiando los corazones de la mayoría de los rabinos y judíos en todas las ciudades conocidas, amenazado por el sultán, se convirtió al islam. Sus partidarios, incluidos los judíos de Venecia, están supuestamente conmocionados por ese hecho y ahora creen que Dios quiere castigarlos. O, alternativamente, temen que un seguidor de ese Zevi, que habría interpretado de forma radical su doctrina, haya venido de lejos para matar a las doncellas cristianas y echarles la culpa. Esto es lo que he averiguado y es la mejor información que puedo daros sobre la base de mis casi inexistentes conocimientos sobre el tema del judaísmo.

—Entiendo —dijo el dux con gravedad. Porque, fuera cierto o falso, ese hecho representaba un problema tan grande como la plaza de San Marcos—. ¿Y vos estáis convencido de que es así? ¿Que el asesino pertenece a la comunidad judía? ¿Que es un seguidor de ese loco cabalista? Porque vos bien comprenderéis que no puedo aceptar el móvil del castigo divino: va en contra de mis convicciones. E incluso si fuera la primera de las hipótesis que acabo de mencionar, ¿tenéis alguna prueba de que sea así? ¿O son solo habladurías, rumores que andan circulando por ahí?

Giovanni Morosini suspiró y levantó las manos como si de alguna manera quisiera defenderse de aquella avalancha de preguntas.

—Su Serenidad, me gustaría mucho poder responder, pero la verdad es que no tengo ni idea. Tenemos dos mujeres jóvenes bárbaramente asesinadas, dos familias importantes de Venecia anegadas en el dolor, lo entiendo..., más aún porque fue necesario enterrar sus cuerpos destrozados y evitar a sus padres el dolor del crimen y, creedme, fue un acto de misericordia, no de falta de respeto. Pero si me preguntáis lo que pienso sobre quién pudo cometer un acto tan escalofriante, pues os digo que no lo sé. Puedo, sin embargo, decir que la hipótesis de un sanguinario seguidor de un loco cabalista no me parece la más improbable de las opciones después de lo que he visto. Vos no estabais en San Giacomo de Rialto, en la plaza de la iglesia, frente a esa mujer literalmente desprovista de corazón, bañada en su propia sangre que goteaba…, no, peor, que inundaba los escalones bajo la columnata.

—Tenéis razón, Morosini, yo no estaba allí porque no soy el capitán grando de Venecia. No me pagan generosamente para resolver los misterios y lidiar con los horrores que consumen la noche de esta desafortunada República nuestra. Así como no soy yo quien controla a aquellos que conspiran contra la Serenísima, porque no soy ni un maestro de espías ni un inquisidor del Estado. —Y en ese momento el dux Alvise Sebastiano Mocenigo se puso en pie. Su imponente corpulencia se alzaba sobre el capitán, que también era un hombrón—. Y sin embargo yo soy el *primus inter pares*, soy el segundo en sucesión tras el elegido entre los representantes de las Doce Casas, soy el cabeza de la Iglesia de San Marcos, llevo la *zogia*, a mi alrededor ondean los ocho gonfalones con el león alado y por eso los venecianos buscan respuestas en mí, porque yo… debo protegerlos, socorrerlos, defenderlos. Y así, capitán grando, os ordeno que encontréis al culpable de este exterminio porque ya no quiero tener que recibir a madres y padres llorosos con voces quebradas, no quiero volver a enterarme de que las hijas de Venecia yacen en el agua de los canales o en los pórticos de las iglesias con el pecho partido en dos, sin corazón, en un lago de sangre. ¿Me he explicado bien? —tronó.

—Perfectamente, Su Serenidad.

—¿Estáis seguro? —insistió el dux.

El capitán grando asintió.

—¿Y qué hacéis aquí todavía? Id y atrapad a ese asesino demente. Sea quien sea.

Sin pronunciar palabra, Giovanni Morosini se inclinó y luego se dirigió hacia la puerta. Estaba a punto de marcharse cuando volvió a oírse la voz de Alvise Sebastiano Mocenigo.

—¡Capitán! —dijo—. ¡Una última cosa!

El capitán grando se dio la vuelta, apoyando una rodilla en el suelo.

—Canaletto.

—Sí, Su Serenidad..., decidme.

—Debéis dejarle en paz. ¡Y también debe hacerlo el inquisidor! Si descubro que por alguna razón lo habéis acosado una vez más tendréis que véroslas conmigo.

—Pero...

—Nada de peros. Ya estáis advertido. Confío en que también informaréis al inquisidor rojo.

—Por supuesto.

—Eso es todo, entonces. Podéis marcharos.

# 28

## Obsesión

Dibujaba con furia. Como si en cualquier momento el papel pudiera desaparecer, la tinta secarse o la punta de la pluma romperse. Tenía que darse prisa, aunque no sabía por qué. Le goteaba el sudor a pesar de que la habitación estaba inmersa en la escarcha, esa que no parecía querer irse de Venecia nunca jamás.

El lápiz trazaba marcas; la visión, aunque nítida, captada tantas veces con la cámara óptica desde todos los ángulos posibles, no parecía satisfacerle; su idea de una vista evocadora, que reflejara su estado de ánimo, distorsionaba espacios y proporciones que no eran perceptibles para los demás, pero sí para él. Era como si en aquel maldito dibujo no pudiera encontrar el punto de enfoque, el centro, el origen de la perspectiva. Tenía la impresión de que las líneas eran materia viva y no permanecían en el papel como él las había dibujado y por eso las repasaba una y otra vez, como si tratara desesperadamente de fijarlas de una vez por todas.

De repente, lo invadió la sensación de que las paredes de la habitación se derrumbaban, como si estuvieran hechas de cenizas y, acto seguido, se encontraba frente a la iglesia de San Giacomo, en el centro de la plaza, empeñado en dibujar el espacio circundante.

Vio la Ruga dei Oresi a su derecha, las tiendas cerradas, los arcos de la logia del Palazzo dei Dieci Savi vacíos como los ojos de los muertos. Frente a él estaban las Fábricas Viejas. La plaza, sin embargo, al igual que unos días antes, se encontraba desierta, aunque era verdad que aún no había amanecido. Como si el mercado hubiera desaparecido con todos los puestos que en ese mismo momento estaba esbozando. Esa desconexión total entre lo que dibujaba en el papel y la realidad que veía lo dejaba hundido y tenía la sensación de que, marca tras marca, el uso de la pluma, la tinta parda y la acuarela gris le habían vaciado de energía. Y se daba cuenta en ese momento por vez primera.

Y finalmente, vio lo que nunca pensó que volvería a ver. Bajo las columnas de la iglesia de San Giacomo, el cuerpo torturado de la chica asesinada. Estaba exactamente como él la recordaba: apoyada contra la fachada de la iglesia. Sentada. El elegante vestido, el largo cabello rubio cayendo sobre sus hombros. Los ojos azules pero vacíos, literalmente sin vida, como si hubieran sido moldeados en cristal, y sin embargo parecían seguirlo cuando Antonio desplazaba la mirada, como si pertenecieran a una criatura que, aun muerta, no se rendiría a la inmovilidad del fin. Aquel hecho le produjo escalofríos. Los ojos vidriosos lo seguían a todas partes. Ojos vidriosos que lo perseguían, sin dejarle escapatoria. Ojos vidriosos que se encadenaban a los suyos.

El cuello blanco como la nieve de la mujer estaba salpicado de sangre seca, casi negra. Sus manos y muñecas estaban manchadas con gotas del color del hierro. Los pechos estaban desgarrados y lo que quedaba era indescriptible, y aunque Antonio trató, como un cobarde, de bajar su mirada, no pudo. Y así, sus ojos se clavaron en los ojos de la mujer muerta, como si ella exigiera ser vista y, al hacerlo, representara una advertencia, una exhortación a recordar, a no olvidar lo que le había sucedido. Obligado a mantener la mirada fija en ella, Antonio tuvo la sensación de que un animal había elegido alimentarse de la carne de la doncella. Pero entonces la visión volvió a cambiar. Continuó, como si estuviera dotada de vida. La sangre seca comenzó a gotear copiosamente y del pecho desgarrado se extendía en un lago rojo, inundando los escalones y el patio de la iglesia, y seguía avanzando: una forma líquida lista para cubrir la plaza de San Giacomo entera. Antonio estaba sentado a la mesa con el dibujo ahora perfecto, que respondía en cada detalle a lo que veía, cuando antes no podía ni representarlo real. Ahora era una copia absolutamente coincidente, con la única excepción de aquel cuerpo roto.

La sangre le había llegado a los pies y, aunque intentó levantarse, no pudo. Sentía el líquido contra sus tobillos, como si fuera un día de pleamar y estuviera sumergido en una laguna de sangre.

Y la marea continuaba subiendo.

La sangre pegajosa y espesa manchaba sus medias de seda. Parecía petrificado ante lo que estaba sucediendo, sin que pudiera evitarlo o escapar de alguna manera del horror...

Por fin se despertó. Y se dio cuenta de que había tenido una pesadilla. Pero esa sensación de terror no lo abandonó en absoluto. Se quedó con él como una amante no deseada.

Tardó un rato en volver a la realidad, como si hubiera estado irremediablemente enredado en la materia impalpable de la pesadilla, pero también se reparó en que su alma no se rendía a lo que sucedía. Si bien su voluntad podía fallar, el instinto le recordaba, de la manera más verdadera e inquietante, lo desesperado de la situación. En algún lugar, entonces, una determinación desconocida, más allá de la propia consciencia, parecía asistirle. La convicción que lo llevó a refugiarse en la pintura, ahora, por una vez, también le pertenecía en la vida cotidiana. Aún tembloroso, se levantó de la cama. Los rayos de la luna se filtraban débilmente en la habitación. Las pesadas cortinas de terciopelo y una luz opalina penetraban por una rendija. Casi instintivamente, se acercó a la gran ventana que daba a la plaza. Y allí, mirando hacia abajo, vio una silueta oscura. Cuando la sombra, que se movía como un gato, se vio iluminada por la luna, Antonio se dio cuenta de que era el mismo hombre al que había sorprendido tiempo atrás. Y no le gustó nada.

# 29

## Nocturno

Desde donde estaba, Colombina no podía ver el interior del edificio, pero había comprobado una cosa: el horno para cocer vidrio pertenecía a esa mujer y estaba allí ante sus ojos. Había recibido la información de una amiga, una Moeche de Murano. Zanetta, ese era su nombre, le había enviado con un mensaje una de las palomas que había criado, informándole de que la mujer que buscaban, a la que frecuentaba el pintor Antonio Canal, ejercía el oficio de vidriera. En su nota, Zanetta también había indicado la ubicación del horno.

Para mayor certeza, dadas las peticiones de Olaf Teufel, el Moro le había ordenado que fuera al lugar y lo comprobara por sí misma. Un error podía costar caro y él no pretendía arriesgarse. Colombina aún tenía ante sus ojos la paliza a la que había sido sometido Brombe y eso le bastaba. Así que acudió al lugar de los hechos. Si al principio había sentido miedo ante la sola idea de trabajar como espía para ese malnacido, ahora no podía reprimir su repugnancia. Asco de sí misma, para empezar. Sería una delatora. Les diría a esos hombres dónde encontrar a la mujer de pelo negro que había visto poco antes.

¿Qué le harían? Y ella, ¿se sentía preparada para condenar a esa mujer? Porque, aun sin conocer los detalles, podía intuir que no se trataba de nada bueno. Pero necesitaba el dinero. No tanto para sí misma, sino para la comunidad de huérfanos a la que pertenecía. Niños que habían sido abandonados, hijos de relaciones clandestinas, de relaciones promiscuas, de pecado y fornicación. Niños que nadie quería y que habían elegido unirse en un pacto de sangre con el único fin de sobrevivir. Y su líder, aquel a quien Colombina juzgaba el más valiente, había confiado su destino a un hombre que parecía la encarnación del mal. ¿Estaba dispuesta a llegar tan lejos como para perderse a sí misma? Porque de eso iba el asunto. Por otra parte, incluso tratando de imaginar una solución diferente, ella no podía encontrarla. ¿Qué podía hacer? ¿Oponerse a la única persona que la había amado? ¿Traicionar a sus compañeros? No, no podía. De hecho, no quería. Los Moeche eran todo lo que tenía y nadie movería un dedo para defenderla. El futuro tenía que construirlo ella misma porque ni el pintor ni la mujer de pelo negro lo harían por ella. No les debía nada. Eran extraños. Así que más le valía comprobar aquel lugar en todos sus detalles e intentar dar la información más correcta y completa para facilitar la tarea del Moro.

Llevaba allí buena parte del día. Y aparte de la mujer no había visto entrar a nadie. Ni tampoco salir. Así que únicamente cabía la posibilidad de que estuviera sola. No había ventanas. Solo una gran puerta. Pero atravesarla significaba ser descubierta porque se sentía ya insegura quedándose donde estaba. Y complicar las cosas no la habría ayudado. Tanto más por cuanto sentía como si se robara a sí misma. Cuando robaba era casi siempre a hombres ricos y a menudo repugnantes, dispuestos a hacerle cualquier cosa si se presentaba la ocasión. De eso Colombina no albergaba ninguna duda en absoluto. Pero la mujer no tenía nada que ver con eso. Solo intentaba hacer su trabajo. Y, además, había elegido uno que no era fácil.

Sacudió la cabeza porque sentía que se había equivocado. Y ninguna justificación era lo suficientemente fuerte como para ponerla del lado de la razón. Lo único que intentaría era alargarlo mucho tiempo. Todo el que pudiera. Con un poco de suerte lo lograría, se saldría con la suya. O, si no, pagaría las consecuencias. Porque no había escapatoria si Teufel se convencía de que ella estaba frustrando sus planes.

Suspiró. Lo intentaría. Intentaría ganar tiempo.

¡Y al diablo con ese bastardo!

# 30

## Atracción

Se sentía irresistiblemente atraída por él. Desde que lo había conocido, Cornelia se había enamorado de él. Era extraño, a decir verdad, pero se había desarrollado una complicidad entre ellos que pronto dio paso a una relación exclusiva, casi patológica. Al principio, Olaf había cumplido cada una de sus exigencias; si Cornelia necesitaba un sirviente para una fiesta, una recepción, una representación en el teatro, una visita de cualquier tenor o naturaleza, ahí estaba él: listo, elegante, impecable. Organizaba para ella veladas memorables, ideando los juegos más divertidos, el entretenimiento más salvaje, los disfraces más extraños. Llegó a su vida como un sol de verano y, aunque no lo podía considerar exactamente un amor galante, ya que ella nunca había estado casada, él hacía todo lo que un galán debe hacer por su amante y mucho más.

Pero Olaf no era solo eso. La sedujo como ninguno de los otros hombres que ella había tenido —y había tenido muchos— y todavía tenía y no solo porque era un amante formidable, sino porque sabía cómo satisfacer sus deseos más secretos, los deseos silenciados por considerarlos inalcanzables. Era un hombre que la escuchaba y sabía aconsejarla de la mejor manera posible; si había que cortar un trozo de carne, él sabía hacerlo con arte, si era necesario elegir una ópera para ir a verla, Olaf optaba infaliblemente por la que a ella más le gustaría, si tenía que encontrar la esencia perfumada más adecuada para su piel, ahí él daba con la fragancia perfecta.

Sin embargo, a pesar de que era todo lo que había deseado, había algo retorcido en él, algo oscuro y perverso que parecía crecer en su interior. Y esa forma de ser lo hacía, a sus ojos, tan deseable que ya no podía prescindir de ello. Había empezado poco a poco: una mesa de cartas, una alcoba, una fiesta un poco más licenciosa que las otras... Así habían pasado los meses y ahora su salón se había convertido en un lugar mucho más complejo de lo que era al principio. Y más rentable, sin duda. El reducto le hacía ganar una fortuna, aunque a las ganancias hubiera que deducirles los impuestos embolsados por los recaudadores de la Serenísima, y lo mismo podía decirse de las alcobas, donde nobles y hombres poderosos aprovechaban para tomarse unas vacaciones, o algo más, del matrimonio, gastando su dinero y sus caricias más íntimas con doncellas aburridas de clase alta y aventureros que habían hecho su fortuna al convertirse en ciudadanos respetables. La clientela era selecta y los placeres de su casa estaban reservados a un número limitado de personas, ya que para asistir era necesario ser socio o al menos haber sido invitado por uno de los asociados. No había profesionales del placer, pues todo se regía por el puro deseo y el interés común en la discreción, que estaba, además, garantizada por las máscaras.

Tales entretenimientos, sin dejar de ser oficialmente secretos, la habían convertido en una de las mujeres más deseadas de Venecia y una de las más ricas, ya que, para su sorpresa, Olaf, que también era el artífice de esa fortuna, nunca había querido nada para sí mismo salvo lo necesario para presentarse siempre guapo, elegante, lleno de encanto. Pero esa generosidad, había descubierto Cornelia, tenía un precio porque, a medida que el vínculo se había estrechado, se había sentido subyugada, tanto que consideraba su vida inconcebible sin Olaf. Y, por lo tanto, había sido natural, para ella, consentirle las ideas más salvajes, atrevidas y peligrosas.

De hecho, cuantas más eran las proposiciones, más viva se sentía, agradecida y afortunada por ellas. Al mismo tiempo, la forma en que él la tomaba se había vuelto cada vez más atrevida, sin escrúpulos, obscena, depravada. Y esa realidad, en lugar de asustarla, la había hecho aún más sumisa. Ni siquiera cuando Olaf había mencionado la idea de formar una comunidad secreta, destinada a crear una alianza oculta entre algunos de los visitantes más frecuentes de su casa, Cornelia lo había criticado. Y así había sucedido cuando, tras la compra del edificio contiguo al suyo, Olaf había pedido tener un gran salón para él, en el que pudiera reunir a todos los que quisieran adherirse a la logia: la había llamado así.

¿Para qué se iba a utilizar?, había preguntado un día Cornelia. Para seleccionar a un número de paladines dispuestos a defender Venecia de los objetivos rapaces de las familias más poderosas que, desde tiempos inmemoriales, se dedicaban a desplumar a la Serenísima como el cadáver de un animal. ¿Cómo hacerlo? Él se encargaría de ello, promoviendo relaciones entre los hombres que frecuentaban la casa.

Pero había algo cada vez más perverso y críptico en su comportamiento; Cornelia lo percibía claramente y, a pesar de ello, jamás se saciaba de él. ¡Cuán lejanos eran los días en que los hechos más licenciosos e indecorosos de su salón había que buscarlos en los ripios del pornógrafo Giorgio Baffo! Ahora podría decirse que el salón no representaba más que la excusa, la ocasión para consumir algo más que palabras y escritos, por no mencionar que, a través del juego y la fornicación, el palacio de Cornelia se había convertido en un lugar de escuchas y chantajes sin precedentes. Con la información reunida entre aquellas paredes podría haber desenmascarado al menos una docena de intentos de conspiraciones y conjuras que, sin embargo, resultaron puntualmente infructuosas. Hasta eso era obra de Olaf: sus ojos desplegados en todas las habitaciones, sobre todos los presentes, ser capaz de conversar en las lenguas más increíbles del mundo, de captar chismes, rumores, verdades y mentiras, había hecho posible reunir tal variedad de promesas inmorales y actos pecaminosos que, con solo la mitad de ellos, los dos podrían haber puesto de rodillas a Venecia.

Todo ello por no mencionar que muchas de esas aventadas acciones eran contempladas por los ojos de aquellos que, por un solo ducado, se divertían adivinando quién las hacía, únicamente para descubrir que tal vez la noche siguiente serían ellos los espiados. Y como nadie estaba por encima de la montaña de estiércol en esa letrina, ninguno se habría aventurado a decir una palabra sobre cualquiera de las iniciativas consumadas. En resumen, los destinos de los miembros del salón y sus amigos estaban ahora inextricablemente entrelazados y esto los convertía en los compañeros más leales y fieles que hubieran jamás conocido. Porque la aleación sobre la que se fundaba esa alianza estaba moldeada con los dos metales más formidables concebidos: la traición y la vileza.

Con el tiempo, esa sucia y secular propensión al chantaje y la amenaza se había convertido en la parte de Olaf que Cornelia más deseaba. Como si, sutil y ambiguamente, un día tras otro, se hubiera metido bajo su piel, vertiendo su veneno en ella. Y ahora estaba allí, frente a él, indefensa, sola y sin embargo… dispuesta a complacerle como él quisiera. Olaf había repavimentado el suelo de la habitación con grandes baldosas cuadradas blancas y negras, y ahora ella se sentía como si estuviera de pie en un gigantesco tablero de ajedrez. En las paredes veía símbolos cuyo significado desconocía, que representaban instrumentos como compases o escuadras e imágenes de deidades egipcias. Por encima, un gran cielo estrellado.

Lo miró: estaba sentado en un sillón forrado de terciopelo rojo con un respaldo de pan de oro. La estaba esperando. Lucía un largo cabello castaño oscuro completamente suelto y ojos pintados de negro. Sus pupilas oscuras eran estanques de pura lujuria. Los anillos que llevaba en los dedos enviaban destellos a la luz de las velas. Iba vestido con elegancia, como siempre: una preciosa camisa blanca de encaje que llevaba abotonada hasta la garganta, calzones de terciopelo hasta la rodilla, medias de seda pura y zapatos negros brillantes. Los botones del frac azul cobalto eran rubíes rojos como la sangre. Brillaban maliciosamente cuando los capturaba algún destello que iluminaba el vestíbulo. Fue entonces cuando la atrajo hacia él. Apretó al máximo la correa de cuero y de pronto sintió que se le cortaba la respiración en la garganta.

—Ven —le dijo—. Veremos si puedes hacer que me corra. Solo entonces podría decidirme a hacerte lo mismo.

Cornelia sintió una punzada de placer. Se pasó la lengua por los labios y se dirigió hacia Olaf, saboreando esos momentos de incertidumbre, como si caminara sobre el hilo invisible que separa la vida de la muerte. La idea de tener que merecer sus caricias, sus besos, comportándose como él quería, dispuesta a hacer cualquier cosa que le ordenara, aceptando sus humillaciones y sus arrogantes exigencias la llenaba de una alegría que conocía bien. Aquel deseo suyo de sumisión era la contrapartida a la entrega que él le mostraba en cualquier otro momento del día. Olaf enroscó la larga correa alrededor de su brazo y la distancia se acortó poco a poco. Había concebido aquel collar de cuero, decorado con gruesas tachuelas de acero, y se lo hizo fabricar a uno de sus mercaderes, nativo de las tierras de las que él también procedía y que se encontraban en las más remotas regiones del Imperio austriaco.

Mientras avanzaba lentamente a cuatro patas, casi sin poder respirar, tal y como quería Olaf, Cornelia sintió el deseo de ofrecerse completamente a él.

—De rodillas —le ordenó.

Ella gimió. Se sintió desbordada por un placer que ya no podía contener por más tiempo. Entonces obedeció. Él tiró de nuevo y ella sintió su cara desplomarse hacia delante, proyectada hacia la punta de su zapato.

—Lámelo —dijo finalmente.

# 31

## Una jornada complicada

—¿Qué creéis que vais a conseguir? —dijo el superintendente sanitario—. Todos los días patrullamos las fronteras y las carreteras. Cada día recomendamos que nuestros barcos armados vigilen incesantemente las aguas de la Serenísima para que no se produzcan desembarcos clandestinos. Hacemos controlar los navíos sospechosos de carecer de licencias sanitarias, para que la enfermedad no se extienda más de lo que ya está. Se han erigido empalizadas y muros protectores de piedra en los pasos de montaña. Por no hablar de las casetas de vigilancia sanitaria. Y todo esto, creedme, perjudica seriamente al comercio.

—Su Excelencia —dijo Isaac—, no discuto que vos estéis haciendo lo que podéis e incluso más para evitar que se siga propagando la enfermedad, pero os pido que permitáis la inoculación de la viruela en sujetos sanos, para aumentar las posibilidades de recuperación entre aquellos que desarrollen la enfermedad. Solo de esta manera finalmente aumentaría el número de personas inmunizadas.

—Vos sabéis que no podemos hacerlo. La mayoría de los colegios médicos ya han expresado su opinión cualificada al respecto.

—Pero ¡vos sabéis muy bien que el método de la viruela existe y ha dado sus resultados!

—¿Y qué? No es suficientemente seguro. Al contraer de forma preventiva la enfermedad, aunque en menor medida gracias a los humores de las llagas maduras, solo se corre el riesgo de exponer a más personas al contagio. Es cierto que algunos se recuperan, pero el número de muertes sigue siendo elevado, porque infectar a las personas sanas aumenta potencialmente el contagio de todos modos: estamos hablando de personas que en un principio no estaban enfermas.

—Su Excelencia, perdonadme, pero no puedo creer que vos no tengáis nada mejor que proponer que la espera.

—Siento decepcionaros, Liebermann, a vos y a todos los médicos que piensan como vos, pero ocurrió con la peste y ahora está ocurriendo con la viruela: ¡la gente muere! Y ninguno de nosotros puede realmente hacer nada, excepto esperar a que el contagio disminuya poco a poco.

Isaac negó con la cabeza. Se sentía inútil. Si la ciencia no estaba dispuesta a adoptar nuevos métodos para combatir la enfermedad, si carecía de valor para experimentar con el único propósito de intentar cambiar una situación que llevaba meses empeorando, ¿qué sería de los jóvenes?

—He visto morir a niños inocentes, chicas jóvenes que solo pedían seguir teniendo la esperanza de vivir, las sostuve en mis brazos sin poder hacer nada. ¿Qué les diré a sus madres, cuando lloren hasta que les sangren los ojos? Vos también sabéis que son los más frágiles quienes se ven afectados y si la muerte por viruela es trágica para los que ya han vivido, es tremendamente injusta para quienes aún tienen la vida por delante.

—Señor Liebermann —dijo el superintendente, esta vez con tono resentido—. No se os ocurra venir aquí, a las oficinas del magistrado de Sanidad, soltando sentencias. Sé perfectamente que hay nuevos métodos para prevenir la viruela, pero lo que os digo es que no tenemos suficientes garantías de éxito como para experimentar la inoculación con individuos sanos. Y no creáis que vos sois el único que ha sido testigo de injustas muertes escalofriantes. El mero hecho de que vos ventiléis esto me ofende a mí y a todos los médicos de la Serenísima República, ¿me explico?

Isaac inclinó la cabeza.

—Hubo un tiempo —dijo— en que los médicos no temían a la enfermedad y su paciente era tan sagrado como ellos. Hubo un tiempo en que Venecia eligió ser la primera en la cura del mal. Vos habéis mencionado la peste y la peste fue derrotada precisamente gracias a las medidas que la Serenísima fue capaz de adoptar incluso cuando parecían imprudentes, si no temerarias. Pero veo que esos tiempos han terminado. Y Venecia yace cansada en la laguna, esperando a ser saqueada por charlatanes e impostores.

—¡Lo que habéis dicho es intolerable! —tronó el superintendente—. ¡Cómo os atrevéis a hablar así! La verdad, mi querido Liebermann, es que la plaga no ha sido derrotada en absoluto y mientras hablamos ha penetrado desde Valaquia hasta Serbia y ahora está golpeando las puertas de Istria. Y si por el momento nos hemos salvado es gracias al cordón sanitario dispuesto por las autoridades médicas. Con la viruela no estábamos tan preparados. Por no mencionar el hecho de que es una enfermedad sobre la que sabemos aún menos que de la peste. Siento tener que deciros esto, pero vuestras palabras son inaceptables y ahora veo un hecho incontrovertible: vos, señor, sois judío, y las declaraciones a las que os habéis prestado han revelado su verdadera naturaleza cruel, violenta e impregnada de sedición. ¿No es cierto que en el Levítico leemos: «Si uno hace daño a su prójimo, se le hará como a él: fractura por fractura, ojo por ojo, diente por diente; se le hará la misma injuria que haya hecho a otro»? Y de nuevo en el Éxodo, ahora lo recuerdo bien: «Ojo por ojo, diente por diente, mano por mano, pie por pie, quemadura por quemadura, herida por herida, contusión por contusión». No hay sorpresa, pues. Hoy ante mí os habéis manifestado por lo que sois. Agradeced a vuestro Dios si os dejo ir en paz… porque habéis venido aquí pronunciando palabras de guerra.

—Su Excelencia —dijo Isaac, que se dio cuenta de que había ido más allá de lo lícito con sus palabras incendiarias—. Tal vez me haya equivocado. Si es así, por favor, perdonadme. Me temo que he ido demasiado lejos, pero os ruego tener en cuenta que lo que he dicho es por el único bien de esas mujeres y hombres a los que intento salvar cada día.

—Ese es vuestro maldito defecto, Liebermann. Os creéis mejor que los demás y no perdéis ocasión de decirlo. Pero ¡no es así en absoluto! No es lo que decimos lo que nos hace lo que somos. Por lo tanto —concluyó el superintendente, golpeando con el puño el escritorio atestado de papeles—, ¡liberadme de vuestra presencia, antes de que tenga que arrepentirme de haberos dejado marchar!

Isaac se dio cuenta de que la situación era ya irremediable. Insinuó una media reverencia, acompañando el saludo con un movimiento de cabeza, pero el superintendente ya le había dado la espalda.


Isaac avanzó lentamente, con el farolillo balanceándose en su mano. El penetrante olor de la laguna le llenaba las fosas nasales. Venecia se entregaba al sórdido abrazo de la noche como al más desleal de los amantes. Sabía que llegaba tarde y le habría gustado hacerlo a la hora, pero el día no había ido como esperaba. Entre los preliminares y la entrevista se dio cuenta de que había pasado mucho más tiempo del que le habría gustado en el despacho del magistrado de Sanidad de la República. Se dirigió al grupo de malolientes falansterios repletos de vagabundos. Cuando entró en el patio interior del edificio más ruinoso figuras negras envueltas en andrajosos tabardos lo observaban como cuervos ávidos de presa. Había algunas hogueras encendidas y, alrededor de la débil llama, algunas mujeres extendían sus manos para encontrar algún alivio a lo gélido del día. Una desgraciada se acercó hacia él, se levantó las faldas e intentó sonreírle, mostrando sus encías moradas y desdentadas. Por un momento, en aquel grupo de desheredados, a la luz del fuego, Isaac vio a un niño con la cara cubierta de hollín. Tenía unos ojos grandes y azules, que resaltaban enormes en aquella cara huesuda, ahuecada por el hambre. El humo de la lámpara se mezclaba con los mocos que goteaban de una fosa nasal. Alguien mostró la hoja de un cuchillo.

Isaac continuó. ¿Cómo podía ser que se abandonara así a la gente? ¿Qué clase de existencia era esa? Sin embargo, avanzando un poco más, se llegaba a los palacios de San Marcos, con vistas al Gran Canal, con sus impresionantes fachadas y una arquitectura de belleza sobrecogedora. Subió la escalera. Al llegar al balcón, llamó a la puerta. Le abrieron. La mujer llevaba una falda de lana llena de agujeros. Un chal sobre los hombros, el pecho apretado en un corsé andrajoso, el pelo con raya al medio y recogido en una cofia que antaño debía de haber sido blanca.

—Habéis venido, os lo agradezco —dijo ella, mirando a Isaac con esa serena gratitud que él creía ver por vez primera.

—¿Cómo está Chiara? —preguntó él.

—Juzgadlo vos mismo —fue la respuesta.

Sin hacer más preguntas, siguió a la mujer menuda y amable a la habitación. La niña, esta vez, se encontraba sentada con un par de almohadas a la espalda. Tenía las mantas subidas hasta la barbilla y, en cuanto vio a Isaac, sonrió. Las pápulas se habían desinflamado y habían empezado a alcanzar su punto culminante. Algunas ya habían formado costras. La mirada de Chiara era vivaz y carecía de ese brillo líquido típico del sujeto febril. Por si acaso, Isaac quiso asegurarse, pero, como imaginaba, su frente estaba fresca. Exhaló un suspiro de alivio.

—Ha podido dormir durante dos noches —dijo su madre y en sus ojos, una vez más, Isaac vio una gratitud que nadie le había dispensado nunca. Aquel sentimiento lo conmovió. Se encontró vulnerable ante aquella frágil dulzura.

—Vuestras perlas han sido una bendición.

—¿Te queda alguna? —preguntó.

La mujer asintió.

—La fiebre está bajando.

Luego se volvió hacia la niña.

—¿Te encuentras mejor? ¿Quieres abrir la boca y enseñarme la lengua?

La niña obedeció y se dio cuenta de que la hinchazón de una semana antes había desaparecido.

Asintió con la cabeza.

—Muy bien —observó—. Lo has hecho muy bien. Cada vez me siento más orgulloso de ti.

La niña lo miró y pronunció sin esfuerzo la primera palabra desde que la conoció.

—Gracias —dijo, lanzando una mirada solemne que hizo sonreír a Isaac. Era tan seria. Y divertida. Y llena de coraje, había ganado una batalla, la más importante de su joven vida.

—Aún no ha terminado —le dijo—. Debes tener un poco más de paciencia. Verás, esas llagas en tu cara y en el resto de tu cuerpo… se romperán y saldrá un líquido fétido. No te preocupes —dijo, dirigiéndose a su madre—. Ya ha ocurrido y volverá a ocurrir, hasta que dentro de unas semanas las llagas desaparezcan, dejando cicatrices.

La madre asintió.

—Lo comprendo —dijo—. Sin vos, Chiara no lo habría conseguido. Eso es lo único que importa.

Esa frase resonó con toda la sencillez de una afirmación incontrovertible, tanto que Isaac en primera instancia no tuvo ganas de contradecir a la mujer.

—Deja que Chiara descanse ahora —replicó Isaac y acarició la cabeza de la niña.

Salieron y regresaron a la cocina. En la chimenea brillaban las últimas brasas.

—¿Cómo os llamáis? —preguntó Isaac.

—Viola —respondió la mujer.

—Es un nombre precioso —dijo él—. Escuchad —añadió—. Chiara necesita algo de comer y vos también. Así que, por favor, aceptadlo. —Y sin añadir nada más, dejó una bolsa de cuero, tintineante, sobre una mesa maltrecha.

—No puedo hacerlo. —Y en esa negativa estaba toda la dignidad de aquella mujer.

—Esta respuesta os honra y no esperaba menos…, pero, por favor, lo mío no es caridad, es solo la necesidad que siento, como médico, de cuidar de vosotras. No tengo mujer ni hijos. Sin embargo, en Chiara me parece ver a la hija que nunca tuve. La habéis educado bien: es fuerte y valiente.

Viola quiso resistirse. Estaba claro. La luz de sus ojos decía más que mil palabras, pero algo parpadeaba en su mirada.

—Pienso recompensaros.

—No os molestéis, el menor de mis problemas es el dinero. Vendré a visitaros más a menudo. Esa chimenea…, traeré una carga de leña para que podáis manteneros caliente. Me encargaré personalmente de ello. Y compraré comida y algo de ropa.

—¿Cómo puedo pagaros? —preguntó Viola, con una terquedad sorprendente.

—Dejando inmediatamente de preguntármelo —respondió Isaac—. Os protegeré, Viola. Os lo prometo.

Y por primera vez aquel día Isaac Liebermann sonrió.

# 32

## El gitano

Sabía que lo seguían.

Solo por eso había decidido seguir caminando en medio del frío. Esperaba que el hombre hubiera mordido el anzuelo. Estaba cansado de servir de cebo. Cuando lo había visto apostado bajo las ventanas de su casa, Antonio había decidido que la suerte estaba echada. Y así, por una vez, se había imaginado tratando de dirigir el juego. Sabía que corría riesgos, pero quería llegar hasta el final y ver si descubría algo.

Se había dado cuenta de que el gitano lo había estado observando desde que él había salido de la casa. Evidentemente, presentía que no había sido descubierto porque, a esas alturas, se había vuelto audaz, casi temerario. Quién sabía cuánto tiempo llevaba siguiéndolo. Quizá desde antes de su búsqueda.

Aunque, por la forma en que iba vestido, difícilmente podría haber sido un hombre del inquisidor rojo. Y lo mismo podía decirse del capitán grando. No era que los lacayos fueran normalmente hombres galantes, pero aquel individuo daba escalofríos solo de verlo y la sensación de no ser veneciano en absoluto.

Antonio caminaba sin prisa. Más le valía cansarlo, aburrirlo dando un montón vueltas a través de Cannaregio y luego San

Polo, y luego otra vez Cannaregio y finalmente Castello, adonde quería volver. Cada vez se encontraba con menos gente por el camino. Los colores de la noche envolvían los callejones y los escasos fuegos destellaban lenguas sanguíneas en las fachadas de los edificios. De vez en cuando se oía el batir de un remo en el agua de un canal, mientras una luna llena atravesaba el lanoso manto de nubes, semejante al algodón de azúcar. Si no hubiera estado exasperado, habría tenido cuidado de no llevar a cabo semejante juego. Sin embargo, a medida que pasaban los días, su espíritu se había vuelto tan firme como el de un paladín y ahora no podía poner fin a su vagabundeo.

Entró en una calle estrecha, caminó hasta el final y giró a la derecha. Siguió hasta salir a una plaza bien iluminada por antorchas. Sin volver la cabeza, vio por el rabillo del ojo una negra figura que lo seguía. Era su hombre. Giró a la izquierda y caminó hasta el final. La calle terminaba contra un muro.

Se volvió y esperó.

Su perseguidor no lo decepcionó. Pronto se encontró frente a él.

—Bien, señor —dijo Antonio con voz no exenta de audacia—. Por fin os conozco. ¿Quién sois? ¿Y quién os envía? Y, sobre todo, ¿por qué me seguís a todas partes?

El gitano, pues con toda probabilidad aquel hombre debía de proceder de las tierras más allá de los bosques de la lejana Hungría —ahora Antonio estaba seguro de ello—, se permitió hacer una mueca y su expresión, sin duda, aludía a la incomodidad que sentía por haber sido descubierto. Ciertamente, no se lo esperaba.

—No diré más de lo que debo —dijo finalmente. Tenía un acento extraño, con una cadencia algo hipnótica, como si disfrutara meciendo las palabras.

—Os escucho —respondió Antonio.

El gitano, en vez de hablar, sacó de un bolsillo de su frac algo que, a la luz del candil que llevaba Antonio, brillaba. Sin decir palabra, el hombre se acercó a Canaletto tomándose todo el todo el tiempo del mundo, como si después de todo no tuviera especial premura. Y parecía cierto, ya que, como suele decirse, era él quien tenía la sartén por el mango.

—Oigamos, entonces... lo que tenéis que decir —reiteró Antonio, tratando de no temblar; y no era fácil; a pesar de todo, no estaba descontento con su comportamiento.

—Sí —dijo una tercera voz—. ¡Oigámoslo! —Y a espaldas del gitano apareció un hombre enmascarado que, de una cartuchera bajo su capa, sacó una pistola de cañón largo—. Pero antes —continuó— nos gustaría saber quién os envía.

Al decir esto, el recién llegado avanzó hacia el gitano, que, a decir verdad, mostró una notable frialdad y, de espaldas a Antonio, se volvió hacia el recién llegado.

—¿Y por qué tendría que hacerlo?

—Porque una bola de plomo es más rápida que una cuchilla.

—Cierto. Pero podríais errar el tiro —observó el gitano.

—Eso lo veremos —dijo el otro sin pestañear.

—Sí.

Antonio tuvo la desagradable sensación de que tender una trampa a su perseguidor no había sido tan buena idea después de todo.

—No creo que disparéis —continuó el gitano, poniendo voz a los temores que también Antonio albergaba en su corazón.

El hombre de la máscara calló.

Por un instante el aire pareció congelarse y la escena quedó cristalizada, suspendida en el tiempo y en el espacio, a la espera de que los acontecimientos siguieran su curso.

Fue entonces cuando el gitano echó a correr.

—¡Deteneos! —gritó Antonio.

El hombre de la máscara encañonó su arma, listo para disparar. El gitano no se detuvo. Detectó un espacio entre la pared de la casa a su derecha y el hombro de quien le apuntaba. Se metió justo en medio, agarrando el puñal con la mano izquierda, tras lo cual en el último momento se pasó la hoja a la otra mano y enfiló el puño izquierdo al costado del hombre armado. El otro trató de zafarse, pero el puñetazo llegó con la velocidad del rayo y lo alcanzó.

Luego, el fogonazo y el disparo. Fue algo excesivo: el plomo contra las losas del pavimento. El hombre de la máscara gritó. El puñetazo debió de hacerle mucho daño. Su mano corrió a masajear el lugar donde el otro le había golpeado.

—¡Maldito bastardo! —El arma le cayó de la mano. Acabó de rodillas.

—¡Owen! —gritó Antonio.

—A por él —respondió el irlandés en voz baja.

Pero el gitano ya se había escapado.

# 33

## Cristal

Tras rescatar a McSwiney y acompañarlo a casa, Antonio había puesto rumbo a Murano. Fue el propio irlandés quien ordenó a uno de los marineros que conocía y empleaba que hiciera lo que Canaletto le pidiera. Antes de embarcarse en la góndola se había asegurado de que su amigo estaba en condiciones de quedarse solo. En cuanto recibió la confirmación subió a la barca y, en la oscuridad de la noche, se puso en marcha. En el transcurso del viaje se preguntó varias veces qué había impedido a su atacante atestar un golpe con su daga. No parecía el tipo de hombre que tuviera reparos en apuñalar a alguien que estuviera a punto de dispararle. Sin embargo, eso fue lo que ocurrió. Hasta ese momento no había titubeado. La trampa, las amenazas que este aparente asesino le había dirigido, hasta el punto de desenvainar la hoja y amenazar usarla, e incluso el desprecio por el peligro exhibido: todo parecía hacer de él un asesino perfecto. Y pese a ello, en el último instante había preferido deshacerse de McSwiney de la forma menos peligrosa posible. Y aquel comportamiento estaba completamente fuera de lugar. Pero mientras el cielo nocturno fluía sobre él, Antonio se daba cuenta de que era incapaz de resolver aquel misterio.

Había algo inefable en el cristal. Charlotte estaba segura de ello. Quedarse aquella noche junto al horno, donde daba forma al vidrio gracias al fuego, le produjo una sensación de quietud. Y nunca había sido tan necesaria si quería reparar su corazón herido. Porque echaba de menos a su amo y porque necesitaba estar a solas con ese amor a punto de florecer y al que temía. ¿Podría permitirse dar alas a un sentimiento así? Porque en lo más íntimo de su ser intuía que si se abandonaba en los brazos de Antonio podría perderse a sí misma y había jurado no depender nunca del amor de un hombre.

Miró el fuego ardiente en la boca del horno. Se acordó de Menego, el artífice de su educación como vidriera. La forma en que la había acogido entre sus brazos cuando aún era una niña y le había enseñado a ver a través de las llamas, a intuir las formas que la pasta de vidrio podía crear si se moldeaba una vez fuera del horno. Recordaba cómo disfrutaba tirándole de la barba. Menego le parecía una criatura salida del vientre de la tierra, hijo de un mundo impregnado de mitología y rituales vedados a la mayoría de los hombres. Recordó cómo le sonreía.

Imaginación, fantasía: eran la base del arte del vidrio, ya que, una vez extraído el globo luminiscente, parecido a una estrella en bruto, había que moldearlo con pinzas, dando vida a un objeto, cualquiera que fuera la elección, que debía ejecutarse de inmediato.

Menego era extraordinario en eso, como extraordinario era su deseo de instruir a una mujer en ese arte que por tradición estaba fuertemente dominado por los hombres. Por supuesto, había habido algunas mujeres que habían tomado un camino así, pero, en el caso de Marietta Barovier, por ejemplo, se trataba de la hija de un maestro vidriero. Y ella no era la hija de Menego; de hecho, ni siquiera era veneciana.

El pensamiento la transportó a Johann Matthias. Tampoco era realmente su padre, pero mucho antes, cuando ella era muy joven, la encontró abandonada, sola, en el frío. La había cuidado y cada día la había elegido como hija suya. Ni una sola vez se negó a darle todo lo que estaba en su mano. Y así se había convertido en la hija del mariscal de campo, el conde Von der Schulenburg. Y cuando él se ausentaba por sus deberes de oficial, por campañas militares que tenía que dirigir, enfrentándose a una existencia que hacía equilibrios entre la vida y la muerte, había optado por confiarla a Menego. Porque sabía que, en su ausencia, él la educaría en el respeto de los valores y las virtudes que una vida de sacrificio y paciencia imponía.

Ver trabajar a Menego era un auténtico espectáculo. Más aún: era como ser testigo de la creación. De niña lo había comparado con Hefesto, el dios griego del fuego que, según el mito, tenía su fragua bajo una cueva en el mar. Fue él quien le enseñó cómo obtener los diferentes tipos de vidrio —la aventurina, el cristal, el *lattimo* y la filigrana—, quien la instruyó sobre los procesos de molienda y sopladura, y el uso de herramientas como las diferentes *barselles*, es decir, las pinzas para cortar, moldear y decorar vidrio, o los diferentes tubos de soplado.

Volvió a verlo mientras daba forma al vidrio que acababa de sacar del horno, brillante, como un trozo de estrella viviente que centelleaba en la penumbra y se desvanecía lentamente en la luminiscencia a medida que se enfriaba. También era una carrera contra el tiempo, ya que la pasta de vidrio no era moldeable eternamente, sino solo mientras mantuviera una temperatura tal como para poder modificarse con unas tenazas. Por eso, cíclicamente, había que introducirla en la boca del horno: para mantener constante la temperatura.

Charlotte nunca había tenido madre. O, mejor dicho, nunca la había conocido. Pero había crecido con dos padres. Y estaba agradecida por todo lo que había recibido. Mucho más de lo que se merecía.

Se acercó a la boca del horno. Avivó las llamas y miró las lenguas rojizas, ardientes y crepitantes. Su mente volvió a Antonio Canal. No había esperado tal determinación: parecía como si aquel hombre se hubiera consagrado a Venecia y, en cierto modo, era así. No solo quería celebrarla en el lienzo, sino también, en la medida de lo posible, salvarla de aquellos que deseaban doblegar su belleza y maravilla en el nombre de sus propios fines miserables. Como ella misma quería. Y tenía la intención de defender una ciudad como esa, una ciudad que encarnaba los elevados ideales de una República que había sido capaz de sobrevivir a adversidades sin fin, enemigos formidables y que, nunca como en aquel momento, dictaba el horizonte artístico y cultural del mundo conocido. Antonio merecía sus elogios y la admiración que sentía por él.

Y no quedaba ahí el asunto. Había en ese joven y extraordinario pintor una sincera estima por su arte. Hacia las mujeres alimentaba, como era justo y normal que así fuera, una hermosa y estimulante curiosidad. Sin olvidar que no tenía la arrogancia de muchos artistas que se consideraban de extraordinario talento incluso cuando no era, ni mucho menos, el caso. Era deliciosamente torpe, pero esto le dotaba de unas maneras fanfarronas e involuntarias.

En resumen, era irresistible, al menos para una mujer como ella, y estaba sumida en sus pensamientos cuando oyó que llamaban a la puerta del horno.

Los golpes se repitieron. Sin querer se le erizó la piel.

¿Quién podía venir a visitarla en mitad de la noche?

# 34

## Encuentro

—Antonio —dijo Charlotte—. ¡Estáis aquí!

Él la miró, incluso con ropa de trabajo era de una belleza sobrecogedora.

—Estáis en peligro, Charlotte y no... —Ella le puso el índice en los labios. Él permaneció en silencio. Ella lo tomó de la mano, llevándolo adentro.

—Bésame —le dijo.

Por un momento, Antonio se quedó atónito. Entonces, de repente, la vergüenza se desvaneció y la rodeó en un abrazo, besándola apasionadamente. Fue una liberación, como si aquel sentimiento que había devorado su corazón durante todo ese tiempo se hubiera convertido en líquido caliente, un río que de pronto se desbordaba y era capaz de arrasar los topes que Antonio había colocado, en un extremo y desesperado intento de contenerlo dentro de los límites del decoro que habría deseado.

Le parecía estar explorando el infinito. Sabía que Charlotte era una mujer por la que haría cualquier cosa. Ya estaba sucediendo y, en esos momentos, mientras le arrancaba de los labios besos salvajes, estaba seguro de haber sentido la tormenta y la embestida de un instinto que había encerrado demasiado tiempo en la jaula de hierro de las convenciones sociales. Se abandonó a esa sensación abrumadora y se comportó como nunca había creído posible.

Si aquella noche le hubiera costado una condena la habría agradecido, porque no podía dejar de sumergirse en aquellos ojos que parecían dominarlo y suplicarle al mismo tiempo. Estaba inevitablemente subyugado y su perfume era una nube tierna, una fragancia que lo rodeaba con un aura, superando los olores acre de azufre, sílice y humo de aquel lugar que había bendecido la atracción que había sentido por Charlotte, cuando la había visto moldeando vidrio como lo habría hecho una diosa griega.

Y algo divino tenía que haber en ella, pensó Antonio, mientras sus caricias lo dejaban extasiado, como si aquel instante fuera solo imaginado, suspendido en una dimensión onírica. Pero cuando sus ojos se encontraron con el palpitante globo de fuego que parecía gritar como una boca roja en el horno, se dio cuenta de que estaba viviendo de verdad, quizá por primera vez. Charlotte era blanca y apolínea, era nieve y pluma de cisne. El deseo de Antonio palpitaba tembloroso como una herida. Sentía la sangre de ella en sus venas, como oro fundido por las llamas de un fuego inextinguible, y esa sangre se unió a la suya como si desde aquel momento nunca más hubieran vuelto a ser divisibles. Y se encontraron, inconscientes, en aquel torbellino de amor, de rodillas sobre las mantas, no lejos del fuego purificador del horno. A Antonio le parecía que el corazón vivo de color y luz de su pintura quedaba envuelto por el cristal suave y brillante de ella y sus artes se fundían en el núcleo de la pasión devoradora.

Sus cuerpos componían una melodía, sus bocas se deshacían en un éxtasis de sílabas tenues y los labios buscaban los otros labios, cien, mil y luego mil veces más y a los dos les parecía que el tiempo no era suficiente, que las horas huían, matando su pasión con la avaricia de una noche falsa y embustera, que había elegido acortarse, en perjuicio de ellos.

Y, sin embargo, con la fuerza desesperada de los que no se rinden ante promesas traicionadas, Antonio y Charlotte se entregaban sin miramientos y se arremolinaban en el torbellino del deseo, dejando que cada uno buscara el placer en nombre del otro, escuchando sus gemidos voluptuosos y las impúdicas respuestas de la carne vibrando de vida. Era una fiebre que los consumía y a la que doblegaban su voluntad, ajenos y olvidados de todo, ávidos de una pasión que los había condenado desde el primer momento a encontrarse en los brazos del otro.

A ella le estaban agradecidos y participaban de esa comprensión mística que, nacida en intelectos sublimes, se había convertido poco a poco en río y fuego, manteniéndolos unidos. Él besó sus párpados, sus manos, sus brazos y su cuello de junco. Y luego sus pechos lechosos, dulces con aquel sabor de la miel goteante, y los blancos y desnudos hombros, perfectos, como si hubieran sido esculpidos por el mismísimo Miguel Ángel en el mármol más blanco jamás concebido por la naturaleza.

Antonio estaba embriagado y ciego. Se hundió en un éxtasis que parecía ilimitado, vasto como el océano, y se regocijaba en aquella magia de fuego y carne que le quemaba el pecho.

—Charlotte —murmuró, y su nombre fue la salvación y la promesa de nuevas aventuras, las que aún no había experimentado en la vida porque, solo y completamente, se había entregado a la pintura y a Venecia. Pero ahora todo era diferente. Aquella mujer increíble y maravillosa le había deseado y sorprendido, y parecía no saciarse de él.

Perdido en ella, se dejó llevar por esa resaca sin fin, arrullado por jadeos y espasmos, en un vaivén de placer. Sintió el rugido de la marea en la cabeza y tuvo la impresión de ser un superviviente abandonado a las olas, aferrado a un trozo roto de una balsa que también lo llevaba a lo alto, a la cima de olas vertiginosas que luego se derramaban sobre la orilla. Alcanzado el clímax del placer cayó desplomado, pero agradecido y feliz, sobre el pecho de Charlotte, como el náufrago que se suelta por fin en la arena de la playa.

# 35

## El gueto

Vestían capas negras y tricornios. Sus rostros estaban cubiertos por *larve*, máscaras blancas que impedían reconocer sus rasgos. Entraron por la puerta e inundaron el gueto como un río lleno de carroña de animales podridos. Empuñaban antorchas, palos y cuchillos. Detrás de las máscaras sus ojos brillaban con fuego y sangre. La rabia parecía consumirlos.

Cuando los vio, Isaac sintió miedo. Nunca había ocurrido que unas cuantas mesnadas —porque eso era todo lo que podían ser— hubieran penetrado en el gueto. No tenía ni idea de por qué había sucedido, pero se escondió detrás de una columna, esperando no ser visto. Pasaron por delante de él sin mirarlo. Las antorchas ardían rojas en la noche negra. Delante de ellos, mujeres, hombres, ancianos y niños huían como una bandada de patos. Alguien resbaló en la nieve sucia y cayó. Uno de los atacantes le plantó un pie en medio de la espalda y blandió un palo. Desde donde estaba parado, Isaac vio la cabeza del pobre hombre caer directamente hacia abajo en un charco de agua podrida. Luego otro imbécil se acercó al primero y redobló la paliza, implacable.

Los gritos se elevaron como chillidos de pájaros. Una mujer fue arrojada al suelo y pisoteada. Los demás avanzaron en un silencio sepulcral. Agarraron a los fugitivos y los arrastraron al suelo. Un joven judío se resistió. Isaac lo conocía: era el joven Shimon Luzzatto, el chico que imprimió el boletín de aspecto propagandista. Un miembro de las mesnadas, probablemente el líder, lo agarró por el cuello y lo estrelló contra la pared de una casa.

—¡Tú! —gritó con voz inhumana desde detrás de la máscara blanca—. ¡Fuiste tú quien arrojó a Venecia a la desesperación! ¡Que la peste caiga sobre ti! ¡Y la lepra y el dolor! —Y mientras el muchacho trataba de resistir la agresión, otro soldado de las mesnadas descargó un garrotazo en su pierna. Inmediatamente después otro más y el joven estaba de rodillas, entre la nieve y el hielo. Una mujer gritó: era su madre. Se lanzó contra el jefe de aquellos canallas vestidos de negro, pero no pudo acercarse a él porque la tiraron al suelo y la patearon.

A medida que los ataques avanzaban, Isaac casi se sentía desvanecer. Se aferró a la pared lo mejor que pudo, pero el terror de un ataque tan injusto y repentino, tan cobarde y furioso lo había vencido, quitándole las fuerzas de golpe; y sin embargo, lleno de vergüenza por su cobardía, que parecía paralizarle las piernas, con un supremo esfuerzo de voluntad se obligó a salir de las sombras y se acercó a la mujer, en un intento de detener a los que estaban pateándola.

Resuelto a recobrar la compostura, puso un pie delante del otro, hasta llegar detrás de uno de los atacantes sin ser oído, tal era la excitación bestial por lo que estaba cometiendo. En cuanto este levantó el brazo por enésima vez, Isaac lo bloqueó y, apelando a su propia fuerza, le arrebató de la mano el garrote y luego le asestó un violento golpe en el pecho.

El hombre se inclinó hacia delante e Isaac tuvo la suerte de descargar un segundo impacto mortal en la cara del soldado, que se desplomó al suelo. Pero mientras tanto, al ver al recién llegado, dos de los otros matones lo atacaron.

Isaac recibió un golpe en la cabeza y acabó de rodillas. Aturdido, levantó la vista y vio al joven Luzzatto. El jefe de las mesnadas se cernía sobre él. Su tricornio se había deslizado hasta el suelo y se fijó en la larga cabellera negra que caía como tentáculos de un pulpo sobre sus hombros y luego hacia abajo, hacia su espalda. Las luces de la linterna captaron el brillo de un pendiente de oro. Finalmente, en poco más de un instante fue testigo del destello fatal, la hoja blanca clavándose en el cuello del muchacho como si el matón degollara una cabra. La sangre se extendió por el cuello del joven Luzzatto mientras inclinaba la cabeza hacia atrás.

Finalmente, cayendo hacia adelante, el muchacho se aferró con un último jadeo de vida a la máscara de su asesino y se la llevó consigo al suelo, mientras un río rojo inundaba el pavimento. Isaac oyó una blasfemia, y cuando el matón se volvió inclinándose hacia delante para recoger su máscara, masticando improperios, vio durante un solo instante su rostro.

Entonces, algo se estrelló contra él y cayó.


Cuando despertó, el gueto seguía envuelto en la oscuridad. Percibió primero un dolor agudo y luego punzante en la cabeza. Inmediatamente después, el frío glacial de la nieve contra su mejilla. Volvió en sí lentamente. No sabía cuántas horas habían pasado desde lo que había visto, pero estaba seguro de que, al menos, se encontraba solo. Permaneció en el suelo porque, a pesar del dolor y la escarcha, no podía levantarse. Haciendo acopio de toda su fuerza de voluntad se obligó a arrastrarse por el barro y la nieve hasta la pared de una casa que tenía frente a él.

Milagrosamente consiguió sentarse con la espalda contra la piedra. Luego se sumió en una especie de somnolencia en la que se alternaban punzadas de dolor con recaídas en el abandono total. La debilidad no le permitía encontrar el modo de ponerse en pie. Al cabo de un rato, oyó pasos y un grito.

Sintió que unas manos lo agarraban por los hombros.

—Isaac —dijo una voz rota por la emoción—. Isaac, ¿qué ha pasado?

—Zygmund —respondió él.

Era su hermano que regresaba.

—¿Qué te han hecho?

Isaac oyó el sonido de más pasos. Detrás de su hermano venían hombres. A través del velo de sangre que le cubría el ojo y que había cuajado en una costra, Isaac se dio cuenta de que era el *signore di notte al criminal* seguido por sus secuaces.

—Me han atacado —respondió en voz baja.

—¿Quiénes? —preguntó Zygmund.

Pero Isaac a duras penas podía responder. Aunque no era capaz de ver bien, percibió que el magistrado y sus soldados de infantería estaban examinando algo. El *signore di notte*, en concreto, se había arrodillado y observaba con atención y curiosidad.

—Nosotros lo hemos encontrado —dijo—. Han linchado al asesino de esas pobres mujeres. No tenían por qué hacer lo que hicieron, pero al menos, se cierra una página de horror.

Isaac no estaba seguro de lo que había oído.

—¿Qué? —preguntó, como si alguien estuviera dispuesto a repetírselo o responderle.

Zygmund intentó ayudarlo a ponerse en pie.

—¿Puedes arreglártelas? —preguntó.

Su hermano no entendía, no tenía ni idea de lo que había pasado.

—Entraron en el gueto y golpearon salvajemente a todo el mundo —respondió, aferrándose a él para levantarse.

—¿Quiénes?

—No lo sé. Llevaban capas negras y tricornios y máscaras cubriéndoles los rostros.

—¿Quiénes sois? —preguntó el *signore di notte al criminal*, como si como si reparara en ellos por primera vez.

—¿Quiénes somos? —Isaac casi se echó a reír. ¿Ahora tenía que justificar su propia presencia? ¿Después de haber sido molido a palos? ¿Y por qué? ¿Solo por ser judío?

—Soy el doctor Liebermann —dijo—. Practico la medicina y vivo aquí en el gueto.

—¡Ah! —dijo el magistrado—. Por eso no llevas el birrete.

—Como si aquello fuera el problema.

Isaac tragó saliva antes de hablar.

—Y este es mi hermano Zygmund. ¿Sabéis que nos atacaron?

—Por alborotadores... Por supuesto, lo sé todo.

—Entonces, si lo sabéis, ¿enjuiciaréis a los autores de esta masacre?

—Como he dicho hace un momento, los responsables de este crimen serán castigados, siempre que puedan ser identificados.

—Ese chico... —continuó Isaac.

—¡Ese chico es un asesino! —fue la respuesta.

—¿Qué os hace decir eso?

El magistrado no respondió, pero mostró el puño. Luego abrió la mano. Aunque con dificultad, Isaac vio brillar en el centro de su palma un medallón de oro viejo y piedras preciosas: parecía una joya familiar. El *signore di notte al criminal* lo balanceó ante los ojos de los dos hermanos.

—¿Veis esto? Pertenecía a la chica asesinada hace unos días en la plaza de San Giacomo de Rialto. ¿Cómo lo sé? Sus padres me lo describieron y no tengo ninguna duda de que es el mismo. Bueno, acabo de encontrarlo alrededor del cuello de ese asesino.

—¡Eso no es posible! —replicó Isaac.

—Yo creo que sí...

—Esos hombres... esos hombres nos atacaron. Ellos golpearon a las mujeres y a los ancianos con palos. Y a mí también. Luego, su líder, un hombre con el pelo largo y negro y un pendiente de oro... ¡mató a ese joven clavándole un cuchillo en la garganta!

—Que murió apuñalado está fuera de toda duda —dijo el magistrado—. Dicho esto, no veo heridos, aparte de vos. —Y en la voz del hombre había una mezcla de indiferencia e incredulidad—. Vos habéis sido atacado y creo que lo mejor es que recibáis tratamiento.

—Efectivamente —dijo Zygmund—. Vuestra excelencia tiene razón. Volvamos a casa. Yo cuidaré de ti.

—¿Sois su hermano? —preguntó el *signore di notte al criminal*.

—Sí.

—Pues entonces habéis dicho bien: volved a casa y cuidad de él.

—Pero ¿no me habéis oído? ¡Nos atacaron! A ese joven lo apuñalaron hasta la muerte. Su madre fue golpeada hasta la muerte. Eran mesnadas despiadadas. Ni siquiera me preguntasteis si he visto la cara de su líder.

El magistrado negó con la cabeza.

—Llevad a vuestro hermano a casa —dijo dirigiéndose a Zygmund. Luego miró fijamente a Isaac—. En cuanto a vos... Vos os librasteis con un rasguño en la cabeza. Dad gracias a vuestro Dios. Como ya os he dicho, ese joven es un asesino, y lo confirma una prueba bastante sólida. Os la acabo de mostrar. Los atacantes serán castigados. No me hagáis repetirlo.

—Excelencia —dijo Zygmund—. No temáis, haremos lo que decís.

—Pero... —intentó responder Isaac.

Sin embargo, su hermano lo cortó en seco.

—Estás cansado. Vayamos a casa y yo te lavaré la cara. Luego pondremos una bolsa de hielo en la herida.

Y sin más dilación prácticamente tiró de su hermano. Le puso el brazo alrededor del cuello y juntos se dirigieron a casa.

# 36

## Mesnadas

La noticia había recorrido los distritos. Los Signori di Notte al Criminal habían encontrado al asesino. Solo que estaba muerto. Ejecutado por un puñado de miembros de mesnadas que habían penetrado en el gueto judío y habían linchado al joven asesino. Pero ahora Venecia podía dormir tranquila. Sin embargo, esa historia hacía aguas por todas partes. Solo unos pocos días antes le había parecido que el capitán grando no tenía idea de quién podía ser el asesino. Por supuesto, tal vez era solo su impresión. No obstante, tan pronto como se enteró de la noticia, Antonio había ido a ver al dux. Por un lado, quería ponerlo al corriente de sus progresos, por otro deseaba tener confirmación. Estaba profundamente convencido de que la magistratura estaba encubriendo a alguien. O tal vez, simplemente, a fuerza de ir a ciegas los Signori di Notte al Criminal habían optado por la vía más sencilla. Se rumoreaba que en el joven judío ejecutado había pruebas irrefutables de culpabilidad.

Y el dux lo había confirmado todo. Destacando, además, que encontrarían a los que habían violado el gueto y los perseguirían. Alvise Mocenigo se había enterado entonces, con cierta preocupación, de la posible existencia de una logia masónica y, por esa misma razón, había pedido a Canaletto que continuara con su investigación. No podía proceder con medidas de ningún tipo si el magistrado competente —el *signore di notte al criminal* del barrio de Castello— no le señalaba ninguna irregularidad de ningún tipo. La palabra de Owen McSwiney no podía bastar.

Antonio había accedido.

Una vez fuera, había optado por ir al gueto judío. En el transcurso de la conversación, el dux le había mencionado a un médico que había testificado sobre el ataque. Era la segunda vez que oía ese nombre en pocos días. También Charlotte le había hablado de él. Se llamaba Isaac Liebermann.


—Señor Canal, no esperaba encontrarme con vos —dijo Isaac—. Si hubiera sabido que veníais a verme, habría dispuesto mi casa para recibiros debidamente.

—Tenéis que disculparme, doctor Liebermann —dijo Antonio—. Confieso que he venido a molestaros porque creo que vos sois un hombre de muchos talentos y cualidades.

—Sois demasiado generoso, señor Canal.

—En absoluto: la señorita Von der Schulenburg me ha cantado sus alabanzas.

—¡Ah! —exclamó Isaac—. Pobre Charlotte. Ella ha sufrido una gran pérdida estos días.

—Por eso me habló de vos. Me mencionó vuestra batalla para conseguir que se aprobara el procedimiento de inoculación para erradicar la viruela. Confieso que no sé lo que es, pero admito que es otra de las razones que me traen aquí.

—¿Y cuál, si se puede saber, es la razón que os trae a mi humilde hogar?

—Voy al grano enseguida —dijo Antonio—. Veréis, señor Liebermann, se me mencionó lo que ocurrió aquí hace solo dos noches y debo admitir que me quedé estupefacto: nunca había sucedido que el gueto fuera objeto de un ataque y además tan vil y violento.

Isaac extendió los brazos.

—¡Por fin! —exclamó—. A nadie hasta ahora parecía importarle lo que ocurría aquí.

—¿En serio? —preguntó Antonio; y había verdadera sorpresa en su voz.

—Lo es hasta el punto de que he sido acusado por el *signore di notte al criminal* competente de haberlo imaginado todo o casi todo.

—¿Y qué habríais imaginado, si se puede saber?

Isaac suspiró.

—Veréis, señor Canal, no es mi intención quejarme de la condición a la que están sometidos los judíos en esta ciudad; sin embargo, creo que no estoy diciendo nada demasiado sorprendente si afirmo que a menudo se nos acusa de los peores actos. Y no siempre somos los verdaderos culpables de lo que se nos acusa.

—Yo también lo creo. Por ejemplo, no creo en absoluto que el autor de los asesinatos que han ensangrentado Venecia recientemente pueda ser uno de los habitantes del gueto. Hipotéticamente, no es posible excluirlo, por supuesto, ya que nadie parece tener ni idea de quién es el asesino, pero lo mismo puede decirse de los venecianos, alemanes, turcos y todos los que viven en el territorio de la Serenísima.

—Exactamente —confirmó Isaac con convicción—. Pues bien, no me callaré los hechos que han sucedido, ya que vos sois el único, me parece, que está interesado en saber cómo sucedieron las cosas. Y, sin embargo, debo preguntaros, ¿qué os impulsa a hacerlo? Estaréis de acuerdo conmigo en que nunca habría esperado que un pintor como vos pudiera interesarse por sucesos sangrientos como estos.

¿Y ahora qué? ¿Qué podía decir? ¿Revelar también a Isaac Liebermann la razón de sus pesquisas? Que, por cierto, al principio no tenían nada que ver con el asunto del asesino. Y tampoco en aquel momento, a decir verdad. Así que salió del brete lo mejor que pudo.

—No puedo contaros todo lo que me gustaría —observó—. Baste decir que he recibido un encargo. Y que no podéis mencionárselo a nadie...

Si Isaac Liebermann estaba desconcertado, no lo demostró: que la razón residiera en el hecho de que instintivamente confiaba en Antonio Canal o que residiera en el sincero interés mostrado por este cuando a nadie parecía importarle lo que había sucedido, nadie podía saberlo. Pero lo que ocurrió fue que, sin necesidad de que lo empujasen a ello, se dejó llevar.

—Llegaron al anochecer. Ya estaba oscuro. Llevaban antorchas, palos y puñales. Vestían máscaras, tricornios y capas negras. Actuaban como posesos. Y comenzaron a golpear a todo el mundo, sin miramientos. Quien se ponía a su alcance era molido a palos. No importaba si eran mujeres, ancianos o niños.

—¿Quiénes eran? —preguntó Antonio.

—Buena pregunta. Un puñado de soldados de mesnadas. Violentos. Hombres que parecían querer emprender una expedición punitiva. Pero mi convicción, quizá equivocada, es que necesitaban un culpable.

—¿Qué os lo hace creer?

—El hecho de que golpearan a todo el mundo, indistintamente, y luego aprovecharan la conmoción y masacraran a una persona. Estaban dirigidos por un líder, el más sanguinario de todos.

—¿Vos lo visteis?

Isaac suspiró. Estaba claro que aquel recuerdo le producía cierta angustia. No parecía un hombre fácil de impresionar, por lo que Antonio llegó a la conclusión de que la experiencia vivida debió de ser aterradora.

—Como os he dicho, llevaban máscaras blancas. Y a mí también me atacaron. Me golpearon varias veces con un palo, hiriéndome en la cabeza. Me goteaba sangre en los ojos.

—Lo siento —dijo Antonio.

—A un chico, Shimon Luzzatto, que luego fue acusado de los dos asesinatos que ensangrentaron la ciudad, creo que como chivo expiatorio, lo apuñalaron varias veces sin que yo pudiera hacer nada. Fue el líder de la mesnada el que le atacó de esa forma brutal y horrible. Cuando para entonces el muchacho estaba machacado, y yo apenas podía distinguirle un instante antes de perder el conocimiento, cayó hacia delante y arañó la máscara del jefe de las mesnadas. Este se volvió hacia mí y pude ver...

—¿Su cara?

Isaac asintió.

—¿Qué aspecto tenía?

—No le vi del todo bien, pero puedo decir esto: tenía el pelo largo y negro, un bigote fino. Le brillaba un pendiente de oro. Sus ojos parecían hechos de sombra.

A Antonio se le aceleró la respiración. La descripción era casi perfectamente coincidente con la del gitano que los había atacado a él y a Owen.

—¿Qué os pasa? —preguntó Isaac—. Parecéis preocupado.

—Vuestra descripción me recordó a alguien.

—¿Y cómo así?

—Es todo lo que puedo deciros por el momento.

Isaac asintió.

—Entiendo —dijo. Pero en esa declaración suya, Antonio captó un deje de culpa.

—Lo que puedo comentaros, en cambio —replicó Canaletto—, es que intentaré probar que el asesino no es el joven judío asesinado.

—El *signore di notte al criminal* y sus matones fueron muy rápidos en hacerle desaparecer —añadió Isaac—. Parecían estar ansiosos por decirle a todo el mundo que habían atrapado al responsable de esas horribles muertes.

—Parece que han encontrado una prueba irrefutable.

—Llegaron justo cuando me estaba recuperando. El *signore di notte al criminal* me mostró un collar que pertenecía a una de las dos chicas asesinadas. Afirmó haberlo encontrado en Shimon Luzzatto.

—Pero vos no le creéis.

—No —respondió Liebermann.

—¿Cómo es eso?

—El alto magistrado me dijo que los padres de la chica asesinada se lo habían descrito. Ella siempre lo llevaba alrededor del cuello, pero en el cadáver no se había encontrado.

—Pero no se trata solo de eso. ¿Me equivoco?

—En absoluto. Y la razón es muy simple: ¿cómo es que tal joya estaba en posesión de Shimon Luzzatto? Ese muchacho ciertamente no necesitaba dinero. No, hay algo más, os lo aseguro.

—¿Creéis que su atacante se lo puso?

—No lo vi. Perdí el conocimiento. Pero sí podría haberlo hecho después.

—Yo también me inclinaría a pensar lo mismo. En cualquier caso, no ha de ser necesariamente así.

—Por supuesto. Pero me habéis preguntado qué creo yo.

—Exactamente —concluyó Antonio.

—¿Puedo daros un consejo? —preguntó Isaac.

—Me hace mucha falta, señor Liebermann.

—Bien —respondió el médico—. Aunque vaya en contra de mis reglas y principios religiosos, esto es lo que os digo: si realmente os importa este asunto, si realmente queréis averiguar quién es el culpable..., entonces exhumad el cadáver.

—Exhumar... —Antonio no estaba seguro de haber entendido bien.

—Soy médico —insistió Isaac—. Estudié en Padua. Vos mismo dijisteis que Charlotte os había hablado de mí.

—Eso es cierto.

—Pues bien, solo mediante una investigación exhaustiva del cadáver podremos, tal vez, saber algo nuevo sobre cómo se produjo la muerte y si quizá la persona que la mató dejó alguna pista que nos permita seguir su rastro —observó Liebermann.

—¿Y cómo pensáis hacerlo?

—No es la primera vez que realizo un examen de este tipo y vos no podéis ni siquiera imaginar cuántas cosas se descubren en un cadáver. Vamos a hacerlo —dijo Isaac como si estuviera pensando en voz alta—. Estoy más que seguro de que alguien está mancillando el buen nombre de los judíos. Han elegido echarnos la culpa a nosotros. Pero yo no les creo. Exhumad el cadáver. Como médico tengo derecho a salir del gueto incluso de noche y no hay duda de que el cuerpo del pobre Luzzatto fue llevado al cementerio judío del Lido. Con mucha prisa, debo decir. Y sin conceder que su madre le diera sepultura. Puesto que estaban seguros de su culpabilidad al menos podían haber permitido que fuera enterrado con el rito judío: el cuerpo no fue sometido al lavado ritual, no se permitió envolver el cadáver en paños blancos, no se dejó que le acompañaran en su último viaje.

—¿Y una vez desenterrados los restos? —preguntó Antonio, sorprendido por lo que estaba preguntando.

—Los llevaréis a mi laboratorio.

—¿Y cómo lo haremos?

—Tengo un laboratorio anatómico cerca del cementerio. Allí, en la mesa séptica, podremos examinar tranquilamente el cadáver y devolverlo a la tumba antes del amanecer.

—Es muy arriesgado —observó Antonio.

—Pero no se puede hacer de otra manera.

—Eso es cierto. Pero yo no soy magistrado ni capitán de la guardia.

—Ya veo, entonces escuchad..., procederemos del siguiente modo...

—Os escucho —dijo Canaletto.

—Id a la entrada del cementerio. Para entonces ya habré colocado el cadáver sobre la mesa de mi laboratorio y no correréis ningún riesgo.

# 37

## El examen

Al día siguiente, Canaletto y McSwiney habían llegado a bordo de una góndola al puerto de Malamocco. El cierre del de Lido, debido a la subida de la marea, impedía la entrada no solo de barcos, sino también de pequeñas embarcaciones como la suya. Era una molestia, pero no había otra solución. Pero McSwiney se acompañaba de un par de marineros —los mismos que habían llevado a Antonio hasta Murano— que, si era necesario, lo trasladarían donde quisiera sin hacer demasiadas preguntas. Canaletto estaba cada vez más admirado por los infinitos recursos de su compañero de aventuras y por ese ingenio suyo que, incluso en los momentos de mayor peligro y dificultad, le hacía encontrar soluciones que nunca hubiera imaginado.

Tras desembarcar en Malamocco, un carruaje sin matrícula los había llevado hasta el cementerio judío, dejándolos ante la entrada, esperando para recogerlos en cuanto hubieran terminado lo que tenían que hacer.

—Se ha pagado bien al cochero —fue la lacónica y tranquilizadora explicación de McSwiney.

El ambiente era escalofriante. Una fina lluvia salpicaba el aire húmedo. Una figura envuelta en un impermeable empapado por la lluvia se acercó a él. Debajo del sombrero de fieltro,

Antonio reconoció la mirada de Isaac Liebermann. Este le hizo una seña para que lo siguieran. Sin hacérselo repetir, Canaletto y McSwiney siguieron el paso del médico, mientras la lluvia caía aún con más fuerza, arrastrando los restos de nieve que todavía blanqueaban las estrechas calles alrededor de la iglesia de Santa María Isabel. Y fue entre esas mismas calles donde los dos se encontraron de repente vagando, al menos hasta que llegaron frente a una pequeña puerta que daba a una especie de patio desangelado.

Una vez allí, empapados por la lluvia, los dos compañeros, precedidos por Isaac Liebermann, entraron. Los condujo a través del patio por lo que a primera vista podría haber parecido una especie de almacén. En realidad, pronto se encontraron en una sala bien iluminada. Se habían colocado faroles, candelabros y braseros en gran número para garantizar una luz brillante y, en la medida de lo posible, uniforme. En el centro de la sala había una mesa de mármol y sobre ella el cuerpo ya sin vida del joven Shimon Luzzatto. Un olor inmundo llenaba el espacio, haciendo casi imposible respirar.

—Debido a la inhumación el cadáver ya ha empezado a descomponerse —observó Isaac—. Por esa razón os aconsejo que os apliquéis sobre la nariz y la boca este paño empapado en líquido alcanforado. Os permitirá alejar las náuseas que casi con toda seguridad atacarán vuestros intestinos.

Antonio y Owen casi de inmediato presionaron el paño contra sus narices. Los penetrantes aromas del alcanfor y la menta aplacaron al menos el primer y más intenso nivel de las miasmas mortales que espesaban el aire.

—Como os he dicho, el cuerpo ya ha empezado a descomponerse —reanudó el doctor Liebermann—. Por eso en algunas partes, además de la rigidez generalizada, asistimos a la ilividación de la piel, que adquiere un color verde pálido, como podéis ver.

—Me doy cuenta de ello, doctor Liebermann —dijo Canaletto—. Me pregunto qué estamos buscando..., suponiendo, por supuesto, que mi pregunta tenga sentido.

—Vuestra duda es perfectamente legítima, señor Canal.

Bien, un análisis del cadáver, aunque falto de información, podría darnos algunas pistas.

Canaletto no comprendió.

—Vos habéis visto con vuestros propios ojos cómo fue asesinado este joven.

Isaac volvió la mirada hacia el pintor.

—Olvidáis que yo vi al cabecilla de las mesnadas asestarle un golpe de puñal en la garganta. El mismo que probablemente encuentre ahora —continuó, señalando con su mano derecha al lugar preciso— en el cuerpo sin vida de Shimon Luzzatto. Vos podéis ver aquí, en la yugular, el profundo corte capaz de seccionarla y desangrar el cuerpo rápidamente.

Owen McSwiney se acercó, apreciando lo que decía Isaac Liebermann.

Antonio hizo lo propio, pero mantenía cierta distancia. Nunca se había encontrado tan cerca de la muerte como en aquel momento y si bien era verdad que el médico judío no parecía tener reservas ni vacilaciones en cuanto a la posibilidad de examinar e incluso tocar el cadáver, a él no le ocurría lo mismo; al contrario, sentía una especie de presencia impalpable y ciertamente sobrenatural. No habría sabido decirlo de otro modo, pero estaba casi seguro de que el alma del pobre Shimon Luzzatto los estaba observando. Y ese hecho le impresionaba. Por supuesto, no eran más que las fantasías de un pintor que no sabía nada de medicina, pero cuanto más tiempo permanecía en aquel lugar, más se convencía de ello y por ese motivo, con toda la debida humildad de quien nada sabe del cuerpo humano, no se atrevió a acercarse al cadáver al que Isaac Liebermann dedicaba toda su atención.

—Es evidente que el asesino sabía exactamente dónde atacar... y con qué fuerza y profundidad. En ese punto, debía querer satisfacer una sed bestial de sangre si luego siguió golpeando una y otra vez. Lo vemos sin asomo de duda en estas dos heridas profundas en el abdomen —continuó el médico judío, señalando esta vez dos terribles tajos de aparente forma romboidal—. Dos heridas afiladas. Observamos cómo la fina hoja de la daga atravesó varios tejidos, abriéndolos. Y ahí no queda la cosa. El atacante sujetaba la hoja con su mano derecha como muestra la rotación visible..., ¿veis?, que se corresponde con una muesca.

—Pero vos dijisteis que la primera herida infligida fue en la yugular y que fue en sí misma mortal —observó el irlandés.

—Exactamente. Y lo reitero.

—Pero entonces —insistió McSwiney—..., ¿qué sentido tenía infligirle dos heridas atroces más?

—Como he dicho —replicó Isaac—, el asesino tenía que satisfacer una insaciable sed de sangre. Cuando pienso en el momento en que le vi golpear al pobre hombre hasta la muerte... —El médico se interrumpió de repente.

—¿Qué pasa? —preguntó Antonio, sorprendido por aquella vacilación.

—Dejadme mirar con atención —dijo el médico. Y, sin añadir nada más, se inclinó hacia delante, atraído por algo.

Sus dos compañeros en aquella macabra aventura permanecieron en silencio, preguntándose con la mirada qué podía haber ocurrido. Entonces McSwiney se decidió a hablar.

—¿Qué habéis visto, doctor?

Isaac Liebermann permaneció en silencio durante algún tiempo. Luego, sibilinamente, respondió a esa pregunta con otra:

—¿Os habéis fijado, Owen? —preguntó.

—¿En qué? —replicó Antonio.

—Venid aquí, a mi lado.

Canaletto obedeció.

—¿Vos también lo veis? —preguntó Isaac; y con un movimiento de cabeza señaló una extraña abrasión que destacaba rojiza en el hombro izquierdo. Al principio Canaletto no entendió qué era, pero luego se fijó en una serie de cortes que parecían componer algo, una especie de figura.

—Parece como si alguien se hubiera tomado la molestia de grabar un símbolo en la piel del joven Luzzatto con una hoja fina —dijo Isaac Liebermann con rotundidad.

—No lo logro entender... —aventuró McSwiney, haciendo una pausa. Permaneció de ese modo, en silencio. Luego reanudó—: Sin embargo... —Agachó la cabeza para mirar más de cerca—. Sin embargo..., me parece haber visto ese símbolo en alguna parte...

—Parecería la cabeza de una criatura monstruosa —añadió Canaletto—. Pero ¿quién podría haber hecho algo así? ¿Y qué se supone que significa?

—¿Una marca? ¿Una firma? —preguntó Isaac—. Sea cual sea el significado de este grabado, quien lo hizo pretendía dejar algo suyo en la piel del pobre Shimon.

—De todos los símbolos que vi aquella noche... —McSwiney parecía delirar, tenía los ojos muy abiertos e intentaba recordar. ¿Recordar qué? A Antonio le hubiera gustado una respuesta, pero apenas lo insinuó el irlandés lo hizo callar—. Estoy pensando —enfatizó bruscamente.

—Fijaos bien —reanudó Isaac—. Vos teníais razón, señor Canal: si os fijáis bien, el símbolo grabado con la hoja, aunque estilizado, parece corresponder a una cabeza. Sí, pero ¿de qué?

—Parece ser la de...

—¡De un león! —exclamó McSwiney—. ¡De un león, sin duda! ¿Lo veis? —Y señaló las líneas sangrantes trazadas por el asesino con la hoja de la daga, o tal vez de un estilete—. El hocico, los ojos, la melena. Ahora lo recuerdo: vi el mismo símbolo, una cabeza de león humanizada, en la sala donde Olaf Teufel celebraba su rito de entrada en la logia.

Antonio sintió que la sangre se le helaba en las venas. Ahora tenía ante sus ojos la confirmación de que el vínculo entre el salón de Cornelia Zane y la muerte del joven judío existía. Por supuesto, aún no era suficiente. Pero sentía que se acercaba al negro corazón de aquella historia.

—¿De qué estáis hablando? —preguntó Isaac con incredulidad.

—Del hecho de que tenéis razón —dijo Canaletto, interviniendo a su vez—. El hombre que mató al pobre Shimon Luzzatto está de alguna manera conectado con un tipo de secta en la que mi amigo McSwiney se vio enredado a su pesar.

—¿Y qué significa este símbolo? —volvió a preguntar el doctor judío.

—No tengo ni idea, pero eso es lo que tenemos que averiguar —concluyó Antonio.

# 38

## Decisiones

Habían llegado a un punto de inflexión, Antonio lo percibía claramente. La idea de examinar el cadáver había sido crucial. La contribución de Isaac Liebermann había resultado inestimable. Y ahora comprendía aún mejor lo que le había dicho Johann Matthias von der Schulenburg: no podía llevar a cabo cada una de las pesquisas por su cuenta. Por no mencionar el hecho de que carecía de las habilidades necesarias. Y si podía aprender a seguir sujetos sospechosos, si podía hacer croquis de lugares relacionados con la investigación, si gracias a Charlotte, al catalejo que esta le había proporcionado, había conseguido espiar, sin ser visto, a sus perseguidores, desde luego no tenía ni idea de cómo examinar un cadáver y nunca se habría dado cuenta de las mil historias que un cuerpo muerto podía contar.

¿Qué hacer en ese momento? Detalles, se dijo a sí mismo. Sacó un cuaderno, comenzó a esbozar ese símbolo, tratando de hacerlo lo más preciso. Mientras tanto, intentó recapitular la situación para determinar cómo proceder.

—Doctor Liebermann —dijo—. Vuestra ayuda ha sido sumamente inestimable. Tened en cuenta que quienquiera que estemos buscando podría suponer una amenaza para toda la República Serenísima. Por supuesto, todavía no tenemos idea de si el asesino de Shimon Luzzatto es el mismo que acabó con las dos doncellas. Y, de hecho, para ser honestos, en este momento ni siquiera podemos descartar la posibilidad de que fuera el chico judío quien lo hizo. Como ya he dicho, estoy convencido de lo contrario, pero, por ahora, debemos considerar todas las hipótesis posibles. Sin embargo, dado lo que hemos descubierto, yo diría que debemos avanzar en una dirección concreta.

—¿Qué queréis decir? —preguntó McSwiney.

—Ahora os lo explicaré. Supongamos que el símbolo grabado en el hombro de Shimon Luzzatto es una cabeza de hombre-león, por así decirlo, una cabeza peculiar, por cierto, ya que vos, Owen, creéis haberla visto en el transcurso mismo de aquella reunión secreta.

—Así es —respondió el irlandés.

—Muy bien —continuó Antonio—. Esto es lo que pienso: deberíamos reunirnos con Joseph Smith y preguntarle sobre el significado de ese símbolo. Ya nos ha ayudado una vez, Owen, y todo indica que puede volver a hacerlo en esta ocasión también.

—Me parece una muy buena idea —dijo McSwiney—. Y de hecho os lo iba a proponer.

—Asimismo deberíamos averiguar dónde fueron enterrados los cuerpos de las dos doncellas asesinadas y encontrar la forma de examinarlos. En mi composición de los hechos, tal vez equivocada, si el asesino no fue Shimon Luzzatto, como todos creemos, puede haber dejado en los cuerpos de las víctimas su marca. —Mientras hablaba, Antonio no pudo contener un gesto de decepción.

—Lo que defendéis tiene mucho sentido, caballeros —observó McSwiney—, pero deberíamos averiguar a quién preguntar dónde fueron enterrados los restos de las pobres víctimas.

—En cuanto a eso —dijo Isaac Liebermann—, yo puedo ayudaros. A menos que las dos doncellas fueran enterradas en una capilla familiar, o bajo el cementerio de alguna iglesia, hay un único lugar donde pueden estar.

—¿Y cuál sería? —preguntó Canaletto.

—El osario de San Ariano.

—Puedo verificar esa hipótesis. Pero estoy casi seguro de que vos tenéis razón, doctor —replicó Antonio.

—Entonces deberíais ir a San Ariano. Nadie me dejaría entrar en un cementerio cristiano, e incluso aunque pudiera, inmediatamente levantaría sospechas. Pero si lo que decís es cierto, señor Canal, entonces no debería ser demasiado complicado verificar la presencia o ausencia de la marca en los cuerpos de las pobres doncellas. Entre otras cosas, porque ahora sabría qué buscar. Sin embargo, hay que actuar deprisa, porque en el proceso de descomposición una de las primeras cosas que suceden es que la piel se desprende. Sin mencionar que, por lo que sé, el osario es una especie de infierno, por lo que los insectos y los gusanos pueden haberse entregado ya a su tarea, perdón por mi brutal franqueza.

—De acuerdo —dijo Antonio—. Creo que sé cómo proceder. Averiguaré si están en San Ariano y conseguiré una autorización...

—¡Ni se os ocurra! —Fue McSwiney quien habló—. Si alguien os reconoce seréis descubierto inmediatamente. Conseguid que os emitan la provisión en blanco y, con eso, me ocuparé del asunto de los cadáveres. Sin olvidar que no hay boca que no se pueda acallar con un poco de dinero.

—De acuerdo —respondió Canaletto—. Entonces está arreglado. Inmediatamente después acudiremos a Smith en busca de información sobre el símbolo.

—Exactamente —dijo McSwiney.

—¿Y qué haré yo? —preguntó Isaac—. Me parece claro que llegados a este punto ya no soy ajeno a vuestras pesquisas. Si os puedo ayudar de nuevo, al menos sabed que podéis contar conmigo.

—Es muy generoso por vuestra parte —dijo Canaletto—. En lo que a mí respecta diré que, tan pronto como sea posible, pondremos buen cuidado en manteneros al día. Entre otras cosas porque es bastante evidente que, si fuéramos capaces de probar la posible culpabilidad de otro sujeto, esta sería la mejor respuesta a las calumnias que han sido dirigidas contra vos desde hace demasiado tiempo. Trabajaremos todos juntos en un intento de establecer la verdad, sea cual sea.

—Así pues, está decidido —concluyó Isaac Liebermann.

—¿Y ahora qué? —preguntó McSwiney, señalando con un movimiento de cabeza hacia la sala donde se había realizado la autopsia.

—No sientas lástima por el cuerpo del pobre Shimon Luzzatto —dijo el médico—. Yo me encargaré de darle una sepultura adecuada. Todavía hay tiempo antes del amanecer y tengo a quienes pueden ayudarme. Además, hay que contar con que nadie pondrá objeciones a mi presencia en el cementerio judío.

—De acuerdo —dijo Antonio—. Entonces regresaremos a Venecia para asegurarnos de que las dos víctimas del asesino han sido enterradas en San Ariano. Muchas gracias por vuestro examen del cadáver, doctor, hasta pronto.

Sin añadir nada más, Canaletto dedicó un gesto de despedida a Isaac Liebermann. Su amigo McSwiney hizo lo mismo.

Un momento después, ambos salieron al patio y de ahí a la calle, en dirección al carruaje para luego llegar al barco amarrado en Malamocco.

# 39

## Justificaciones

—Los cuerpos de las doncellas fueron enterrados sin que los padres siquiera pudieran verlos. Esto se hizo, por un lado, para ahorrarles el dolor de esa visión y, por otro, porque la magistratura de la Serenísima tenía todo el interés en asegurarse de que se supiera lo menos posible de esta historia, como vos podéis comprender. Alegamos como razón primordial la razón de Estado.

El dux no tenía reparos en decir cómo eran las cosas, de eso estaba seguro.

—Entiendo —observó Canaletto—. Pero, aunque comprendo las razones que me habéis expuesto, me quedo con una extraña sensación, una impresión de incompletud que no logro explicar.

—Mi querido señor Canal —dijo el dux—. No podía hacerse de otro modo. Tampoco me complacía autorizar lo que se ha llevado a cabo, pero es innegable que se ha encontrado al culpable, al igual que es irrebatible que esas chicas habían sido masacradas de una forma que ningún padre podría soportar ver. Yo personalmente tuve que hablar con Marco Foscarini y Alvise Barbaro y nunca quise decirles que tendrían que conformarse con un cenotafio. Sin embargo, así fue. Lo que se hizo, se hizo para evitar a todos un nuevo tormento. —El dux suspiró—. ¿Les negué incluso el consuelo de una despedida final? Probablemente, pero teníamos que protegerlos, a ellos y a la comunidad, de la visión de esos cadáveres. Ya el reconocimiento del rostro los había aniquilado. Imaginaos lo que habría pasado si hubieran visto sus cuerpos. Pensad qué sentimientos se avivarían en el corazón de un padre ante una visión como la que quedó impresa en vuestra memoria.

—Es verdad —convino Antonio—. Aquella pobre muchacha había sido masacrada. Le habían abierto el pecho… —Hizo una pausa—. Ya veo —dijo tras un silencio que pareció interminable.

—Las hicimos enterrar en el cementerio de San Ariano —dijo entonces el dux, sin que Canaletto hubiera preguntado nada.

—¿En el osario?

—Sí. Dentro del muro fronterizo, en un pequeño espacio lo suficientemente aislado como para garantizar al menos un mínimo de respeto humano…, respeto por las hijas de dos de las familias más prominentes del patriciado. Más allá del osario, hay un lugar que hemos reservado especialmente para los cuerpos de esas infortunadas.

—¿Por qué me lo contáis?

—Porque a estas alturas he llegado a conoceros, señor Canal, y porque fui yo quien despertó en usted un alma que, probablemente, ni siquiera creía tener.

—En eso tenéis razón —admitió Antonio.

—Y yo ya no sé si animaros a que continuéis detrás de ciertas intuiciones.

—¿De verdad?

—Me parece que puedo deciros que esta investigación vuestra ha llegado a un callejón sin salida. Y, sin embargo, vos no deseáis abandonarla. Desconozco el motivo y no pretendo ser yo quien os pida que desistáis. Pero seguid mi consejo. Vos sois el más extraordinario pintor de Venecia: volved a hacer lo que mejor sabéis.

Antonio negó con la cabeza. Una parte de él percibía claramente cuánta razón tenía el dux. Pero otra, sin embargo, no podía dejar pasar la oportunidad. Tampoco podía darse por satisfecho con aquella justicia que le parecía llegar casi por casualidad, tanto más a la luz del descubrimiento de Liebermann. Al mismo tiempo, sin embargo, no estaba seguro de que comunicar aquella revelación a Alvise Mocenigo fuera la elección correcta. En sus manos, en esos instantes, tenía una figura sangrante, grabada con una cuchilla, en la piel del presunto asesino. Y esa imagen, por cierto, le resultaba completamente oscura. Mejor era, tal vez, dejarla en paz por el momento y volver a Alvise Sebastiano Mocenigo cuando las pruebas fueran más sólidas. Sobre todo porque ni siquiera necesitaba insistir para saber aquello que sí le apremiaba. Los cadáveres de las dos mujeres estaban en el cementerio del osario de San Ariano. McSwiney averiguaría lo que había que saber. Mientras tanto, haría bien en acceder a los deseos del dux para tenerlo siempre de su lado.

—Tenéis razón —dijo—. Tengo mucho trabajo que hacer.

—Creo que sí.

—Os pido disculpas si… —Pero no tenía forma de terminar.

—No, señor Canal, no tenéis nada de qué disculparos. Como os he dicho, esa sed de verdad que os devora es idéntica a la mía. Hasta hace algún tiempo vos os dedicabais a actividades muy distintas. Y aunque no os convertisteis en un soplón, ciertamente tenéis los ingredientes para convertiros en un excelente *signore di notte al criminal*. Sin duda, mejor que los que actualmente ocupan ese puesto. —Y con esas palabras, el dux frunció el ceño—. Y, sin embargo, nunca le haría a Venecia el imperdonable agravio de privarla de alguien que logra cautivarla hasta el alma con lienzos que no había visto antes.

—Su Serenidad, os lo agradezco.

—No, señor Canal, soy yo quien os da las gracias. Y, precisamente por ello, os digo que quedo a vuestra disposición para cualquier cosa, incluso para ese informe semanal que nos prometimos. También porque creo recordar que el salón de Cornelia Zane, frecuentado por el hombre del que procede todo, oculta algo no muy limpio, según vos.

—Sobre eso, señor, no tengo noticias que comunicar. Pero, cuando haya alguna, no dejaré de hacerlo.

—Estoy seguro de ello —asintió el dux—. Muy bien, entonces. Si no hay nada más… Os deseo un buen día, señor Canal, y os estaré esperando cuando lo deseéis.

—Una última cosa, mi señor —dijo el pintor con aparente despreocupación.

El dux enarcó una ceja.

—Decidme.

—Me preguntaba si, dadas las dificultades a las que me estoy enfrentando en estas andanzas mías, sería posible para vos emitirme un salvoconducto para cualquier investigación posterior que, casi con toda seguridad, tendré que afrontar. Sé perfectamente que no deseáis comprometeros, pero, justo por ello, os pediría un simple papel que autorice a su titular a tener carta blanca.

—¡Ah!

—Repito: nada que lleve mi nombre.

El dux se lo pensó.

—Creo que lo entiendo —dijo. Entonces se dirigió a su escritorio y, tomando una pluma, comenzó a garabatear. Fue un asunto de apenas unos instantes. Finalmente, estampó su firma. Leyó lo que acababa de escribir.

»Por orden mía y por el bien de la Serenísima República, autorizo al portador del presente a hacer lo que crea conveniente. Firmado: Alvise Sebastiano Mocenigo, CXII dux de Venecia. —Miró a Canaletto—. Esto tendría que bastaros —concluyó.

—Así será.

El dux puso el sello. Entregó el salvoconducto a Antonio, que hizo una reverencia. Despedido por Su Serenidad, Canaletto se dirigió a la salida. Tenía la sensación de que, después de todo, aquella entrevista había ido mucho mejor de lo que había esperado. Ahora podía decirle a McSwiney que fuera a San Ariano y, al mismo tiempo, podría reunirse con Joseph Smith para intentar llegar al fondo del absurdo rompecabezas que era la figura grabada en sangre en el hombro del pobre Shimon Luzzatto.

Un individuo lo había seguido y puede que aún lo hiciera, alguien parecía conocer sus movimientos hasta el punto de cometer asesinatos en los lugares que él mismo frecuentaba, dos de las familias más poderosas de Venecia habían sido golpeadas en sus afectos más queridos y unas cuantas mesnadas habían sembrado la muerte en el gueto: que todos estos hechos no guardaran relación entre sí era impensable.

Mientras caminaba por los pasillos, guiado por un guardia del Palacio Ducal, pensó en la primera vez que lo habían llevado allí. Había pasado menos de un mes desde entonces y, sin embargo, su vida había cambiado radicalmente.

Desde que todo había comenzado, esa sensación de opresión y oscura amenaza nunca lo había abandonado. Al contrario: se había convertido en parte de él, hasta el punto de consumirlo en días que parecían propios de un cazador de fantasmas, si es que alguna vez existió tal profesión.

Y pensar que no era más que un pintor...

# 40

## El cementerio de Venecia

Si se pensaba bien, era obvio. ¿Dónde más podrían estar abandonados dos cadáveres para que no pudieran encontrarlos? Si no se les podía dejar bajo el agua, bien podrían enterrarlos en el cementerio más grande de la Serenísima. En realidad, lo habían sospechado desde el principio, pero la confirmación del dux había sido crucial. Sobre todo, porque Canaletto había obtenido una autorización en blanco y con eso McSwiney se sentía perfectamente acreditado para hacer cualquier cosa: incluso ir a San Ariano y abrir tumbas, si quería. Y eso era precisamente lo que se disponía a llevar a cabo sin más dilación.

En lo que es San Ariano, a decir verdad, nunca había estado, pero cuando llegó a la vista de la isla, con mucho gusto habría ordenado a los marineros que estaban con él que dieran la vuelta. Su temperamento lo llevaba a menudo a lanzarse de cabeza a una aventura sin sopesar cuidadosamente las implicaciones. Le había ocurrido cuando participó en la reunión de la secta de la que ahora formaba parte a pesar suyo y lo mismo podía decirse de aquella salida al osario. Por otra parte, en cuanto Canaletto le había dicho el lugar del entierro, no había dudado ni un momento en ordenar a dos marineros conocidos suyos que se preparasen para una travesía nocturna. Se situó en la proa de la barca, mientras esta avanzaba lentamente entre las nieblas acuosas que se elevaban en claros remolinos de vapor fantasmal. Acababan de dejar atrás Torcello y finalmente aparecieron, a medida que se acercaban, las costas escalonadas de aquella pequeña isla. Ya se encontraban muy cerca cuando emergió San Ariano. Como si la niebla lo hubiera revelado después de haberse disipado de repente, como si se tratara de un telón que se sube cuando los actores ya están en escena.

Debido a la niebla y a la oscuridad, a pesar de sostener un farolillo delante de él, McSwiney apenas podía distinguir la masa de la isla. Sin embargo, pronto se dio cuenta de que la línea del muelle estaba salpicada de luces color mantequilla. Y entonces, gracias a la pericia de Bono y Rústico, como por arte de magia, la embarcación se acercó suavemente al bolardo. Aquellos dos valían su peso en oro, pensaba McSwiney. Tal vez, el hecho de que llevaran los nombres de los dos mercaderes que habían robado el cuerpo de san Marcos de Alejandría no era pura casualidad, sino una señal del destino. En cualquier caso, fuera cual fuese la verdad, cuando puso pie sobre los tablones podridos del muelle, el irlandés respiró con un suspiro de alivio. Pero le duró solo un instante porque, inmediatamente, reparó en lo macabro que era aquel muelle. A ambos lados, de hecho, una tras otra, brotaban altas cruces negras, que alguien debía de haber clavado en el fondo de la laguna. De los brazos de algunas de ellas colgaban aquellas linternas que Owen había visto al llegar.

McSwiney no tenía ni idea de quién se había tomado la molestia de adornar el muelle con aquel sombrío decorado, pero el efecto era de helarle a uno la sangre en las venas. Tuvo la sensación de que estaba a punto de entrar en las puertas del infierno. Dio un par de pasos sobre el muelle, sintiendo los tablones resbaladizos y traicioneros bajo sus zapatos. Se armó de valor y esperó a que el barco estuviera amarrado. Luego, junto con los dos marineros, se dirigió hacia la isla. Ver aquellas altas cruces negras desfilando una tras otra mientras él caminaba por el embarcadero le produjo una emoción adicional. Le parecía que estaba a punto de llegar a una guarida de piratas y agradeció su buena suerte cuando por fin se encontró en tierra firme y se dio cuenta de que, al menos allí, la niebla se disipaba. McSwiney advirtió entonces que un muro de casi tres metros de altura se alzaba frente a él. No lejos del muelle, una capilla interrumpía aquella barrera de piedra.

—Por aquí —le dijo Bono, marcando el camino y dirigiéndose a la derecha hacia la entrada del tabernáculo. Una vez allí, llamó a la aldaba de la puerta y esperó.

Transcurrió lo que al irlandés le pareció una eternidad. De repente, oyó el viento levantarse y silbar finamente, afilado como la hoja de una navaja. Se subió las solapas de la capa y fue en ese mismo instante cuando, con un chirrido mortal, se abrió la puerta.

Apareció un hombre alto, con el tricornio dividido en dos, de espesa y larga cabellera blanca que parecía una madeja de plata desenredada por la rueca de alguna bruja del mar. Su rostro era delgado, con una gran barbilla y una venda sobre uno de sus ojos. Las mejillas presentaban profundas cicatrices, como si le hubieran atravesado la boca con la hoja de una daga de lado a lado. Iba vestido con harapos o poco más y llevaba una armadura de hierro que debía de proceder directamente del siglo anterior. El efecto era ridículo y trágico a la vez. Como si la muerte se hubiera divertido con una de sus más pesadas bromas.

—¡Uniojo! —dijo Rústico, que parecía conocerlo. El sepulturero asintió, sonriendo y mostrando unos dientes rotos que hicieron que McSwiney soltara un grito de disgusto. Con un gesto de su huesuda y pálida mano les indicó que lo siguieran.

Mientras avanzaban bajo el arco de entrada, Bono se acercó al irlandés.

—Es mudo —dijo.

—Por fin buenas noticias —observó McSwiney.

—Pero oye y ve perfectamente —replicó el marinero.

—Tanto mejor. Nos ayudará.

Entrando en la capilla, Uniojo los condujo hacia la salida. El ambiente era austero y sencillo, solo con un pequeño altar y un par de bancos para las oraciones. A cada paso del sepulturero, un gran anillo de llaves sujeto a su cinturón lo golpeaba el muslo, emitiendo un siniestro chirrido que parecía marcar el ritmo de aquella extraña marcha nocturna. Cerrando la puerta de salida tras de sí, Uniojo los introdujo en la morgue.

McSwiney se quedó sin habla. Frente a él, apilados como leña, vio huesos humanos. Tibias, fémures, húmeros, cúbitos: amontonados por miles formaban una especie de pared blanca, de al menos metro y medio de altura. Mirando al irlandés, Uniojo le sonrió, mostrando sus dientes horriblemente cariados.

—Estamos buscando los cuerpos de dos mujeres asesinadas. Deberían haberlos traído recientemente —dijo McSwiney, apelando a toda su propia presencia de espíritu.

El enterrador lo miró de aquella extraña manera suya, mostrando una expresión indefinible, a medio camino entre una mueca de desprecio y una sonrisa infantil.

—¿Me entiende? —volvió a preguntar el irlandés—. ¿Hay alguien más más aquí con usted?

Uniojo negó con la cabeza.

—Es solo él quien está a cargo de la morgue —dijo Rústico, para confirmarlo—. Una vez a la semana le traen comida, pero por lo demás él lo hace todo. Este es su reino.

—Ya veo —dijo McSwiney. Para facilitar las cosas, sacó de su bolsillo la autorización del dux.

En cuanto la vio, el guardián del cementerio abrió de par en par el único ojo de que disponía. Asintió con convicción. En ese momento, sin más esperas, caminó entre las torres y los muros de huesos.

A medida que avanzaban entre el fuego de las antorchas, el irlandés vio pirámides de calaveras. Los cráneos parecían mirarlo fijamente desde las cuencas vacías de los ojos, como si estuviera violando el silencio de un reino negro y prohibido.

Marchaban así, mientras los destellos de las hogueras iluminaban frágilmente sus pasos. McSwiney tuvo la sensación de que el tamaño de aquel osario era imponente, de que, de hecho, ocupaba toda la isla, como si esta se hubiera formado sobre el polvo de huesos de los muertos. Fuera cual fuese la verdad, entre pirámides de cráneos y paredes de huesos, Uniojo los condujo a un claro de terreno abierto, bordeado por el fuego de algunos braseros, donde se extendían hileras de cruces negras. Allí, por fin, se detuvo. Los guio frente a dos fosas donde la tierra había sido removida y las señaló: allí yacían las mujeres asesinadas.

Los marineros no se hicieron de rogar y, cogiendo unas antorchas alquitranadas que habían traído, las encendieron. Llamas sangrientas iluminaron el sombrío aire nocturno. Sin más preámbulos, Bono y Rústico las plantaron en las cuatro esquinas de la zona que rodeaba las dos tumbas, para iluminar mejor el lugar donde tendrían que cavar. Fue entonces cuando cogieron sus palas y se pusieron manos a la obra. Y McSwiney, que no albergaba prejuicios ni pretensiones aristocráticas, sino todo lo contrario, y comprendía bien la necesidad de apresurarse y permanecer en aquel lugar el menor tiempo posible, hizo lo mismo. Y así, con tres palas, procedieron tan rápidamente como pudieron. La tierra estaba todavía húmeda y fresca y no fue demasiado complicado llegar al punto en que la pala del irlandés topó con algo duro. Rústico y él procedieron entonces a cavar alrededor del perímetro del ataúd mientras Bono trabajaba en la otra tumba. Cuando el primer ataúd emergió lo suficiente como para no estar ya bloqueado por la tierra, Rústico bajó a la tumba, ahora totalmente ensanchada. Se apoyó sobre sus piernas, colocando el hombro en el féretro y, al hacerlo, consiguió empujarlo fuera de la sepultura. Actuó con tal vehemencia que la tapa del ataúd se deslizó y, al hacerlo, un fétido olor llenó el aire.

El hedor resultaba insoportable y McSwiney estaba dispuesto a ponerse guantes y extraer de un bolsillo interior de su frac una de aquellas servilletas empapadas en líquido alcanforado que Isaac Liebermann se había empeñado en darle unos días antes. De esa manera, mientras Rústico volvía al trabajo, echando una mano a Bono, el irlandés consiguió acercarse al cadáver. Alguien se había tomado la molestia de envolverlo en una sábana blanca. Removió un rato con la mano libre, de modo que presionaba un paño sobre las fosas nasales y, al mismo tiempo, desenrollaba parte de la sábana.

Pronto se le apareció el cadáver en el horror de la muerte. Pero el irlandés buscó con la mirada un punto preciso, sabiendo que con un poco de suerte el símbolo grabado en la carne de esa pobre desgraciada tendría que hallarse en su hombro. Ignoró el rostro ahora lívido que lo miraba desde el fondo de la caja y descubrió los níveos hombros.

Mientras rasgaba la tela, dejando al descubierto el hombro, una nube que cubría el cielo, empujada por el viento, se alejó de repente y un rayo de la luna opalina, como por voluntad sobrenatural, iluminó la escena. Las luces de las antorchas hicieron el resto y McSwiney lo vio.

En el hombro de la pobre doncella estaba grabada en sangre la cabeza de una criatura, mitad humana y mitad león.

# 41

## La sangre

Cuando la golpeó con su mano anillada, Colombina sintió que la sangre le llenaba la boca. La cabeza se le fue hacia atrás y un dolor punzante se apoderó de ella en la base del cuello. Mientras un hilillo rojo se le deslizaba por el labio, que ya sentía hinchado, las lágrimas le corrían por las mejillas. No había querido darle a Teufel esa satisfacción, pero no pudo contenerlas; era más fuerte que ella.

Él se había dado cuenta de ello y sintió un profundo placer. Sonrió, obteniendo una alegría feroz del dolor que ella sentía.

—¡Responde! ¿Has visto dónde está? ¿Sospechas algo? ¡Responde!

Colombina se apoyó con la mano en la pared como a punto de caer. A su lado, no muy lejos, el Moro permanecía en silencio. Tenía miedo de Teufel, lo sabía. Desde la primera vez que lo había conocido. Y ahora no movería un dedo para defenderla. Ella tenía que apañarse por su cuenta o ese demonio la golpearía hasta matarla.

—No lo sé.

Otra bofetada, más fuerte que la primera, le azotó la mejilla y esta vez, casi sin darse cuenta, Colombina se encontró de rodillas. No entendía cómo podía haber sucedido, pero sentía que le ardía la cara. Le dolían los labios, como si alguien le hubiera colocado en ellos un plato ardiendo.

—¿Cuánto tiempo quieres que sigamos así, zorrita? ¿Le ves? Tu caballero —dijo señalando al Moro— no moverá un dedo para salvarte... ¿y sabes por qué? Porque si lo intenta lo mataré, ¡como te mataré a ti si insistes en no querer hablar! Por lo tanto, repito la pregunta por última vez: ¿dónde está Charlotte von der Schulenburg?

Colombina se puso en pie con dificultad. Miró al Moro. No le rogó que se levantara por ella. Podía ver que él estaba tan aterrorizado como ella. Pero no podía perdonarlo. Sentía que sus sentimientos hacia él se secaban a cada momento. ¿Por qué no la defendía? Porque tenía miedo, por supuesto. Pero debería haberle plantado cara. En lugar de eso, guardaba silencio y la miraba con los ojos de par en par.

Sintió cómo los dedos de Teufel le agarraban la cara y le apretaban las mandíbulas, aplastándolas como una prensa.

—¡Habla! —volvió a gritar.

Ella trató de hacerlo, pero le salió un grito estrangulado que no se parecía a nada humano. Él la soltó bruscamente y ella tosió. Luego, entre sollozos, confesó lo que sabía:

—Tiene un horno.

—¿Qué?

—Trabaja el vidrio.

—¿Y cómo lo sabes?

—Lo sé.

—¿Has estado allí?

Colombina vaciló. Otro revés le giró la cara. La sangre estalló en regueros. La joven se llevó la mano a la boca, ya que debido a la violencia del golpe había perdido el equilibrio y salió lanzada contra la pared.

—¿Has estado allí? —volvió a gritar Teufel.

—Sí.

—¿Y cómo lo has averiguado?

—Una de los Moeche..., Zanetta.

—Una... Ah, sí, una estúpida huérfana que lleva tu mismo

nombre. —Teufel escupió al suelo—. Me das asco. Crees que vales más que yo, ¿verdad? Que eres una niña desgraciada, sin padres, a la que le gustaría vivir de un negocio honrado y otras tonterías, ¿no es así?

—Yo...

—Así que fue una de tus amigas guarras la que te dijo que esa mujer tiene un horno de vidrio. ¿En Murano?

Colombina asintió.

—¿Estás segura?

—Sí. Ya te he dicho que he estado allí —murmuró con una punzada en la voz, tratando de limpiarse la sangre de la boca.

—¿Y tanto te costaba soltarlo?

Colombina no contestó.

—Pues a ver —fue la réplica—. ¡Moro!

El chico se acercó con circunspección, como si temiera sufrir el mismo trato que la pobre muchacha.

—Bueno, como ahora ya no representas nada para ella —y señaló a Colombina con un movimiento de cabeza—, porque después de lo que me has dejado hacerle ella te odiará, y con razón, entonces... —y por un momento Teufel hizo una pausa— me gustaría que reunieras a algunos de tus huérfanos, de tus Moeche, y me ayudaras a vigilar a esa mujer. Podríamos sorprenderla y divertirnos con ella, ¿no crees?

El Moro no se atrevió a responder, limitándose a asentir en silencio. Teufel estalló en una carcajada desquiciada.

—Tomaré eso como un sí —dijo casi sin poder contenerse—. Pero no te preocupes, mi idea es recogerla y llevarla a un lugar seguro.

—¡No! —gritó Colombina—. ¡Déjala en paz!

El hombre la miró asombrado, como si no pudiera creer lo que oía.

—Por las barbas de Satanás —dijo—. Debo confesar que esta niña tiene más agallas que tú, Moro. No es que haga falta mucho. Pero tiene carácter, debo admitirlo. De todas formas, por mucho que no quieras, sucederá igualmente.

Colombina quería hacerle tragar esas palabras, pero no era

capaz. No tenía fuerzas. Por eso, ahora, odiaba al Moro. En una cosa, al menos, Teufel tenía razón: el tipo era un cobarde. Si en lugar de amedrentarse hubiera hecho el amago de inventar algo, tal vez juntos hubiesen conseguido meter al hombre en problemas. O al menos lo habrían intentado.

Se puso en pie. Le parecía que venía de un mundo muy lejano. Le palpitaba la cara y sentía el labio el doble de tamaño de lo normal. Tragó sangre sintiendo una extraña sensación, como si en vez de ser líquida fuera pesada, espesa como el hierro fundido por un fuego invisible. Se quedó mirando al hombre que la había dejado en ese estado. Y por un instante se dio cuenta de que una extraña luz en sus ojos le traicionaba. Como si, después de todo, tuviera que admitir ante sí mismo que admiraba la forma en que ella se le resistía.

# 42

## Símbolo

Habían vuelto a la casa de Joseph Smith para obtener alguna pista sobre aquel enigma. Antonio tenía una confianza instintiva en el hombre, empezando por el hecho de que, como había dicho McSwiney, sus conocimientos eran tan enciclopédicos que, con toda probabilidad, sería capaz, como mínimo, de orientarlos, si es que no podía incluso proporcionarles la clave para resolver aquel misterio. Smith los saludó con su cortesía habitual. Esa vez, en lugar de recibirlos en su gabinete de curiosidades, optó por reunirse con ellos en la biblioteca porque, según lo que McSwiney le había dicho de antemano, creía que los libros representaban el único camino posible para llegar a una solución.

La sala era espaciosa y estaba magníficamente amueblada: suntuosa chimenea de mármol blanco de Carrara, encantadores sillones forrados de terciopelo carmesí, opulenta decoración y refinados escritorios de nogal flameado y madera de brezo, con sus líneas aterciopeladas, y las exquisitas incrustaciones de exótico palisandro. ¿Y qué decir de las estanterías, magníficas en sus frisos? Altas hasta el techo, recorrían todo el perímetro de la gran sala y se encontraban cargadas de volúmenes de todas las formas y tamaños.

Joseph Smith estaba impecable con su frac de corte impoluto, los elegantes guardamanos, las medias de seda, la camisola exquisitamente bordada y la peluca blanca como la nieve. Siempre se mostraba afable y gentil, por no mencionar que sus modales sencillos y directos hacían de él un hombre muy valioso con el que parecía realmente muy fácil hablar y llegar a acuerdos. Al menos eso fue lo que pensó Canaletto la segunda vez que lo vio. Al fin y al cabo, él no era muy diferente. Desde luego, no era un hombre de interminables galanterías o preámbulos.

Y, de hecho, el inglés fue directo al grano, incluso aquel día.

—Señores. Estoy encantado con vuestra visita y he estado reflexionando sobre lo que Owen McSwiney me anticipó rápidamente en su nota de ayer. Bien, os pregunto: ¿podríais describirme la figura sobre la cual debo arrojar alguna luz? Puesto que eso es de lo que se trata, ¿me equivoco?

—¡No os equivocáis lo más mínimo! —dijo Antonio—. Pero, sabiendo muy bien que iríais directamente al grano, he pensado en ayudaros a encontrar una posible solución esbozando la imagen que el señor McSwiney os ha anticipado.

Así, sin más preámbulos, Canaletto colocó sobre uno de los escritorios de la biblioteca una hoja de papel, en ella había un dibujo del extraño símbolo que él y su amigo habían encontrado grabado en los hombros de las víctimas y que McSwiney recordaba haber visto en las paredes de la habitación en la que Olaf Teufel había celebrado la ceremonia de afiliación a la logia masónica.

—Interesante —observó Smith—. Y creo que ya puedo deciros de qué se trata, al menos de manera general.

—¿En serio? —preguntó Canaletto con sincera sorpresa.

—Veréis, señor Canal, no tengo ni idea de en qué aventura se ha metido el señor McSwiney y tampoco quiero saberlo; imagino que tiene que ver con lo que ocurrió en nuestra entrevista anterior. Entiendo que queráis ayudarle y que tal vez estéis involucrado de alguna manera, así que no os preguntaré más, pero desde luego puedo deciros que esta imagen no augura nada bueno. Creo que de hecho corresponde a una de las deidades egipcias. Lo creáis o no, son tomadas como símbolo por algunas de las logias masónicas de las que hemos hablado.

—¿Deidades egipcias? —preguntó McSwiney con asombro.

—¡Así es, amigo mío! Pero seamos más precisos. En algún lugar entre mis libros debo de tener un texto dedicado al antiguo Egipto. Tal vez dentro de esas páginas podamos encontrar la respuesta que estáis buscando. Permitidme comprobarlo.

Según lo decía Joseph Smith buscó en uno de los estantes de su bien surtida biblioteca. Subió por una escalera de madera, trepando hasta llegar al último estante. Allí observó cuidadosamente los lomos de los diversos volúmenes, colocados uno al lado del otro, hasta que agarró un tomo encuadernado en cuero y descendió.

En ese momento colocó el libro sobre uno de los escritorios y lo abrió, hojeando las páginas y asegurándose de que sus invitados pudieran ver el contenido.

—¿Quién es el autor? —preguntó Canaletto, que no podía contener su curiosidad.

—¡Buena pregunta! —exclamó Smith—. No puedo responderla, por desgracia. Lo que sí es seguro es que se trata de un mercader-aventurero veneciano que, a mediados del siglo XVII, basándose en algunos viajes anteriores realizados por otros mercaderes de la Serenísima, habría viajado a Egipto y allí, en el transcurso de sus vicisitudes, escribiría un largo relato. A su regreso, ese diario de viaje se imprimió en Venecia. Durante mis peregrinaciones a los palacios y casas de mis muchos amigos conseguí hacerme con uno de ellos.

—Asombroso —comentó Canaletto.

—Sí. Como podéis ver, este aventurero desconocido era un hombre de gran curiosidad intelectual y considerables conocimientos y habilidades, siendo el dibujo una de ellas, nada menor. Por lo tanto, reprodujo fielmente algunas imágenes que luego fueron reproducidas en papel. Y es a partir de aquí cuando descubrimos la historia de las deidades egipcias. De hecho, debe de haber estado fascinado por ellas…, él mismo escribe sobre el tema en sus páginas. ¿Veis? —Y al decirlo, Joseph Smith mostró a los dos amigos una serie de imágenes. Vieron criaturas que eran mitad hombre y mitad pájaro, o incluso mitad hombre y mitad perro, y a medida que se acercaban a ellas, el inglés leía la descripción que el desconocido aventurero veneciano hacía en el relato de su viaje.

—He aquí Ra, con cabeza de halcón, el dios del sol que gobierna cada parte del mundo y por lo tanto el cielo, la tierra y más allá; este es Anubis, dios de los cementerios, protector de los muertos, con cabeza de chacal, y luego Heket, diosa rana de la fertilidad.

Mientras hablaba así, Joseph Smith contemplaba fascinado aquellas páginas llenas de conocimientos antiguos y distantes en el tiempo y el espacio, que le habían llegado a través de la investigación de un veneciano tan valiente como extraño. Había elegido viajar a una tierra desconocida y misteriosa, recopilando todo tipo de información útil para desvelar al menos una pequeña parte de los conocimientos y costumbres de un pueblo tan poco narrado como ciertamente envuelto en magia y enigmas.

No solo él, sin embargo, estaba bajo el hechizo de tales símbolos e historias. Canaletto se hallaba igualmente subyugado por ellos. Fue a él a quien el inglés se dirigía y luego lo hizo también volviendo su mirada hacia McSwiney.

—¿Comprendéis ahora por qué una secta como la logia de la que hemos hablado puede con toda probabilidad querer recordar tales símbolos? Están imbuidos de tal poder arcano que son perfectos para seducir a un grupo de adeptos. Yo mismo siento una profunda curiosidad por tales criaturas. Por este libro, lo creáis o no, desembolsé una suma considerable, pero tenía que tenerlo. Y lo que digo es aún más cierto si se tiene en cuenta que hoy en día hay muchos más comerciantes, aventureros y exploradores que se dirigen a esa tierra lejana.

—Venecia ha construido su mismo mito gracias a Egipto —observó Canaletto.

—Precisamente, por lo que no hay nada extraño en lo que estamos viendo —confirmó Joseph Smith—. Pero ahora concentrémonos en las deidades representadas por el escritor anónimo del relato.

El inglés hojeó más páginas. Antonio y McSwiney vieron otras criaturas extrañas, casi siempre a medio camino entre el hombre y el animal. Se trataba de figuras enigmáticas e inquietantes, dibujadas de una manera bastante directa, con pocas líneas y aún menos detalles y, sin embargo, por esa misma razón, tal vez, tenían un punto simbólico.

—La esfinge —continuó Joseph Smith— tiene el cuerpo de un león y la cabeza de un hombre. Se coloca para proteger la pirámide y por lo tanto la tumba del faraón y su rostro correspondía al del monarca difunto. Y aquí... —y el inglés vaciló, pero se recuperó casi de inmediato—, aquí está lo que buscábamos: la diosa con cabeza de león y cuerpo de mujer.

—¡La habéis encontrado! —exclamó Canaletto exultante.

—Sí. Escuchad esto: su nombre es Sejmet. Y según informa el autor, es la diosa de la destrucción, las epidemias y el exterminio. Ferocidad, ira y violencia son las características atribuidas a esta deidad, que es encarnada por una mujer con cabeza de leona.

Joseph Smith dejó que Antonio y McSwiney se acercaran aún más al escritorio para que pudieran ver mejor el dibujo que representaba a Sejmet. El autor la había representado alta, esbelta, con un gran círculo en la cabeza.

—¿Veis? —reanudó el inglés, señalando la esfera sobre la cabeza de la diosa—. Es el sol, lo que demuestra que Sejmet pertenece al linaje solar. Su aliento generó el desierto, según los egipcios y según lo informado aquí por el autor de este relato.

—Parece una diosa terrible —observó Canaletto.

—Lo es —respondió Joseph Smith—. Y quien decidió representarla en sus habitaciones evidentemente tiene la intención de traer epidemias y destrucción a Venecia.

—Las mujeres bárbaramente asesinadas —respondió Antonio—, la viruela... Todo tiene sentido. Esto explicaría, al menos de forma totalmente teórica y fantástica, lo que está ocurriendo.

—Estoy seguro de haber visto el símbolo de esta diosa entre los presentes en la sala de la logia —añadió McSwiney.

—Y hay una razón para ello. Como comprenderéis, se sabe muy poco sobre los egipcios. Sin embargo, su cultura, sus tradiciones e incluso su estética sustentan el simbolismo masónico. ¿Recordáis lo que os dije sobre la arquitectura y la geometría?

—La escuadra, el compás, el Gran Arquitecto —contestó McSwiney.

—Así es.

—Por no mencionar que los egipcios eran excelentes constructores —añadió Canaletto.

Joseph Smith asintió. Luego sonrió.

—Pero hay más. Acabo de mostrar el erudito relato de un anónimo mercader y aventurero veneciano. Sin embargo, las raíces de este antiguo conocimiento están arraigadas en esa tradición sapiencial que la propia Florencia, en primer lugar, sacó a la luz.

—¿Estáis aludiendo a Marsilio Ficino? —preguntó Antonio.

En respuesta, Joseph Smith se alejó del escritorio alrededor del cual los tres estaban parados y caminó hacia el lado opuesto de la sala. Miró los estantes y se estiró hasta el quinto de la biblioteca. Sin vacilar, su mano derecha cogió un volumen que el inglés comenzó a hojear.

—El *Corpus hermeticum,* de Hermes Trismegisto, ¿lo conocéis?

—Por supuesto —respondió Antonio—. Como iba diciendo, fue Marsilio Ficino quien lo tradujo al latín.

—Exactamente. Resulta que tengo una copia aquí.

Canaletto abrió mucho los ojos. Aquel inglés era una continua caja de sorpresas. Estaba realmente admirado.

—¿En serio? —preguntó incrédulo.

—Desde luego. Al fin y al cabo, soy coleccionista. Y de este texto se han publicado muchas ediciones.

Joseph Smith puso el nuevo tomo sobre el escritorio. Lo abrió y hojeó las páginas. Parecía experimentar un placer casi físico al sostener el papel de pergamino entre sus dedos. De repente tuvo la impresión de que un polvo sapiencial se elevaba de las páginas para ser inhalado por el inglés. Era pura sugestión, por supuesto, y Antonio sonrió ante su ingenuidad y, sin embargo, al igual que el cuadro, los colores, la escritura de la luz ejercían sobre él una fascinación incontrolable, también lo hacían las palabras, los conocimientos tomados de las lecturas le conquistaban de un modo igualmente poderoso. Y la forma en que Joseph Smith era capaz de unir obras aparentemente distantes en tiempo y contenido era aún más seductora.

McSwiney había hecho una enorme contribución a la investigación, pensaba Antonio. No solo era un aventurero de gran coraje y determinación. De no haber sido por él, nunca se habría topado con Smith. Los conocimientos de aquel hombre eran prodigiosos. Y parecía que nunca se saciaba.

—Según la tradición esotérica griega y posterior, que tiene en Marsilio Ficino su gran representante, Hermes Trismegisto correspondería a Toth, el dios egipcio de la luna y la escritura y luego de la medicina, del reino de los muertos y de la invención. En fin, está bastante claro que es en él y en su sabiduría en quien tienen puesta la vista las logias actuales, las nacidas entre Escocia e Inglaterra, y por tanto en la sabiduría, la cosmogonía, antropogonía y escatología egipcias. No podía ser de otro modo.

—A ver si lo he entendido —observó Antonio, con toda la modestia del caso—. ¿Alguien, muy probablemente el maestro de la logia en la que fue iniciado el señor McSwiney, está utilizando la mitología egipcia y, en particular, a la diosa Sejmet de la destrucción, el exterminio y la epidemia, como símbolo de sabiduría y, debo añadir, piedra filosofal de una secta?

—Yo mismo no podría haberlo dicho mejor —confirmó Joseph Smith—. Por supuesto, lo natural para mí sería preguntar si hay algo más. Pero, como ya he dicho, puedo esperar.

—Vuestra discreción es encomiable —atajó McSwiney.

—Os lo agradezco, Owen —replicó el inglés sin perder su proverbial afabilidad.

Antonio se sintió incómodo. Era la segunda vez que él y su

amigo pedían ayuda a Joseph Smith y no le contaban casi nada acerca de aquello a lo que se estaban enfrentando. Aunque compartía con McSwiney el deseo de mantener el más absoluto secreto, él, sin embargo, tenía la intención de encontrar una manera de pagarle.

—Me gustaría hablaros de pintura —dijo, y era cierto—. No digo esto para faltar al respeto a mi amigo —añadió, mirando al irlandés a los ojos—, sino porque creo que, juntos, podemos trabajar en una perspectiva más amplia, una perspectiva que podría unir Venecia e Inglaterra.

—Yo también lo veo así —dijo Joseph Smith—. Y también pienso que sería muy agradable y fascinante. Pero, aunque no os conozco bien, en este momento percibo una ansiedad que os está consumiendo, señor Canal. Por lo tanto, mi consejo es que encontréis una solución a lo que os preocupa. Y entonces podremos reunirnos para hablar de pintura.

Antonio estaba asombrado. Aunque intentaba no mostrarlo, Joseph Smith le había contestado, debía de ser un libro abierto para él. Podría haberse ahorrado la jugada.

—De acuerdo —dijo finalmente—. Tenéis razón. —Y al darle la razón al inglés se dio cuenta de lo mucho que aquella maldita investigación le había arrebatado.

# 43

## Preguntas

Antonio estaba cansado. Se sentía agotado por los aconteci-mientos. Habían sido días agitados, de descubrimiento y ho-rror, de inquietud y de aprendizaje. En aquel torbellino de emociones no siempre controlables, le había parecido perderse. ¿En qué lugar quedaban sus cuadros? ¿Qué demonios hacía en aquel lúgubre asunto y por qué, de un modo perverso e inexpli-cable, su alma parecía anhelar más aún?

Iba a coger los lápices y ponerse a dibujar. Lo hacía siempre que necesitaba distraerse. Dibujar era para él sumergirse en una dimensión que, aunque procedente de lo real, lo llevaba a un lugar suspendido entre lo terrenal y lo fantástico, ya que su Ve-necia era tan real como imaginaria. Pero mientras su mano re-corría los lápices negros y luego los de sanguina, las tizas, las plumillas, los lápices de caña y de punta metálica, reconociendo de forma táctil cuál era el instrumento que pretendía utilizar en aquel momento, la mente, aguzada ahora por aquella constante inquietud, volvía siempre a la tarde anterior.

No conseguía quitarse de la cabeza los numerosos desenga-ños que había en sus últimas investigaciones. Gracias a los bue-nos oficios de Isaac Liebermann, en efecto, había averiguado que el chico judío, a quien culparon de los terribles actos de sangre y que fue asesinado por las mesnadas en el gueto, llevaba en el hombro una incisión hecha con la hoja de un cuchillo o con un estilete en la carne viva. Los cortes componían una imagen que, según verificó McSwiney, era la misma que encontró en los cadáveres de las mujeres asesinadas, que pertenecían a dos de las familias patricias más prominentes de la ciudad.

Y no solo eso.

Durante su visita a San Ariano, Owen McSwiney había podido averiguar que el sepulturero puesto bajo custodia de ese lugar maldecido por Dios era un hombre desesperado, abandonado por las autoridades a una vigilancia que se parecía mucho a un encarcelamiento. Por esa razón, aunque el irlandés había hecho todo lo posible por interrogarlo, no habían podido sacar ni un ápice de nada. McSwiney, de hecho, se había tomado muchas molestias para tratar de averiguar quién había entregado los cadáveres de las pobres doncellas asesinadas. Por supuesto, lo más probable era que dicha tarea hubiera sido confiada a guardias de distrito o soldados de infantería y, de ser así, difícilmente se podría haber concluido nada sobre la identidad del asesino. Y, sin embargo, la presencia del grabado en el hombro conducía de nuevo a las tres muertes, incluida la del pobre Shimon Luzzatto, de la misma mano u organización, admitiendo que los asesinatos habían sido llevados a cabo por varias personas.

La imagen de la mujer leona correspondía a la de la deidad egipcia llamada Sejmet, diosa del exterminio y las epidemias. Parecía la explicación perfecta a lo que estaba ocurriendo en ciudad y, poniéndose por un momento del lado del asesino, Antonio también detectó en él cierta coherencia perversa. El portador —o los portadores— de la muerte y la enfermedad grababan el rostro de la diosa en los cuerpos de las víctimas, como para invocar su presencia y los macabros dones de los que, precisamente, era portadora. Pero ¿quién podía estar tan loco? ¿Y quién, además, era capaz de conocer una historia así? Canaletto pensó casi instintivamente en Olaf Teufel: estaba demasiado claro..., dejando aparte el hecho de que había expresado su deseo de hacer suya la ciudad. Y el terror era un arma poderosa. ¿Y cómo definir, si no, lo que el asesino estaba sembrando en Venecia?

Y, sin embargo, incluso admitiendo que ese loco fuera el autor de los crímenes que habían ensangrentado la laguna, incluso creyendo que su intención era la de crear un ejército de afiliados dispuestos a hacer lo que él ordenaba, ¿cómo podría probar su culpabilidad? La coincidencia de los símbolos vistos en la sala de la logia con los grabados en los hombros de los cadáveres no era ciertamente suficiente. Y aunque hubiera querido, no tenía la menor idea de cómo llegar a la habitación secreta a la que McSwiney había sido conducido.

Demasiadas preguntas se le agolpaban en la mente y ninguna respuesta parecía adecuada. Por no mencionar el hecho de que, en lo que respectaba a la culpabilidad de Teufel, la suya era poco más que una intuición. No tenía casi ninguna evidencia. Por supuesto, existía también el testimonio de Isaac Liebermann, que recordaba haber visto a un hombre muy parecido a Teufel asestar la puñalada mortal a Luzzatto. Pero en una inspección más cercana, su descripción también podría encajar con aquel extraño espía, parecido a un gitano, que lo había seguido en más de una ocasión y que, cuando tuvo la oportunidad, ni siquiera había herido a McSwiney, perdonándole la vida. Y, por si fuera poco, volviendo al asunto del gueto, cuando Liebermann había intentado convencer al capitán grando de que el joven asesinado no podía ser un asesino de mujeres, no le habían creído lo más mínimo.

¿Y quién era el hombre que lo había perseguido y que, acorralado, había logrado escapar de él? ¿De dónde venía? Sin duda de otro país.

Por todas esas razones, aunque quisiera, no podía dedicarse a la pintura. Demasiadas preguntas sin respuesta. Demasiados interrogantes. Suspiró. Habría preferido volver a los pinceles y los colores, al estudio de la luz y Venecia, pero sabía que no lo lograría hasta ser capaz de llegar al fondo de aquel asunto.

Era más fuerte que él.

Fue entonces cuando pensó en Charlotte.

No había podido volver a verla, absorbido como estaba por las pesquisas. Se habían dejado tras una noche de ardiente pasión y no había vuelto a saber de ella. Por supuesto, tampoco la había buscado, pero sentía que algo no cuadraba.

¿Le había pasado algo?

La sola idea lo hacía temblar.

¿En qué clase de hombre se había convertido?

# 44

## Inquietudes nocturnas

La habían cogido por sorpresa. Nunca habría esperado una emboscada así. ¿Quiénes eran? ¿Qué demonios querían? Ah, pero cualquiera que fuera el motivo de su asalto, no les iba a resultar sencillo.

Agarró una barra brillante. Si de verdad querían hacerle daño, ella desfiguraría a un par de ellos. Charlotte estaba decidida. Su mirada destellaba con los reflejos llameantes del horno. Delante de ella, un grupo de niños de la calle, cubiertos de hollín y cicatrices, se apiñaban a su alrededor, formando un círculo. No tenían buenas intenciones, eso seguro. La rodeaban como jóvenes lobos hambrientos. Su líder, el más agresivo entre ellos, era sin duda el chico de pelo oscuro rizado. Vestía una camisa raída bajo una chaqueta con más agujeros que una espumadera. Tenía los calzones llenos de remiendos. Llevaba los calcetines zurcidos, y los zapatos, si es que se podían llamar así, parecían la suma de los retales de cuero de un zapatero.

—¿Qué quieres? —preguntó ella.

—A ti —fue la respuesta.

—¿Por qué?

—Nos lo ordenaron.

—¿Quién?

Uno de los jóvenes atacantes mostró la hoja de un cuchillo. Era pelirrojo y pecoso, y en sus ojos brillaba una luz maligna.

—Acércate más y te quemaré la cara —dijo Charlotte.

—No debes hacerle daño. Él la quiere viva —dijo el líder.

—¿Él..., quién? —gritó Charlotte. Aquel misterio la volvía loca.

El Pelirrojo dio un paso adelante y amagó torpemente con un tajo. Aunque en verdad no estaba acostumbrada a situaciones como aquella, Charlotte esquivó el golpe sin demasiados problemas. Inclinándose a un lado lo eludió y con su barra brillante lo golpeó en el brazo armado. El Pelirrojo soltó un grito, dejando caer la daga. Su carne se puso morada donde había sido alcanzada por la barra de hierro.

Se pararon frente al horno. Charlotte contó diez, diez pequeños bastardos. Si la hubieran atacado todos a la vez seguramente habrían ganado. Eran demasiados para mantenerlos a todos a raya. Pero no se iba a dar por vencida.

Fue entonces cuando la situación se precipitó. De hecho, desde el fondo del horno, alguien entró. Charlotte vio a un hombre que avanzaba con paso seguro, mostrando una tranquilidad incluso incómoda, como si estuviera en un lugar que le perteneciera.

Finalmente llegó a unos pasos de ella. Era alto y exhibía una melena larga y negra que llevaba suelta. Iba vestido de forma muy elegante con una gran capa oscura y un frac negro ribeteado en oro. En su apuesto rostro se dibujaba una sonrisa cruel, con los labios rojos levantados sobre unos dientes blancos, afilados y perrunos.

—Ahí estáis, pues —dijo casi riendo—. Y hasta mostráis una buena reserva de sangre fría. Aunque son niños lo que tenéis delante, no es menos cierto que el hambre los ha vuelto agresivos. Y la forma en que os defendéis merece respeto.

—¿Quién eres tú?

—¿Quién soy yo? —preguntó a su vez el recién llegado—. No creo que vuestra pregunta merezca una respuesta, entre otras cosas porque, querida mía, para lo que tengo en mente, saberlo no os resultará de utilidad.

—¿Qué vas a hacer?

El desconocido se llevó la mano a la boca bostezando, como si todas aquellas preguntas lo aburrieran terriblemente. Por toda respuesta entró en el círculo formado por los chicos de la calle, acercándose a Charlotte.

—Ahora —dijo, y presionó en un punto del palo, que hizo chasquear una hoja reluciente con la que apuntó a su garganta— vais a soltar esa maldita vara y seguirme.

—¿O si no qué?

El hombre suspiró, como si Charlotte estuviera poniendo a prueba su paciencia.

—Sois realmente agotadora. Confieso, sin embargo, que estáis demostrando ser un hueso más duro de lo que pensaba. O si no qué, me preguntáis. O si no, tendré que haceros daño, es mi respuesta. Aunque, confieso, es lo último que desearía, dada la belleza de vuestra carita y también lo que veo del cuello para abajo.

—Eres un cobarde. Presumes porque tienes ese bastón en las manos.

—Nunca he dicho lo contrario. Siempre prefiero ir por delante si es posible, pero me estáis haciendo perder el tiempo.

Charlotte se dio cuenta de que no tenía esperanza. Intentó golpear al hombre con su palo, pero este esquivó el ataque, desarmándola y haciendo rodar la vara hasta un rincón apartado del horno.

Luego le puso la espada en la garganta. Ella parpadeó.

—No tengo ni idea de cómo, pero estoy segura de que pagarás por esto.

Un instante después, el puño del hombre vestido de negro la golpeó con violencia.

Charlotte sintió un dolor tan intenso que se desmayó.

Todo se volvió oscuro.

—Sois una panda de incompetentes —rugió Teufel—. Si yo no hubiera llegado, no habríais avanzado un ápice.

El Moro no pronunció palabra.

—¿Sabéis lo que tenéis que hacer o me equivoco? —lo apremió el hombre.

—Sí.

—¿Y qué es?

—Vigilar al pintor —dijo el chico.

—Bien. Ocúpate de eso al menos o haré que mis hombres te hagan pedazos.

—De acuerdo.

—Llevaré a la mujer a San Ariano. Y ahora perdeos —dijo Teufel volviéndose hacia los Moeche. Y, sin añadir nada más, saltó a la barca mientras, a los remos, los marineros comenzaban a bogar con fiereza.

La negra laguna se abrió ante sus ojos. Bancos de niebla flotaban en el agua. Había administrado un somnífero a Charlotte, aprovechando su estado de inconsciencia. Dormiría durante el viaje. Tenía la intención de llevarla a donde ese estúpido pintor nunca jamás habría imaginado. También había tenido cuidado de excluir a Owen McSwiney de las filas de los nuevos seguidores. Siempre había sospechado de él, pero los Moeche habían confirmado su cercanía a Canaletto. Y ahora prefería que no supieran lo que pretendía hacer la logia. En efecto, había sido demasiado poco escrupuloso. Sin embargo, aquella manada de huérfanos le había resultado más útil de lo que habría cabido imaginar. Por supuesto, en esa última coyuntura se habían comportado como unos completos incompetentes, pero como red de informadores no tenían igual.

Le gustaba Charlotte. Era una mujer hermosa. Y valiente. Al menos Canaletto tenía buen gusto. Era una pena tener que matarla. Por otro lado, no tenía otra opción. Por no mencionar que nunca habría sido capaz de arrancarla de la lujuria del asesino. Había inventado toda esa maldita locura de la logia masónica solo para dar rienda suelta a su diabólica sed de sangre. Había sido una apuesta, pero los años pasados en Inglaterra lo habían ayudado a hacer creíble aquella farsa. No había sido, pese a todo, un esfuerzo baldío: al hacerlo, aquel demente podía descuartizar mujeres al margen de cualquier complicación. Y, al mismo tiempo, ambos pusieron la violencia brutal al servicio de un fin superior: tomar Venecia, sembrar el terror, dejando al margen el hecho de que la pertenencia a la logia sacaba a flote la disidencia de quienes estaban en contra de las familias gobernantes. Las del dux y las de los miembros del Consejo de los Diez, por ejemplo, que durante demasiado tiempo en la ciudad creyeron que podían hacer lo que quisieran.

Al fin y al cabo, había combinado los negocios con el placer. El miedo, dictado por el horror, se había convertido en la herramienta perfecta para amenazar el orden establecido. Y la repugnante sed de sangre del asesino, de ser un obstáculo, se había convertido gradualmente en una bendición. Trasladar la culpa a los judíos había sido entonces un golpe maestro. Contratar a un par de matones para difundir el nombre de Sabbatai Zevi había sido el primer paso, y poner a la vista, en la imprenta donde había trabajado, unos cuantos ejemplares del relato moravo, un movimiento aún más refinado. Y, en efecto, el rabino que tanto disfrutaba comprando libros, no había podido resistirse a esa adquisición. Le bastó leer un par de páginas para querer llevarse todos los ejemplares del volumen. Y de este modo el temor por Sabbatai Zevi y Baruchiah Russo se había extendido como la peste. Nunca se debe subestimar el poder de la sugestión. Así, mientras el barco avanzaba por el espejo negro de la laguna, Olaf Teufel estaba anticipando el momento de la victoria de la facción a la que pertenecía.

Desde su escondite lo vio alejarse sobre las aguas turbias. Después de lo que Teufel le había hecho, Colombina se había prometido a sí misma que algún día iba a vengarse. No sabía aún cómo, pero descubrir que la mujer del pintor estaba siendo llevada inconsciente al mortuorio de San Ariano era una información importante. Y eso tal vez le permitiría alcanzar la venganza. Había hecho bien en seguir a los Moeche y espiarlos. Permaneció oculta en las sombras un rato. Cuando salió a la luz de las estrellas, Teufel hacía tiempo que se había ido.

Solo entonces se sintió segura.

# 45

## Desapariciones

No pudo encontrar a Charlotte por ninguna parte. Parecía habérsela tragado la tierra. Antonio decidió ir al horno. Y allí se dio cuenta de que algo iba mal. Alguien había forzado la puerta. Una vez dentro no era posible determinar lo que había podido suceder. Aparte de un par de barras mal colocadas, todo parecía estar en orden, aunque, al mismo tiempo, el lugar daba muestras de estar abandonado. Las bocas del horno estaban incomprensiblemente apagadas. Si no hubiera tenido mala conciencia, Canaletto podría haber pensado que Charlotte se había marchado.

Sin embargo, tuvo la sensación de que no lo había hecho. Las búsquedas posteriores se lo confirmaron. Ella no estaba en su casa, en Venecia. Ni su padre la había visto. No recientemente. Tampoco estaba en su casa de Murano. La residencia, un hermoso *palazzetto* no muy lejos del horno, estaba vacía. O más bien, Canaletto había encontrado allí a la criada, que afirmaba no haber visto a su ama desde hacía al menos tres noches. Y le parecía extraño que Charlotte no hubiera regresado todavía. Por supuesto, había sucedido alguna vez que, para alguna entrega importante, había dormido en el horno, pero nunca durante tantas noches seguidas.

La duda empezó a desgarrarlo y se convirtió en certeza. No podía probarlo, pero estaba casi seguro de que el hombre que lo había acechado o tal vez alguien diferente la había secuestrado. ¿Quién? ¿Y para qué? ¿Para hacerle el qué? ¿Quizá para sacarle información sobre él?

La sola idea lo llenaba de angustia. Y de rabia. Si alguien se hubiera atrevido a tocarle un pelo de la cabeza, le habría hecho arrepentirse de haber nacido.

No tenía intención de alarmar a su padre, entre otras cosas porque, ¿qué podía decirle? No, ya no era el momento de hablar. Tenía que actuar. Sí, pero ¿para hacer qué? ¿Ir adónde? Pese a todo, sabía que esperar no era el camino. Si Charlotte realmente había sido secuestrada, y ahora estaba seguro de ello, podría estar en grave peligro, y mientras pensaba en ello se imaginaba que podría ya estar muerta.

Antonio sintió que se le helaba la sangre en las venas. Sabía que había sido menos cauto en los últimos días y, con ello, había expuesto a Charlotte al peligro. Ella había aceptado correrlo junto a él, pero, aunque se lo repetía una y otra vez, no lograba darse paz. Por no hablar de que, solo para buscarla, ya había perdido dos días. Y el tiempo pasaba y las posibilidades de que algo terrible hubiera sucedido aumentaban.

Sentía que se estaba volviendo loco. Por más que se devanaba los sesos en decidir qué vía tomar, no tenía ni idea de cómo hacerlo.

¿Qué pruebas tenía? La cabeza de la diosa Sejmet grabada en sangre sobre los hombros de las doncellas muertas y del presunto asesino, por un lado, y en las paredes de la habitación secreta, por el otro.

Tal vez era allí donde debería haber intentado regresar: al salón de Cornelia Zane. Pero ¿cómo hacerlo? Incluso acompañando a McSwiney, ¿qué demonios esperaba encontrar allí?

Mientras pensaba qué hacer, se encontró en casa. Estaba tan absorto en sus pensamientos que ni siquiera se dio cuenta de que había caminado hasta el umbral de su vivienda. Al subir las escaleras y llegar a su estudio, una angustia creciente llenó su corazón igual que lo habría hecho un cáliz envenenado. La frustración lo devoraba. Se apoyó en la mesa y en un arrebato de rabia arrasó con todo lo que había sobre ella: dibujos, lápices, bolígrafos, pinceles, pinturas..., todo. Estaba tan agotado que quería dormir, pero no de cansancio, sino más bien por la sensación de mareo que lo atormentaba, y porque así no tendría que pensar.

¡Qué cobarde! No pensar. Aquella sí era una gran idea. Pero ¿cómo podía siquiera imaginar tal cosa? Mientras dudaba, quién sabe dónde estaría Charlotte.

Así que, sin perder más tiempo, se dijo que tenía que ver a su buen amigo irlandés. Hablar con él le haría bien y tal vez tendrían algunas ideas para intentar revertir aquella situación.

Por lo tanto volvió a ponerse la capa y bajó los escalones.

Cuando llegó al patio, salió de nuevo.


El hombre que la había secuestrado ya no estaba allí. Ni tampoco aquellos pequeños delincuentes que se había encontrado de repente en el horno, que entraron allí quién sabe cómo. Ahora se encontraba en una pequeña y fría celda. Parecía tallada en piedra, hasta el punto de asemejarse a una especie de cueva. Fuera estaba oscuro. Se daba cuenta porque en un lado de la celda había una especie de puerta con barrotes de hierro. Por allí entraba el aire. Charlotte tardó un rato en ponerse en pie. Se sentía débil y aturdida. Seguro que la habían drogado. Le dolía la mandíbula, como si la hubieran golpeado contra un yunque. El puño de aquel hombre de pelo negro le volvió a la mente. Y luego su sonrisa diabólica y aquella elegancia tan chocante con sus maneras, una extraña mezcla de cobardía y arrogancia.

No recordaba haberlo visto nunca. Entonces ¿qué querían de ella? ¿Tendría algo que ver aquel secuestro con todo lo que le había contado Antonio?

Ni siquiera tuvo tiempo de formular ese razonamiento cuando un hombre se acercó a los barrotes de hierro de la puerta. Era, como poco, un gigante y, a juzgar por su complexión y vestimenta, con toda probabilidad debía de ser un soldado. Observándolo uno no habría pensado que era veneciano: llevaba grandes mostachos y el pelo rapado al cero. De sus botas hasta la rodilla salía el mango de una daga y a su lado llevaba una espada con empuñadura de cesta, con protector perforado. Charlotte no pudo contener un escalofrío.

El hombre introdujo una llave en la cerradura y la hizo girar. El mecanismo hizo clic, la puerta se abrió y él entró sin pestañear, colocando un plato con pastel de carne fría sobre la mesa de la celda. También dejó al lado una jarra de agua y un vaso de cristal.

—Para vos —dijo simplemente.

—¿Por qué estoy aquí? —preguntó Charlotte.

El hombre no respondió. Cerró la puerta tras de sí y se fue tal y como había venido.

Aquel silencio la asustaba. Desde que había caído en manos del hombre de pelo largo exigió conocer su suerte. Pero nunca obtuvo respuesta. Si albergaba la esperanza de salir de aquel lugar, después de haber visto al gigante montando guardia, la había perdido.

Hacía frío. Cogió la manta de la cama y se la puso alrededor de los hombros. Se sentó a la mesa y empezó a comer, meditando sobre su propio destino.

## 46

## Volver al inicio

Después de hablar con McSwiney, Antonio se convenció de que, para averiguar cómo encontrar a Charlotte, tendría que empezar desde el principio. ¿Cómo había surgido esa investigación? De la necesidad de descubrir adónde iba el Cojo. De ahí había llegado a Cornelia Zane y, poco a poco, había puesto al descubierto todo el asunto.

También habían comprobado que el lugar era frecuentado por hombres de poder. Y que ahora sospechaban que habían sido descubiertos. De hecho, el irlandés le había confesado que, tras la ceremonia inicial de afiliación, Teufel no lo había vuelto a convocar y ese hecho se le antojaba extraño. Y, por lo tanto, había sido apartado del círculo íntimo de potenciales adeptos.

Así que no sabía nada más de la logia. Se torturó pensando cómo intentar averiguar dónde estaba el pasadizo que conducía a las habitaciones secretas en las que los masones tramaban sus planes. Claro, se podría haber intentado entrar en el edificio vecino, pero ¿realmente era tan fácil? ¿Y con qué autoridad podrían haberlo hecho? Ya que eso también era un gran problema. McSwiney había guardado el salvoconducto en blanco firmado por el dux, pero usarlo para afirmar que se le permitía registrar un palacio privado no era más que pura fantasía. Podría ser suficiente para convencer a un enterrador mudo, pero no para saquear con impunidad el palacio de una de las cortesanas más prominentes de la ciudad, que realizaba a su antojo en su propiedad actividades regularmente autorizadas.

Así que, en parte por desesperación, en parte por íntima convicción, Antonio y Owen se encontraron siguiendo a los tres hombres... con los que empezó todo. O, mejor dicho, Antonio los había estado esperando, sin ser visto, en el Hospital de los Mendicantes. En cuanto llegaron, como ya había hecho en el pasado, se había encargado de seguirlos. Incluso había intentado acercarse a ellos..., sin levantar sospechas, por supuesto. Lo había hecho para captar algunas de las palabras que se decían por el camino. La noche era clara, el cielo tachonado de estrellas, a pesar del aire frío. Sin embargo, no había tenido suerte y no había conseguido descubrir nada útil. Pero el acuerdo con McSwiney era que el irlandés esperaría a aquellos hombres escondido en un hueco del soportal situado frente al palacio de Cornelia Zane, tratando de escucharlos mientras se acercaban a la entrada.

Los tres avanzaban por la calle Cavalli. El irlandés, oculto en su escondite, los observaba atentamente, aguzando el oído.

—Su Excelencia, supongo que se divertirá esta noche —decía el lisiado.

—Haré lo que pueda —respondió el hombre que estaba a su derecha. Era alto, ancho de hombros, iba provisto de una máscara blanca y una capa negra con un tricornio del mismo color. Era de complexión imponente. El tercer hombre permanecía en silencio. También él iba bien oculto tras una máscara. Tosió nerviosamente. Luego reprendió al tullido.

—Cuidad vuestro lenguaje —dijo—. Esta ciudad tiene oídos. —Y miró a su alrededor como si sospechara la presencia de alguien.

Aunque McSwiney se estremeció, siguió escuchando, esperando captar algo más, pero solo oyó los improperios del Cojo. Los tres esperaron a que les abrieran y, finalmente, tras decir la contraseña, entraron.

Pasaron unos instantes y Antonio llegó ante la puerta del edificio. McSwiney salió de su escondite y caminó con él hasta el final de la calle Cavalli. Cuando llegaron al cruce con Salizada San Luca se detuvieron. Disponían de algo de tiempo y tenían que decidir cómo proceder.

El irlandés informó inmediatamente a Antonio de lo que había oído.

—El Cojo se dirigió al más alto de sus compañeros con el título de excelencia.

—¿En serio? —preguntó Canaletto.

En respuesta McSwiney asintió. Luego añadió:

—No parecía estar bromeando, si eso es lo que pensabais preguntarme. Al contrario. Yo añadiría que el atuendo del hombre, tan lúgubre con su máscara blanca y la capa negra, me recordaba algo.

—¿El qué?

—Bueno, pues os lo diré. Era un verdadero hombrón, vestido de esa manera, con una forma de caminar que casi parecía desfilar... Me recordaba a un oficial o a un magistrado.

Los ojos de Antonio se abrieron de par en par. Entendió a dónde quería llegar McSwiney.

—¿Un *signore di notte al criminal*?

El irlandés sonrió.

—Justo lo que estaba pensando. Concordáis conmigo. ¿Por qué un salón en el que se juega y que fomenta la fornicación nunca ha tenido ningún problema? Por supuesto, son actividades permitidas y autorizadas, yo mismo lo sé. Pero ¿os parece normal que jamás haya habido un tropiezo de algún tipo? Difícil de que no suceda. Y, además, ¿por qué especie de milagro toda esa cuestión de la logia masónica no ha salido a la luz todavía?

—Porque ninguno de los implicados saldría ganando con la difusión de tal noticia, son los primeros en formar parte de la buena sociedad veneciana.

—Esto también es cierto. Pero si hasta el *signore di notte al criminal*, responsable del barrio de Castello, es un frecuentador del salón, la impunidad y la falta de interés por parte de los oficiales nocturnos estaría al menos garantizada, ¿no os parece?

Canaletto asintió. No pestañeaba.

—¿Y entonces?

—Vamos a ello. Esperemos a que salgan los tres amigos. O a que salga el hombre que nos interesa. Le seguiremos y veremos hacia dónde se dirige. Si mi hipótesis es correcta, nuestro hombre no puede permanecer allí por mucho tiempo, ya que pronto tendrá que volver a sus quehaceres o, mejor dicho, a los siervos de su distrito.

—Tenéis razón.

—Entonces volveré al soportal y esperaré a que salga.

—¿Y yo?

—Regresad a casa y esperad mi llegada.

—De acuerdo. Me quedaré despierto.

—Abridme a cualquier hora.

—Lo haré —dijo Canaletto.

—Hasta luego, entonces.

—Hasta luego, amigo mío, y sed prudente.

# 47

## Arrepentimiento

Chiara por fin pudo levantarse de la cama. Ya se sentía mucho mejor. Le quedarían cicatrices, como Isaac Liebermann le había dicho, pero se había curado. Hacía dos días que comía de buena gana... y estaba recuperando las fuerzas. La casa se había caldeado, gracias a la leña que habían traído por indicación del médico. Con el dinero que este le había dejado, Viola había comprado carne. Tenían comida para al menos un mes. Y se redescubrió cocinando con una alegría que nunca pensó que podría volver a sentir.

Habían invitado a una amiga de su hija, una niña huérfana que vivía en Castello. Viola no sabía mucho de ella, excepto que tenía una extraña pasión por las palomas, a las que decía que entrenaba. Tendría un aspecto muy agradable si hubiera podido lavarse el pelo y bañarse. Pero Viola sabía bien que tales fortunas eran lujos que no mucha gente podía permitirse en Venecia, especialmente si eran huérfanos, como la muchachita que tenía delante. Además, desde luego no sería ella quien le echara en cara sus desgracias solo porque, después de tanto sufrimiento, alguien se hubiera decidido a ayudarla.

Únicamente gracias a la ayuda de su benefactor podían tener ahora una mesa puesta, una habitación caliente, un vestido nuevo de lana. Se sentía como si estuviera flotando y pretendía compartir aquella buena suerte con alguien. Así que le hizo una propuesta a la amiga de su hija.

—Colombina —le dijo—. ¿Te gustaría que te lavara el pelo?

La niña la miró con los ojos muy abiertos. No sabía qué contestar.

—¿Eso es un sí? —preguntó Viola.

Y sin esperar más, la cogió de la mano. Había calentado el agua. Con la ayuda de Chiara, condujo a Colombina a la habitación que hacía las veces de cuarto de baño. Entre las varias cosas que Viola había podido comprar había un trozo de jabón de Alepo. Le mojó el pelo echándole agua caliente de una jarra por la cabeza. Humedeció el jabón de forma que una parte del agua se puso espumosa, con lo cual, poco a poco, masajeó el cabello de la niña. Continuó así durante un rato hasta que sintió que había hecho un buen trabajo. Con otra jarra de agua caliente enjuagó a fondo y le dio a Colombina un paño para que se frotara, luego la invitó a acercarse a la chimenea para que se secara.

Mientras tanto, Chiara cogió un peine de hueso y, con calma, comenzó a domar los nudos que se habían formado, dejando el pelo castaño de su amiga liso y brillante.

Colombina estaba extasiada. Permaneció en silencio, disfrutando de la atención que nunca nadie le había dispensado. Viola, mirándola, sonrió.

—Eres preciosa —dijo.

—Es verdad —añadió Chiara—. Nunca había visto un color tan intenso y brillante.

—Gracias —susurró Colombina en voz baja, como si temiera que el hechizo estuviera a punto de romperse.

Las dos niñas permanecieron junto al fuego, una dejando que su bien peinado cabello se secara, la otra mirando fijamente las lenguas rojas y ardientes de las llamas.

No sabían cuánto tiempo pasó, pero llamaron a la puerta y un instante después Isaac Liebermann apareció en el umbral. Sin siquiera pensarlo, Chiara fue hacia él y este la abrazó como podría haberlo hecho con su hija. Viola lo miró como si se tratara de un héroe de la Antigüedad. En bastantes aspectos, era mucho más. Al menos para ella.

Isaac comprobó inmediatamente el estado de Chiara.

—¿Cómo estás? Yo diría que mucho mejor, a juzgar por el hermoso color de tus mejillas —dijo, pellizcándole un moflete. La niña rio divertida.

—Te he traído un regalo —añadió, entregándole una hermosa capa de lana—. Pruébatela, por favor —le dijo.

A la niña no hubo que repetírselo dos veces y miró a su madre. Viola se acercó a ella, se la ciñó al cuerpo y la abrochó con el broche que Isaac le entregaba.

—Te queda preciosa —le confirmó.

—Es tan suave —dijo Chiara—. Y cálida.

—Si hubiera sabido que estabas aquí, te habría traído algo —dijo el doctor, mirando a la otra niña. Estaba junto a la chimenea, comprobando que su pelo brillante y recién lavado estuviera seco. Era una verdadera belleza, aunque vestía pobremente con algunos harapos que formaban una especie de vestido.

—¿Cómo te llamas? —le preguntó.

—Colombina.

—Venga, sentémonos a la mesa —dijo Viola.

En cuanto todos tomaron asiento, Isaac pidió lavarse las manos. Como si lo hubiera sabido desde el principio, Viola le trajo un pequeño cuenco, lo suficientemente grande para que hiciera lo que le había pedido.

Le sirvió agua. Antes de lavar sus pecados, Isaac recitó su bendición en voz baja. Las tres mujeres casi instintivamente cerraron los ojos, esperando a que terminara. No profesaban la religión judía, pero eso no significaba que no comprendieran el significado de su momento de acción de gracias.

Cuando terminó, Viola sirvió una sopa de alubias en los platos. Era espesa y olía fuerte y apetecible. Isaac bebió un poco de agua.

—He conocido al mejor pintor de Venecia —dijo Isaac, seguro de impresionar a quienes lo escuchaban y también porque estaba realmente emocionado de que ese hecho hubiera sucedido, independientemente de las circunstancias que lo habían provocado.

—¿Y quién es? —preguntó Chiara con auténtica sorpresa.

—Antonio Canal, alias Canaletto —respondió Isaac, inclinando la cabeza ligeramente hacia delante mientras se le balanceaban un poco los caireles.

Al oír ese nombre, Colombina se estremeció. Recordó en un instante lo que había hecho. No tanto a él, sino a la mujer que sabía que él amaba. Y la idea de que ese nombre fuera mencionado en casa de su amiga Chiara, después de que su madre hubiera sido tan amable con ella, hizo que su corazón se entristeciera aún más.

Viola se dio cuenta.

—¿Ocurre algo, Colombina? —le preguntó.

Ella sacudió la cabeza en señal de negación, pero al hacerlo sintió por dentro una quemazón. Tenía la sensación de que todos sabían lo que había cometido y estaban a punto de acusarla. Y cuanto más pensaba en ello, más aumentaba su odio hacia sí misma.

—Es un hombre extraordinario —continuó Isaac Liebermann—. No solo es un pintor de formidable talento. También tiene valores y principios, y tal cuidado, en tiempos miserables como estos, es realmente raro. Por no mencionar que tenemos una querida amiga en común.

—¿Y quién es ella? —preguntó Viola con un deje de curiosidad.

—La hija del mariscal de campo, el conde Johann Matthias von der Schulenburg, el héroe de la guerra de Corfú.

—¡Ah, una noble! —replicó Viola; y Colombina percibió un rastro amargo en su voz.

—Sí, y sin embargo quiso abrir un horno para trabajar el vidrio. En Murano. Desearía haber podido salvar a su maestro, pero... no había nada que pudiera hacer. La viruela se lo llevó.

Esa última declaración fue el golpe final. Mientras Viola intentaba tranquilizar a Isaac, señalándole que no podía sentirse responsable de todo lo que estaba ocurriendo y que no dependía de él, Colombina habló desmedida. Le salió la voz con independencia de su voluntad.

—La conozco —dijo.

—¿Qué? —preguntó Chiara. Isaac y Viola también la miraron intrigados.

—Conozco a esa mujer —repitió la muchacha.

—Ah —fue todo lo que dijo el doctor.

—La han secuestrado.

Isaac dejó caer la cuchara en el cuenco, boquiabierto. Pero se repuso casi de inmediato.

—¿Cómo lo sabes? —le preguntó.

Colombina rompió a llorar.

—No quería —dijo entre sollozos—. No quería hacerlo. No fue culpa mía.

Al verla tan desconsolada, Chiara la abrazó.

—No llores —le dijo—. Y cuéntanoslo todo, ya verás como encontramos una solución.

Colombina no pudo responder, al menos no inmediatamente. Lloraba porque sentía que hacerlo era bueno para ella, y su corazón, pesado a causa de la culpa, se sentía más aligerado con cada lágrima que caía. Finalmente, cuando hubo terminado, miró a Chiara, luego a Viola y finalmente a Isaac. Y relató lo que había hecho.

—Fui obligada por un hombre, que más parecía un demonio, a seguir a esa mujer y a averiguar quién era y dónde trabajaba —dijo con un hilo de voz—. Comprobé su cercanía con Antonio Canal. Encontré su horno en Murano. Finalmente me golpearon hasta que confesé mis hallazgos, aunque sabía que si lo hacía la condenaría. Pero ese hombre, Teufel, no paró hasta que se lo conté todo. Tiene el pelo negro y largo y, como os he dicho, es parecido a un demonio. No sé de dónde viene, pero hace sangrar todo lo que toca —continuó la muchacha—. Pero no me di por vencida. Le vi montado en un barco con esa mujer en brazos. Iba al cementerio de Venecia, el osario de San Ariano. —Luego se calló.

—Colombina —dijo Isaac, poniéndose en pie y cogiendo el gran sombrero de fieltro—. Ven. Debemos ir a la casa del señor Canal. Le contarás lo que nos has dicho a nosotros. Tal vez de este modo aún podamos salvar a esa mujer.

# 48

## Buscando una solución

Las peripecias nocturnas de McSwiney habían dado sus frutos. El *signore di notte al criminal* de Castello era un frecuentador regular en el salón de Cornelia Zane. No mucho después de que él y su amigo irlandés se hubieran separado, el magistrado del Colegio Nocturno había reaparecido en la puerta del edificio para luego adentrarse en la noche. Se había encontrado con sus hombres en la plaza de San Juan y San Pablo y desde allí, precedido por dos guardias, se había dirigido a un burdel de la más baja estofa, ubicado en una de las calles cercanas al Arsenal.

Allí había entrado McSwiney, haciéndose pasar por uno de los clientes de la taberna. Del piso superior le llegaban los gritos de una prostituta. Se fijó en que esta última había sido desfigurada por un marinero borracho y que el *signore di notte al criminal* lo había arrojado escalera abajo, pateándolo. No solo había impuesto una multa para resarcir a la mujer y a su protector, sino que también se aseguró de que el bastardo fuera encadenado y escoltado hasta las mazmorras del Palacio Ducal.

En fin, poco había que decir sobre el proceder de aquel hombre, pero también estaba completamente claro que él, bien pertrechado en su papel, protegía a Cornelia Zane y a su malvado *cicisbeo* simplemente no haciendo nada y, por otra parte, beneficiándose de las actividades de ocio que ese lugar ofrecía.

Pero ¿cómo entrar en el salón de esa mujer, esperando que el magistrado competente descubriera el lugar donde se alojaba la logia? Con toda seguridad no iba a hacerlo un *signore di notte* metido en el ajo. Y todo apuntaba a que ese hombre, intrigante, estaba implicado, y de qué modo.

Antonio insistía en actuar.

—Estoy más que convencido de que Charlotte está secuestrada allí, tal vez en alguna habitación secreta del edificio donde se encuentra el salón de ceremonias masónicas —dijo, con la voz quebrada por la emoción.

—Probablemente, amigo mío. Pero ¿cómo podemos hacerlo?

—Hablaré con el dux.

—¿Con qué propósito?

—Le pediré que se asegure de que el *signore di notte* sea interrogado por su propio superior o el inquisidor del Estado.

—Pero ¿en base a qué?

—A nuestro testimonio.

—¿Y eso será suficiente? —preguntó McSwiney, incrédulo.

—Tendrá que serlo.

—Pero ¿os dais cuenta de lo que estáis diciendo?

—Perfectamente.

—Y ahora os pregunto: ¿creéis realmente que un alto magistrado como un *signore di notte al criminal* puede ver cuestionadas sus actuaciones a petición de un pintor y de un exiliado irlandés?

Antonio negó con la cabeza. Lo que McSwiney decía tenía perfecto sentido. Pero entonces ¿cómo hacerlo? ¿Había otra manera? Ciertamente no la vislumbraba, mientras que ahora estaba seguro de que Charlotte se hallaba en peligro extremo. El problema era que no tenían pruebas. O, mejor dicho, podrían argumentar con razón que todas las víctimas habían sido marcadas con el símbolo de la diosa egipcia, pero ¿cómo mostrárselo al dux? La única solución era forzar al magistrado a hablar. Pero ¿cómo? Amenazándolo con desatar un escándalo. Sin embargo, aun así se daba cuenta de que no disponían de tiempo para pensar en términos de sutilezas y detalles.

Conseguir que el magistrado hablara era definitivamente la fórmula más difícil. No podían proceder de esa manera. Tenía que convencer al dux, que primero le había encargado a él investigar, que ordenara una investigación a través de un poder judicial diferente, tal vez del inquisidor rojo.

—Debemos contarle a Su Serenidad lo que hemos descubierto.

—Sí, pero ¿el qué?

—Las marcas grabadas en la carne, los cadáveres, la habitación utilizada como templo, la frecuentación de ese lugar por parte del *signore di notte*, vuestra iniciación…, todo.

—Él nunca lo creerá.

—Puede ser. Pero al menos se asegurará de que uno de sus magistrados, responsable del orden público, controle de arriba abajo un lugar que dos de sus respetables ciudadanos saben que es la sede de una logia masónica.

—Sin embargo, aunque lo haga…, ¿qué nos asegura que encontraremos a la hija del mariscal Von der Schulenburg?

Cuando McSwiney hizo esa pregunta algo sucedió. Se escuchó un alboroto fuera de la habitación, hasta que se abrió la puerta.

—Necesito hablar con el señor Canal —dijo Isaac Liebermann en dirección al sirviente, entrando al pasillo, de la mano de una hermosa muchacha de catorce o quince años mal vestida.

Antonio y Owen quedaron asombrados al ver aparecer al médico de aquella manera, pero, como si hubieran interpretado perfectamente su consternación, este dijo:

—Se trata de una cuestión extremadamente urgente.

Por eso, sin añadir palabra, Canaletto despidió a Alvise y le indicó a Liebermann que se sentara y le contara lo que sabía.

El médico fue al grano.

—La chica que me acompaña se llama Colombina. Es amiga

de una muchacha que estuvo enferma y ya se recuperó y de la que he hecho seguimiento durante las últimas semanas. Ella sabe dónde está Charlotte von der Schulenburg.

Al escuchar esas palabras Antonio se puso de pie de un salto.

—¿Dónde? —preguntó impaciente.

—En el cementerio de Venecia, en el osario de San Ariano —respondió Colombina.

—Pero... —Canaletto vaciló, como si tuviera miedo de decir lo que pensaba.

—Cuando ella la vio —dijo Isaac Liebermann— estaba viva.

—¿Cuándo? —le presionó Antonio.

—Hace dos noches —respondió la muchacha.

—¡Démonos prisa! —exclamó Owen McSwiney—. No hay tiempo que perder. —Luego añadió—: ¿Quién la llevó allí?

—Un hombre que parece el mismísimo demonio: Teufel.

—¡Olaf Teufel! —gritó Antonio, como maldiciendo ese nombre.

—Sí.

—No creo que esté solo —añadió la chiquilla.

—Está bien —respondió Canaletto, cubriéndose los hombros con una capa—. Haremos lo siguiente: vendréis conmigo donde el dux y le diremos lo que sabemos. Solicitaré estar acompañado por un puñado de soldados. Así sorprenderemos a Teufel y a sus secuaces, no importa cuántos sean.

# 49

## Convenciendo al dux

—No podemos esperar más, Su Serenidad. Cada momento que pasa acerca a Charlotte von der Schulenburg a la muerte.

—No es mi intención dudar de lo que decís, solo me gustaría entender lo que queréis. Entiendo que ese Teufel es el cabecilla de una logia que pretende alterar el equilibrio en Venecia trayendo el caos. Y, a decir verdad, lo ha conseguido perfectamente. Pero no he comprendido por qué queréis que os acompañen los soldados y no el capitán grando —dijo Alvise Sebastiano Mocenigo.

—Porque el *signore di notte al criminal* del barrio de Castello está involucrado en esta trama, ya que es un visitante frecuente del salón de Cornelia Zane. Y si esto es así, y podemos atestiguarlo tanto yo como el señor McSwiney aquí presentes, entonces el capitán grando es como mínimo culpable de negligencia por no ordenar la destitución. O, peor aún, culpable de connivencia.

—Esas son palabras graves, señor Canal.

—Sin embargo, fue él mismo quien abordó el asesinato del joven Shimon Luzzatto como si se tratara de la ejecución de un asesino, cuando el pobre chico no era más que otra víctima. El señor Isaac Liebermann, médico de la Universidad de Padua, que está aquí conmigo, puede confirmarlo —prosiguió Canaletto, presentando a su compañero.

—Ah —dijo Su Serenidad—. El hombre que afirmó haber visto a su asesino. ¿Y bien? —preguntó, mirando fijamente a Liebermann.

—Su Serenidad, confirmo cada palabra del señor Canal.

—Mi señor —continuó Antonio—. No hay un momento que perder.

—Bien, confiaré en vos. ¡Capitán! —tronó Alvise Sebastiano Mocenigo.

Unos instantes después, el capitán de la guardia llegó a las dependencias del dux.

—Capitán —dijo este último—. Avisad inmediatamente al señor Marco Sagredo, para que pueda estar en la laguna de San Marcos en menos de una hora. Que reúna a sus hombres. Deben acompañar al señor Canal y a sus amigos al cementerio de Venecia.

—¿Al osario de San Ariano?

—Exactamente.

—Procederé —dijo el capitán, a punto de eclipsarse.

—No será necesario —dijo una voz. Un instante después, el conde mariscal de campo Johann Matthias von der Schulenburg hizo su entrada en los aposentos del dux.

—¡Ah! —exclamó el dux—. Esto sí que es una sorpresa.

Canaletto se quedó de piedra. Había esperado hasta el final que el viejo héroe de Corfú no se alarmara.

—Su Serenidad, mi hija ha desaparecido y aquí estoy.

—Me parece justo —dijo el dux.

—En cuanto a vos, señor Canal —observó el mariscal de campo—, creo que me debéis una explicación.

—Excelencia… —balbuceó Antonio.

—Ahora no —lo interrumpió el héroe de Corfú—. Ya habrá tiempo, pero ahora no. Ah, se me olvidaba, tengo doce mosqueteros esperándome en la dársena de San Marcos.

—Bien —dijo el dux—. Habéis pensado en todo.

—Así es —respondió el mariscal de campo con un deje de satisfacción.

Luego añadió, mirando a McSwiney, a Liebermann y a la niña:

—¿Y vosotros?

—Acompañaremos al señor Canal —dijo el irlandés sin vacilar.

—Pero si Colombina... —empezó a objetar Antonio.

—Tengo intención de ir —lo interrumpió ella—. Quiero ayudaros después de lo que he hecho.

Isaac Liebermann asintió. También Canaletto, que añadió:

—Eso te honra.

—¡Bien! —concluyó el dux—. Entonces, si no hay nada más, caballeros, solo me queda daros mi bendición. Ah, señor Canal...

—¿Su Serenidad?

—¿Todavía conserváis el documento que os di?

Antonio lo sacó del bolsillo de su frac.

—Muy bien. Eso justificará todas vuestras acciones. Debo añadir, además, que lo que haga el comisario siempre lo daré por bueno para mí. Y para Venecia, por supuesto.

—Entonces, señores, vámonos —dijo el mariscal de campo—. Debemos salvar la vida de mi hija.


Unos momentos después, mientras la escuadra se dirigía hacia la dársena de San Marcos para abordar los barcos amarrados allí, el mariscal Von der Schulenburg se acercó a Canaletto agarrándolo del brazo. Le dijo con los dientes apretados:

—Fui yo quien involuntariamente alenté vuestro encuentro con Charlotte. Pero, por Dios, nunca pensé que llevaríais a mi hija al abismo. Sabía que estabais a cargo de una investigación, pero en el momento en que decidisteis enamoraros de ella, deberíais habérmelo dicho.

Antonio no supo qué responder. El mariscal de campo tenía razón, por supuesto.

—Os pido perdón —fue todo lo que se le ocurrió.

—No sé si será suficiente —gruñó el viejo soldado—. Pero ya es algo.

—Daría cualquier cosa por salvarla.

—Entonces, empezad dando vuestros propios brazos. Hay que remar sin descanso para llegar a San Ariano lo antes posible.

—Lo haré.

—Y yo os mantendré vigilado, podéis contar con ello.

—De acuerdo.

El mariscal de campo suspiró. A pesar de la oscuridad, las linternas colocadas cerca de la dársena de San Marcos arrojaban una tenue luz sobre su rostro y Antonio leyó en él toda la preocupación de un padre por su hija.

—Es culpa mía —dijo entonces Johann Matthias von der Schulenburg—. Debería haberme interesado más por ella. Estar más presente. En cambio, de joven estaba demasiado ocupado luchando y ahora me había prometido a mí mismo respetar su libertad, entre otras cosas porque ¿con qué derecho podría esperar que Charlotte me contara los secretos de su vida? Y este es el resultado.

Antonio guardó silencio. Temía que cualquier palabra que pronunciara resultara fuera de lugar.

—¡Capitán! —exclamó el héroe de Corfú.

—¡Mi señor! —le respondieron; y de la oscuridad apareció un oficial de los mosqueteros.

—Debemos navegar a la velocidad del viento hacia la isla de San Ariano —ordenó Von der Schulenburg.

El capitán miró con cierta sorpresa a la comitiva que seguía al mariscal de campo.

—Vienen conmigo —dijo este, en un tono que no admitía réplica.

—A sus órdenes.

Un instante después, Antonio, el mariscal de campo, McSwiney, Liebermann y Colombina subían a los botes amarrados.

Les esperaba una travesía nocturna, en un intento desesperado por rescatar a Charlotte von der Schulenburg.

# 50

## Sejmet

Aquel hombre, por monstruoso que fuera, la trató con toda consideración. Por supuesto, la escarcha penetraba en sus huesos y el lugar en el que se encontraba le producía escalofríos. Cuando salió el sol, una tenue luz se había filtrado a través de los barrotes, como si fuera un haz de luna, pero Charlotte había saludado el amanecer y la mañana como una bendición. No había cerrado los ojos en toda la noche. Tampoco lo había hecho la anterior.

Sin embargo, aquel soldado extranjero, pues seguramente debía de ser eslavo o húngaro, a juzgar por su forma de hablar, se había presentado tres veces los dos días para llevarle la comida y preguntarle qué necesitaba. No tenía ni idea de dónde estaba confinada, pero podía notar el olor acre y salado de la laguna. La celda parecía estar excavada en algún bastión abandonado. Casi con toda seguridad debía de estar en una isla.

Suspiró. El día había pasado demasiado rápido y ahora estaba sumida de nuevo en la oscuridad. Seguramente, aunque quisiera, no podría dormir.

Bebió un sorbo de sopa. Probó el pan. No tenía hambre, pero debía comer e intentar conservar las fuerzas. Esperaba que alguien viniera a liberarla. Su padre, tal vez. O Antonio. Al fin y al cabo, era casi seguro que él tenía la culpa de que ella estuviera allí. Por supuesto, no era lo que él quería. En absoluto. Recordaba haber aceptado ese riesgo. Ella no se había echado atrás, a pesar de no saber exactamente a qué amenaza se enfrentaba. Y no había olvidado lo que se habían dicho el uno al otro en el café y, lo que es más: lo que se habían prometido la noche en que se habían entregado a la pasión. Confiaba en que él sería capaz de encontrarla. Pero tal vez las suyas eran solo las fantasías de una mujer perdidamente enamorada que aún no se había rendido y que tenía una innata confianza en aquel hombre pequeño pero tenaz que parecía haber elegido una tarea que le excedía.

Por otra parte, fue precisamente eso lo que la enamoró de Antonio. Canaletto quería plasmar Venecia en su lienzo y hacerla brillar con luz propia ante los ojos de quienes se quedaban boquiabiertos al contemplar sus cuadros.

Y ahora intentaba llegar al fondo de unos terribles actos de sangre, de una conspiración que no parecía importarle a nadie. Y, con toda probabilidad, ella misma había acabado directamente en la sangrienta red de los conspiradores. Los habían estado vigilando. Y estaban seguros de deshacerse de él haciéndole daño a ella. ¿Qué otra explicación podría haber?

No dudaría, se dijo a sí misma. Pasara lo que pasara, miraría al destino a la cara y lo desafiaría. Con orgullo. Como su padre había hecho tantas veces. Quizá llevara en las venas unas gotas de la sangre fría del mariscal porque, a pesar de que todo, o casi todo, estaba en su contra, no se sentía débil y derrotada. Tenía la voluntad de luchar hasta el final. Mermada de energía pero segura.


—¡Más rápido, maldita sea! —gritó Antonio.

A pesar de que los soldados remaban duro y ciertamente no escatimaban energías, sentía que estaban tardando demasiado. No quedaba tiempo, por no mencionar que las miradas del mariscal de campo, extremadamente tensas, no lo ayudaban. No podía reprocharle nada. A pesar del arrebato que se había permitido al llegar a las barcas en el muelle, no le había dirigido una palabra de reproche desde que se habían marchado, y eso que estaba sufriendo. Como no podía ser de otra manera. ¿Qué pretendía? ¿Que después de lo que había pasado se lo viera como totalmente inocente por la desaparición de Charlotte? Eso estaba fuera de discusión. Y, a pesar de lo que pudiera pensar el mariscal de campo, él era el primero en acusarse a sí mismo. Pero de poco habría servido regodearse en el remordimiento y la culpa; tenía que remar y acortar la distancia que los separaba de San Ariano. Una vez allí, Antonio no tenía ni idea de lo que los esperaba. Confiaba en que la isla estuviera casi desierta, tal y como Owen McSwiney la había encontrado unos días antes.

Miró la laguna, negra a causa de la noche. Se extendía a su alrededor, interminable y oscuramente amenazadora. Las aguas estaban en calma. Los remos, una vez alzados, giraban y caían a un ritmo trepidante. Antonio sentía los músculos tensos, inflamados por el esfuerzo, su respiración casi entrecortada por el miedo y la incertidumbre, que intentaba hacer retroceder con cada golpe de remo.

Las linternas de las dos sofisticadas *sampierotas* destellaban como ojos demoniacos sobre la líquida extensión negra.

Avanzaban.

—Atención —dijo el mariscal de campo—. Estamos en las proximidades de Torcello. En cuanto pasemos la isla, apagaremos las luces.

—¿Y cómo lo haremos sin ellas? —preguntó uno de los mosqueteros.

—La luna nos guiará.

El soldado ahogó una blasfemia.

Antonio pensó en cambio que era una excelente idea. De lo contrario, habrían anunciado su llegada desde una distancia lo suficientemente grande como para permitir a los carceleros organizarse.

—No temáis —añadió McSwiney—. El muelle del cementerio se distingue bien. Faroles colgados de largas cruces negras salpican todo su perímetro y serán visibles en breve. Intentemos hacer el menor ruido posible al acercarnos.

Y entonces todos callaron. Las linternas se apagaron. Lo único que se oía era el lento chapoteo de los remos en el agua negra de la laguna, como lo exigía la escaramuza. Las dos *sampierotas* avanzaban como monstruosas criaturas anfibias: silenciosas, traicioneras, portadoras de muerte. Enseguida, Antonio, el mariscal de campo, McSwiney y todos los demás vieron las luces de las que el irlandés había hablado. Brillaban a lo lejos, como si anunciaran la caverna del infierno.

Canaletto inspiró profundamente. Pronto él y sus compañeros desembarcarían. Lo que pudieran hallar era desconocido, pero no sería ciertamente nada bueno. Lo único que le importaba era Charlotte, pero todo sugería que más de una persona estaba preparada para atacarlos o incluso para hacerles pasar una mala noche si se disponían a desbaratar sus planes.

Fuera lo que fuese que encontraran, se sentía preparado. Y no porque tuviera algo que probar a Johann Matthias von der Schulenburg, sino porque amaba a su hija desde el primer momento en que la había visto y día tras día ese sentimiento había crecido, volviéndose más intenso, casi insoportable. Recordaba cuánto había sufrido cuando ella lo había despedido para dedicarse a un trabajo que tenía que entregar, después de mostrarle su lente, la cámara óptica y el catalejo con el que había divisado entonces al espía que lo había estado vigilando.

Estaba sorprendido, porque no esperaba sufrir tanto, y esa melancolía causada por su ausencia se había profundizado más y más, hasta el siguiente encuentro. Y entonces, cada vez que habían hablado, él percibía claramente que ella parecía comprenderlo y conocerlo. La admiraba. No era solo su ingenio o la belleza lo que lo hechizaba, sino algo mucho más profundo y misterioso que lo protegía cada día y le hacía desear tenerla a su lado. Y por esa misma razón no se perdonaba lo que había sucedido.

Pero ahora, tenía la oportunidad de enmendar sus errores. Y lo haría. Incluso a riesgo de su propia vida.

# 51

## Entre máscaras y huesos

No podía ver. O, mejor dicho, algo en sus ojos iba mal, las figuras frente a ella estaban alteradas, confusas, casi temblorosas, no eran de carne y hueso. Incluso parecía perderlas de vista. Sentía que alguien la desnudaba, pero no tenía fuerzas para oponerse. Unas manos la agarraron y la obligaron a ponerse un vestido que no había visto antes y que ni siquiera sabía de dónde había salido.

Se sintió como si estuviera viviendo una pesadilla. Ninguna de las personas tenía rostro humano. Todos llevaban una máscara negra. Tal vez la estaban llevando a un carnaval desquiciado del que ella formaría parte lo quisiera o no. No podía permanecer de pie. Dos hombres anchos de espaldas la sostenían.

Seguía en la celda. Las antorchas esparcían su luz sanguinolenta alrededor. Alguien hablaba en un idioma que ella desconocía. Lo que notó fue que quien la estaba preparando iba vestido de negro. Le ataron las manos a la espalda. Las cuerdas se le clavaban en la carne, apretadas hasta el punto de que temió que le rompieran las muñecas.

Finalmente salieron al exterior. Lo primero que notó Charlotte fue la helada nocturna. Tenía frío. Pero la arrastraron sin preocuparse de su estado. Sintió toda su impotencia, como si ya no tuviera voluntad y no fuera más que una muñeca de trapo en manos de un niño caprichoso.

Lo que vio fuera de la celda la asustó aún más. Lámparas de aceite brillaban en la oscuridad y frente a ella se alzaban lo que parecían altísimas columnas de huesos, pirámides de cráneos humanos, paredes de tibias de color marfil. ¿Eran reales? ¿O estaba viviendo un sueño enfermizo? Intentó gritar, pero no le salía la voz. ¿Se había quedado muda? Los rostros, cubiertos de negro, bailaban ante ella en una especie de danza infernal. Vio sonrisas blancas y crueles en aquellos rostros enmascarados, percibió una solemnidad arcana, como si alguien se dispusiera a realizar algún oscuro rito.

Más allá de las montañas de huesos, tuvo la sensación de que se abría una extensión de cruces negras y le pareció que había llegado al mayor cementerio que el hombre hubiera concebido jamás. Si tenía que morir, al menos su cuerpo encontraría un entierro fácil, pensó.

Finalmente, creyó estar contemplando a una mujer con cara de leona. Era monstruosa y hermosa a la vez. Sintió, al mismo tiempo, miedo y una atracción irresistible. Retrocedió, debido a lo que sentía y a la percepción alterada de su entorno. Alguien, en un rincón del espacio abierto al que la habían conducido, murmuraba una especie de letanía en un idioma desconocido. A medida que las palabras se sucedían, el efecto alienante parecía hacerse más intenso.

Se dio cuenta de que llevaba una túnica blanca. Frente a ella, al menos una veintena de hombres con túnicas negras y extraños delantales blancos. A su lado, lo que parecía ser una especie de sacerdote o ministro de culto seguía recitando su propia retahíla. Iba vestido de la misma manera que los que se hallaban delante, pero tenía el pelo largo y negro y llevaba anillos de oro en las orejas. De un modo u otro, Charlotte reconoció al hombre que la había capturado y conducido hasta allí.

La mujer con cara de leona guardaba silencio. El hecho de que estuviera casi inmóvil la hacía inhumana a sus ojos. Finalmente levantó los brazos hacia el cielo estrellado, como si invocara el nombre de Dios, fuera cual fuese.

El hombre que recitaba las oraciones en la lengua desconocida se acercó a la mujer poniéndose de rodillas, adorándola.

Fue entonces cuando Charlotte lo vio avanzar. Era tan alto como un roble. Su imponente silueta parecía perder consistencia como la de un caballero en la lejanía en medio del resplandor de agosto. Sin embargo, ella sintió su proximidad letal y el miedo se convirtió en terror cuando lo vio desenvainar una gran espada reluciente. Se dio cuenta de que ella era la víctima prevista cuando el que la sujetaba por los hombros la tiró al suelo y luego, levantándola por el pelo, le empujó la cabeza contra una especie de tronco de madera, escupiendo en sus mejillas todo su odio y pronunciando palabras llenas de ira y crueldad.

Charlotte notó cómo la madera le golpeaba la cara y la sangre le llenaba la boca.

Vio la gran espada de hoja curva. A la luz roja de las antorchas que salpicaban el cementerio a su alrededor, entrevió su propio rostro reflejado en el acero.

Cerró los ojos.

Y se preparó para morir.

# 52

## Acción

Llegaron al embarcadero. Saltaron sobre los tablones de madera, asegurando las dos *sampierotas* al bolardo.

—No hay tiempo que perder —murmuró Antonio.

—Tomad —dijo el mariscal de campo en voz baja, entregándole una pistola con culata de nácar—. Está cargada y la pólvora está seca. Solo tenéis que apuntar y disparar.

Canaletto no se esperaba un gesto semejante. Pero el héroe de Corfú tenía razón. Así que tomó el arma en la mano. En el cinto llevaba una espada. Esperaba no tener que usar ni la una ni la otra.

McSwiney se le unió en el muelle y también Isaac Liebermann y Colombina.

—Ánimo —prosiguió el mariscal de campo—. Seguidme.

Antonio se sorprendió una vez más al ver con qué audacia el viejo general dirigía el grupo. Se mantuvo tras él mientras sus amigos lo seguían y lo mismo hacían los mosqueteros.

Llegaron hasta el muro fronterizo sin que nadie los molestara. Lo siguieron a lo largo del perímetro. Al mariscal de campo le pareció extraño que no hubiera guardias y, sin embargo, por más que procedían cautelosos y atentos, parecía que nadie los esperaba. Finalmente llegaron al tabernáculo que interrumpía el muro fronterizo y que constituía la puerta del cementerio por la que una vez había entrado McSwiney. Fue a él a quien Johann Matthias von der Schulenburg le hizo señas. Y el irlandés no dudó en acercarse.

—Mariscal de campo, os escucho —dijo.

—Amigo mío, os pregunto: ¿tenéis idea de cuántos hombres están vigilando el cementerio?

—Que yo sepa, solo un sepulturero mudo, llamado Uniojo porque es tuerto.

—De todos modos, no podemos excluir que quien haya secuestrado a mi hija disponga de guardias.

—Evidentemente —convino el irlandés.

—Pero si realmente me preocupara la llegada de intrusos —se dijo el mariscal, como si razonara en voz alta—, entonces ya habría apostado a los guardias en el muelle. Resulta obvio que, por una razón u otra, los secuestradores están seguros de que nadie sospecha de su presencia en el cementerio de San Ariano, así que sigamos avanzando, pero con precaución. —Dicho esto, hizo una seña con la mano y un par de mosqueteros llegaron a su lado.

—Abrid la puerta y sed nuestra vanguardia.

Los soldados obedecieron. Se pusieron a trabajar en la cerradura. Estuvieron un buen rato, pero finalmente se oyó un clic metálico. La puerta del tabernáculo se abrió y el pelotón entró en la pequeña capilla.

Dentro, racimos de velas, un pequeño altar y bancos de madera. El mariscal de campo, Canaletto y todos los demás cruzaron la nave. La puerta que daba al cementerio estaba abierta. Los dos mosqueteros llamados a formar la vanguardia salieron primero. Los demás los siguieron.

Antorchas y braseros iluminaban la escena. Antonio vio paredes de cráneos y huesos, una interminable extensión de muerte que parecía alzarse en presencia de quienes penetraban en el lugar. Los montones eran tan altos que semejaban montañas. La Serenísima había acumulado allí durante siglos los restos de sus hijos y aquellos montones de color marfil parecían querer recordar a los mortales que aquello era lo más parecido a la puerta del infierno que la humanidad había concebido jamás. Sobre aquellas pirámides de huesos, las luces rojizas de las hogueras reverberaban sus sombras espeluznantes, lenguas que se agitaban sobre la superficie lisa de cráneos y tibias.

¿Cómo iban a encontrar el lugar donde estaba Charlotte?

Pero hete aquí que una voz, procedente de la oscuridad frente a ellos, pareció sugerir una solución a aquel misterio.

—Por aquí —dijo.

Era uno de los dos mosqueteros que se habían adelantado y que debía de haber descubierto algo que se les había pasado por alto. Siguiendo su sugerencia, giraron hacia la derecha. Y a medida que avanzaban se percataron de una especie de letanía pronunciada por una voz ronca en un idioma desconocido, que se mecía en el aire negro de la noche.

Siguieron aquella especie de invocación. Mientras avanzaban, Antonio se dio cuenta de que la interminable extensión de huesos conducía finalmente a un cementerio: tumbas con cruces negras, jalonadas por escasos fuegos, iluminaban el espacio circundante y así el cementerio continuaba hasta un claro. Allí mismo, contempló lo nunca visto.

A la luz de antorchas incrustadas en la tierra, un grupo de hombres vestidos de negro asistían a lo que, con toda probabilidad, era la celebración de un ritual. Parecían embelesados con lo que tenían delante y, por tanto, hacían oídos sordos al ruido que, aunque fuera de ligero arrastre, debía de hacer la patrulla de Antonio y el mariscal de campo. Pero cuando se acercaron por detrás de ellos, incluso Canaletto se dio cuenta de que lo que estaba sucediendo debía de ejercer una fascinación tan perversa que los dejaba indiferentes a todo lo que no fuera lo que estaban presenciando.

Frente a ellos, un hombre recitaba la letanía. Tenía el pelo largo y negro, y lucía pendientes de oro. Una máscara le cubría el rostro. Por lo demás iba completamente vestido con ropas oscuras y un delantal blanco rodeaba su cintura. Sin duda era Olaf Teufel. Vestía exactamente como Owen McSwiney lo había descrito tiempo atrás, cuando había asistido a la ceremonia de afiliación a la logia.

Detrás de él, una mujer con cara de leona estaba encaramada en una tarima de madera. Era de belleza escultural y vestía de manera exótica con los pechos apenas cubiertos y una túnica hasta los pies, con las manos alzadas al cielo. Era la encarnación exacta de la diosa Sejmet, al menos como Antonio la había visto en el libro que Joseph Smith le había mostrado.

En el centro de la escena, sin embargo, con las manos atadas a la espalda, había otra mujer. Cuando levantó la cabeza, Antonio vio que era Charlotte.

Un hombre con capa y tricornio negro avanzaba hacia ella, empuñando una espada.

Por alguna razón que Antonio no lograba explicarse, Charlotte parecía incapaz de moverse. Un instante después, Canaletto apuntó con su pistola. Disparó.

# 53

## Corazones y pistolas

El disparo sonó como un rugido en el silencio solo roto por la voz de Olaf Teufel. La bala cortó el aire. Tardó una eternidad en alcanzar su objetivo. O al menos esa sensación tuvo Antonio. Finalmente se alojó en el hombro del hombre vestido de negro. Este lanzó un grito desesperado, empujado hacia atrás por el impacto de la bola de plomo. Dejó caer la reluciente espada, llevándose una mano a su húmero destrozado. Vaciló, mirando a su alrededor como si de repente ya no supiera qué hacer.

Por un momento, la escena pareció congelarse, como si los actores de aquella obra infernal se hubieran sorprendido y conmocionado por lo que acababan de ver.

Con gran presencia de ánimo, Johann Matthias von der Schulenburg tronó sus órdenes:

—¡Alto! En nombre de Su Serenidad el dux de Venecia, ¡os declaro bajo arresto! —Pero aquellas palabras, lejos de intimidar a los presentes, parecieron más bien desencadenar esa especie de malestar que los había sumido a todos ellos en una quietud irreal. Los adeptos de la logia pusieron en posición sus espadas y pistolas y se lanzaron contra el héroe de Corfú y sus hombres.

Sin embargo, los mosqueteros no habían perdido el tiempo: dispuestos en doble fila, con las armas desenfundadas, dispararon. No con intención de matar, sino para detener a aquellos diablos negros que tenían delante.

Una nube clara se elevó sobre los mosquetes mientras destellos sangrientos estallaban desde los largos cañones. La primera descarga abatió a cinco de aquellas negras figuras. La segunda, en rápida sucesión, dejó a otros tantos tendidos en el suelo.

En la parafernalia que vino a continuación, Antonio, haciendo acopio de todo su valor, intentó cruzar el espacio que lo separaba de Charlotte. No tenía ni idea de cómo iba a defenderla, ya que su pistola estaba descargada y apenas era capaz de sostener una espada.

Detrás de él, Owen McSwiney corrió a cubrirle las espaldas. Por suerte para Antonio, los masones estaban demasiado ocupados evitando ser despedazados como para observar sus movimientos. Llegó en unos instantes a donde se encontraba Charlotte. Estaba arrodillada sobre la fría tierra del cementerio, indefensa, abandonada a su suerte, su cuerpo sacudido por escalofríos. Antonio se quitó la capa y se la echó por los hombros.

—Estáis aquí —dijo, con la voz quebrada por el dolor y el miedo—. ¡Estáis vivo! ¿Estáis aquí por mí?

—Moriría por vos —respondió Antonio. Y la abrazó, estrechándola contra su pecho, dejando por un instante que la acción diera paso al amor.

No se dio cuenta de que el verdugo herido, a pesar de su hombro sangrante, no parecía dispuesto a rendirse. Y en efecto, con el brazo herido, tiró de su tricornio, como si le molestara. El sombrero acabó entre las cruces negras del cementerio.

Cuando volvió la mirada a la luz de los faroles y los braseros, Canaletto reconoció al capitán grando. No daba crédito a sus ojos.

Finalmente, este se acercó a Antonio y Charlotte. No tuvo ni tiempo de coger la pistola que llevaba al cinto cuando sonó un disparo. Una bala de plomo atravesó la pierna derecha del cabecilla de los Signori di Notte al Criminal, que se encontró arrodillado entre las cruces de las tumbas.

Antonio se volvió y vio a Owen McSwiney con la pistola humeante en la mano. No lejos de él, Olaf Teufel huía.

—¡Detenedle! —gritó Antonio. Pero el diabólico *cicisbeo* ya había desaparecido entre las blancas extensiones de hueso.

Un mosquetero se separó de la refriega que se libraba en el extremo opuesto del cementerio y se lanzó en su persecución. Antonio confiaba en que pudiera alcanzarlo. Por lo que a él respectaba, no tenía intención de dejar sola a Charlotte. Un relámpago rasgó el cielo. Una lluvia helada comenzó a empaparlos. McSwiney caminó hasta estar frente al capitán grando. Le dio una patada en el pecho, haciéndolo caer al barro. Le arrebató el arma, apuntando a la mujer vestida de diosa Sejmet. Esta parecía incapaz de comprender. Sujetándola a punta de pistola, McSwiney le arrancó la máscara de leona de la cara.

Apareció el rostro pálido de la cortesana más famosa de Venecia. Parecía exhausta. No pronunció palabra.

—No intentéis escapar —dijo el irlandés.

No recibió respuesta.

—Vos —dijo Antonio, dirigiéndose al capitán grando—. Vos sois el asesino que ha ensangrentado Venecia.

—¿Os sorprende? —preguntó Giovanni Morosini, sin poder contener una mueca de dolor—. Y, no obstante, ¿quién si no podría manipular la investigación? Por supuesto, cuando me di cuenta de que el dux os había asignado las pesquisas de las recientes muertes de esas dos putitas, debería haber evitado subestimaros.

—Su Serenidad nunca me confió tal misión. Pero este no es el momento de hablar de ello. Charlotte —dijo Antonio, mirando a la mujer que amaba—, debo llevaros a un lugar más cálido.

—¡El tabernáculo! —exclamó McSwiney.

Mientras tanto, el mariscal de campo Von der Schulenburg había dado buena cuenta de los masones que aún quedaban en pie. Los que no habían escapado, habían acabado con grilletes.

Entre ellos estaban el Cojo y el hombre portentoso que Antonio había visto vigilando el palacio de Cornelia Zane.

Canaletto no se entretuvo más. Tomó a Charlotte en sus brazos y caminó hacia el tabernáculo. El héroe de Corfú se acercó y acarició el rostro de su hija.

—Padre... —murmuró ella.

—No te fatigues, vida mía —respondió Von der Schulenburg—. Antonio tiene razón, será bueno que te refugies en el tabernáculo mientras esperamos a que cese esta lluvia.

Así que, sin más dilación, con Charlotte en brazos, Canaletto se dirigió a la capilla.

# 54

## Ajuste de cuentas

En una habitación secreta del Palacio Ducal, el capitán grando yacía encadenado en el suelo. Frente a él estaban sus jueces: el dux Alvise Sebastiano Mocenigo, el inquisidor rojo y Antonio Canal.

Giovanni Morosini estaba arrodillado sobre las losas de piedra, con los brazos atados a una cuerda que colgaba de una argolla de hierro en el techo.

—Entonces —le instó el dux—. ¡Hablad! ¿Cómo habéis osado?

—Puah —dijo el capitán grando, escupiendo una bocanada de sangre—. ¿Y por qué no? —En ese momento se calló.

—¡Hablad, maldito seáis! —exclamó el inquisidor.

—¿Y qué os voy a decir que no sepáis ya? ¿Que la familia Mocenigo, como otras casas principales, tiene Venecia a sus pies desde su fundación? ¿Que cualquier intento de cambiar el orden establecido siempre ha sido imposible? Habláis —dijo, dirigiéndose al dux—, actuáis de eterno padre, fingiendo ser el salvador de la patria… La verdad es que pertenecéis a un linaje de sanguijuelas, pegado a Venecia durante siglos, y la habéis vaciado con vuestra insaciable sed de poder. Solo en los últimos veinte años ha habido dos dux… y venís a darme lecciones. ¿Y por qué? ¿Por matar a dos putas?

—Pero... ¿cómo os atrevéis? —gritó Mocenigo, con el rostro desencajado por la ira tras los insultos sufridos—. Esas jóvenes no habían hecho nada malo. ¡Eran ángeles! Pertenecían a dos de las familias más nobles de Venecia.

—¿Ah, sí? —dijo el capitán grando, y al formular esa pregunta parecía genuinamente divertido—. ¿Vos sabíais que esas dos se prostituían por placer en las alcobas del salón de Cornelia Zane? Pues no, claro que no, vos no sabíais nada de eso.

—¡Mentís! —tronó el dux.

—¡En absoluto! —gritó Morosini—. Es solo que todo lo que para vos es noble y sagrado está, en cambio, podrido en esta maldita ciudad. ¡Y es culpa vuestra y de los que son como vos y como el inquisidor del Estado!

—¡No permitiré que insinuéis tales mentiras! —fueron las palabras del alto magistrado—. Además, no hay excusa para lo que habéis hecho. No solo habéis matado a inocentes, sino que las habéis masacrado, arrancándoles el corazón.

—¡Sí!

—Pero ¿os dais cuenta de lo que habéis cometido?

—Teníamos que infundir terror en la ciudad. Si me hubiera limitado a cortar sus gargantas, no habríamos logrado el mismo resultado.

Antonio estaba helado por lo que estaba escuchando. Era un enfrentamiento a gran escala.

El inquisidor asintió al carcelero, que estaba en una esquina. Este se acercó y lanzó un puñetazo a la cara del capitán grando. La cabeza de Giovanni Morosini salió disparada hacia atrás, como si hubiera sido golpeada por un mazo. Luego, cuando se recuperó, con el pelo hacia delante, el prisionero exhibió una sonrisa blanca de dientes afilados y roja por la sangre que le goteaba de los labios.

—¡Habladnos de vuestra secta! —gritó el inquisidor.

Giovanni Morosini escupió al suelo. La saliva grumosa y púrpura manchó la piedra.

—La logia masónica era solo una tapadera. A través de las sugestiones de la religión egipcia, de los símbolos de la escuadra y los compases, del diseño del Gran Arquitecto, ese loco de Teufel quería desviar la atención del verdadero proyecto.

—Tomar Venecia —concluyó Antonio.

El capitán grando soltó una carcajada ahogada.

—Vos, maldito pintor, habéis sido la espina en mi costado y el dux ha sabido tener altas miras al confiar en un hombre por encima de toda sospecha. Y pensar que os dije que volvierais a vuestras pinturas...

—A esa chica —dijo Antonio, recordando el terrible amanecer en la plaza de San Giacomo de Rialto—. ¡La hicisteis pedazos! Habláis como si no os importara.

—Daños colaterales —fue la respuesta—. Y creedme, Canaletto, el dux sabe perfectamente de lo que hablo. Intentad preguntarle a Su Serenidad lo que le hizo a Quíos después de conquistarla: arrasó la ciudad, la incendió, cometió violaciones...

Esta vez fue el puño del inquisidor el que rompió esa cadena de palabras impregnadas de veneno.

—¡Callaos, gusano inmundo! ¡No sabéis lo que decís!

El labio del capitán grando volvió a enrojecer. Más sangre llovió sobre el suelo de piedra.

—Podéis pegarme todo lo que queráis —replicó Morosini—. Cada uno es responsable de sus actos.

—¿Y Teufel? ¿Qué le ha pasado? ¿Quién es?

—¿Y quién lo sabe?

—No finjáis que no lo conocéis —dijo el dux.

—Nadie conoce realmente a ese hombre. Puedo deciros, sin embargo, que nunca lo atraparéis.

—¡Quiero saberlo todo sobre él! —insistió Su Serenidad.

El capitán grando tosió. Suspiró, concediéndose un momento. Luego comenzó de nuevo.

—Creo que viene de alguna región remota del Imperio austriaco. ¿Bohemia? ¿Moravia? ¿Valaquia? Lo cierto es que ha viajado mucho y, con el tiempo, ha desarrollado un formidable talento para manipular y seducir a las mujeres. Y no solamente eso: también a los hombres. Tiene una inmensa cultura, alimentada por una curiosidad fuera de lo común. Solo él podría difundir el rumor sobre Sabbatai Zevi. —Y, ante esa afirmación, Giovanni Morosini no pudo contener una sonrisa diabólica.

—¡Maldito seáis! —exclamó el inquisidor rojo.

—Culpasteis a Shimon Luzzatto, que era inocente —dijo Antonio, en el colmo de la indignación—. Y luego llamasteis perjuro a Isaac Liebermann.

El capitán grando asintió.

—Así es. Fue degollado por Olaf Teufel, pero pude desviar el curso de la investigación. Todo habría salido bien si vos no hubierais intervenido otra vez. Lo que me consuela es que tarde o temprano Teufel volverá y os hará pagar. Vuestros días están contados. Esta vez detuvisteis la rebelión, pero no podréis hacerlo para siempre.

—¿Y qué pretende hacer? ¡Confesad! —insistió el inquisidor rojo.

El carcelero, por si acaso, lanzó otro puñetazo al capitán grando, pero este tenía la piel gruesa y aunque recibió el golpe no pareció demasiado impresionado.

—Podéis hacer lo que queráis —continuó—, pero no tenéis ni idea de lo que ese hombre es capaz. Además, la trama es más compleja de lo que creéis.

Antonio sintió un escalofrío. Le parecía que esa victoria, después de todo, era particularmente amarga. Claro, habían resuelto aquel caso, pero el odio cultivado por Giovanni Morosini y los que eran como él parecía atávico. Por no mencionar el hecho de que el diabólico cerebro de aquella conspiración había huido y nadie sabía cuándo regresaría, pero todos eran conscientes en el fondo de su alma de que Teufel se vengaría.

—Demonio —dijo Morosini de nuevo—. En alemán su nombre significa eso y creedme cuando os digo que ese hombre es lo más parecido al diablo que he conocido jamás.

—Tal vez —concedió el dux—. Pero vos lo sois tanto como él. Habéis masacrado a dos doncellas inocentes.

—Y disfrutasteis haciéndolo, desde el momento en que las marcasteis con el rostro de Sejmet. No solo eso. También grabasteis el hombro de Shimon Luzzatto —lo apremió Antonio, que estaba perdiendo el control. Lo que había oído de boca del capitán grando lo había dejado horrorizado.

—¡Podéis jurarlo! Y ese placer que sentí fue mi perdición.

—Y, en sus palabras, Antonio sintió un delirante sentimiento de pesar.

—Y vos estabais dispuesto a destrozar a Charlotte von der Schulenburg —añadió.

—Esa mujer os resulta muy querida, ¿verdad? —preguntó Morosini, aunque estaba claro que no necesitaba respuesta.

Canaletto guardó silencio.

—Sois una basura humana, capitán —dijo el inquisidor Matteo Dandolo.

—Y seréis tratado como tal —añadió el dux—. Mañana al amanecer os colgaremos entre las columnas de San Marcos y San Teodoro...

—Hacedlo. Que todos vean mi ejecución. Algunos quizá se pregunten por qué. Por supuesto, voy a ser el monstruo que mató a mujeres inocentes. Pero las rebeliones surgen de los más extraños y sangrientos acontecimientos.

—¡Os cerraremos la boca, bastardo! —exclamó el inquisidor.

—Y vuestra memoria quedará condenada para siempre —concluyó el dux.

# 55

## Final de la partida

La placita de San Marcos estaba abarrotada. La escarcha invernal propinaba su mordisco por momentos y el sol irradiaba un resplandor difuso que se extendía como plata líquida a su alrededor.

Se había congregado una gran multitud. Los puestos de los vendedores de manzanas caramelizadas eran asaltados por la variada humanidad que acudía en masa para no perderse ni un solo momento de la ejecución. La noticia de que el hombre responsable de las atroces muertes de aquellas últimas semanas había sido capturado era la comidilla de la ciudad. Que el nombre del asesino fuera, además, el del capitán grando no había hecho sino aumentar la expectación. Y por una vez no fueron solo los pobres y los olvidados quienes llenaron sus ojos con aquel espectáculo de horror, sino también los patricios. Empezando por los padres de las doncellas asesinadas.

Así, además de los tenderos, los cambistas judíos, los intermediarios de compraventa de cachivaches de segunda mano, los mercaderes e impresores, las criadas y cortesanas, los asesinos, los degolladores, los espías y los caldereros y mil otras personas de las más diversas profesiones…, allí estaban los patricios venecianos, impecablemente vestidos, algunos oficiales del ejército continental, algunas mujeres de la nobleza que lograron eludir el control de sus maridos, todos reunidos en la plaza, esperando ver la ejecución de Giovanni Morosini, cabecilla de los Signori di Notte al Criminal.

Resultaba evidente que la intención del dux era castigar a ese hombre de manera ejemplar. Lejos de deshacerse de él, quizá dando la orden de ahogarlo por la noche en algún canal poco frecuentado de la ciudad, Alvise Sebastiano Mocenigo había pensado bien escarmentarlo de modo ejemplar. Para demostrar, si es que fuera necesario, que cualquiera que atentara contra la seguridad de la Serenísima, y por tanto de la comunidad, acabaría en la horca, independientemente de la antigüedad de sus patentes de nobleza.

En el lado izquierdo de la plaza, no lejos de la Puerta del Papel del Palacio Ducal, se había erigido una tribuna de madera. Debieron de hacerlo deprisa, en el transcurso de la noche, porque no era más que una plataforma con una escalera y un palco. En el centro estaba el dux, vestido con los ornamentos que Su Serenidad cesárea requería: el gran manto púrpura, la piel de marta, el cuerno de oro.

A su lado estaba el inquisidor Dandolo, también vestido con la túnica roja como dictaba su título. Junto a ellos se sentaron el capitán de los mosqueteros venecianos que habían efectuado el arresto y el mariscal de campo, el conde Johann Matthias von der Schulenburg. Finalmente, los dos inquisidores negros.

Lejos de la horca, pero no demasiado, en medio de la multitud, se encontraba Canaletto. Un extraño sentimiento se agitaba en su corazón al darse cuenta de que, por primera vez, ese asunto estaba viendo la luz. Después de haber sido ocultado por todos los medios por el capitán de los Signori di Notte en vista de su culpabilidad, y por el dux por razones por completo diferentes, emergía inequívocamente cuán corrupta era la máquina de la justicia de la Serenísima.

Era bastante evidente, de hecho, que incluso Su Serenidad y los altos magistrados del orden público, a saber, los inquisidores del Estado, tenían grandes responsabilidades si el capitán grando era condenado a muerte al haber sido hallado culpable de asesinato de dos jóvenes patricias, así como uno de los principales miembros de una conspiración contra la Serenísima República. Pero no era solo eso.

Al ser interrogado, Giovanni Morosini les había hecho tomar conciencia de lo peligroso que era Olaf Teufel, y la idea de que un hombre así siguiera libre y, muy probablemente, más que decidido a buscar venganza, no podía dejar a Antonio en paz. Tanto más porque, por lo que había sucedido, parecía incontrovertible que los conocimientos de aquel hombre eran tales que lo convertían en una amenaza constante.

El verdugo se paró en la horca. Esperó, probando la fuerza de la cuerda. Vestido completamente de negro, parecía la encarnación de la muerte misma. Antonio vio por fin que Giovanni Morosini estaba siendo conducido fuera de la Puerta del Papel. Aunque la distancia hasta las columnas era corta, se había decidido subirlo en un carro tirado por un caballo. En cuanto lo vio, la multitud enfurecida empezó a increparle y a arrojarle fruta podrida. Con el pelo anudado en una sola maraña y las manos atadas a la espalda, vestido con un sayal, arrodillado en la plataforma, el que antaño había sido el hombre más temido de la ciudad ahora aparecía maltrecho, una sombra de lo que había sido. Su rostro estaba cubierto de magulladuras, sangre seca y papilla podrida de las frutas que lanzaban contra su rostro, que se desmenuzaban en pulpa y chorros de jugo.

Antonio no sintió piedad al mirarlo: pensaba en las vidas que había roto y en la que había estado a punto de quitar, si no hubiera sido por él y por el mariscal Von der Schulenburg. Miró a este último, sentado en el banco de madera en lo alto de la tribuna, junto al dux. La expresión de su rostro era firme, impenetrable, como si una máscara de hielo hubiera congelado sus rasgos en una ausencia de mirada y sentimientos. Por otra parte, Antonio no podía ni siquiera alegrarse de lo que estaba viendo, por la sencilla razón de que el interrogatorio de la noche anterior le había dejado una sensación de desagradable amargura. Había adivinado que no todas las amenazas y recriminaciones de Morosini eran infundadas. Era cierto que las familias venecianas libraban una batalla silenciosa por el poder, del mismo modo que parecía innegable que los Mocenigo, en aquella precisa fase histórica, estaban en la cima de su influencia y prestigio. Y aunque sin duda tal hecho no podía justificar la espantosa matanza desatada por aquel demente depravado, lo cierto era que ni siquiera el dux y su magistrado parecían completamente exentos de asuntos reprobables. Y no solo por posibles faltas del pasado, de las que Antonio no sabía nada, sino por la forma en que se habían mostrado desinteresados en el asunto. Solo al final, cuando sus sospechas y algunas pruebas se habían sumado a las perentorias exigencias del mariscal Von der Schulenburg, Alvise Mocenigo había autorizado la expedición a San Ariano. Sin olvidar que Dandolo siempre había mostrado su total desinterés por el tema. Para él, por el contrario, la publicitada culpa de Shimon Luzzatto, que había pagado con su vida, había resultado providencial al principio.

En el futuro tendría que tener cuidado.

Intentó alejar esos pensamientos. Su mente se desplazó a sus amigos Owen McSwiney y Joseph Smith. Les debía mucho. Sin mencionar que tenía una serie de pinturas por completar. Pensó que podrían ser un recurso valioso para él, no solo para obtener encargos, sino también porque podrían abrirle un mercado completamente diferente: más grande, menos limitado a los mecenas venecianos, desvinculado de la dinámica de poder que inevitablemente implicaba envidia y chantaje. De esa manera podría pasear Venecia por el mundo, mostrándola a aquellos que la amaban sin haberla visto nunca. Gracias a él podrían saborear un pedacito del paraíso.

El verdugo puso la soga alrededor del cuello de Morosini, apretándola con fuerza. Hizo subir al capitán grando al taburete de madera y, cuando este estuvo en él, de una patada lo arrojó lejos. Las piernas de Morosini ya no encontraban la dura superficie bajo sus pies y giró en el aire. Un grito sordo escapaba desde su asfixia, un jadeo bestial, al que siguió otro, a medida que la falta de aire lo hacía ponerse morado. La vena del cuello se le hinchó como si estuviera a punto de estallar. Tras llevarse instintivamente las manos al nudo, en un intento desesperado de liberarse, los brazos le cayeron a lo largo de los costados.

La multitud no había dejado ni un momento de insultar al líder de los Signori di Notte al Criminal como si, al hacerlo, pudiera librarse del espectro del control nocturno. Al menos, por un momento, podían descargar toda su ira y frustración, aun sabiendo que, en pocas horas, un nuevo capitán grando controlaría la ciudad con su propio puño de hierro acompañado de otros cinco hombres de negro.

Por fin, tras jadear furiosamente y patear por última vez en el aire, Giovanni Morosini cerró los ojos y permaneció meciéndose, entre los insultos de quienes le deseaban el infierno, en la danza de la muerte.

Tras los gritos de júbilo que llenaron la plaza, las blasfemias y los puños en alto de los pobres cristianos que vivían su venganza personal, aunque solo fuera por un instante, en la tribuna el dux se puso en pie, levantando las manos para ordenar silencio. El griterío del gentío se detuvo y él pudo entonar sus palabras.

—Esto es lo que la Serenísima República reserva a asesinos y traidores. ¿Os ha quedado claro? Venecia no tiene piedad de sus enemigos, especialmente si se encuentran entre sus propios hijos.

Dichas esas palabras, se detuvo. Luego, hizo un gesto al verdugo.

—Y ahora dejadle ahí —dijo.

Sin añadir nada más, Su Serenidad se dirigió hacia los escalones y comenzó a descenderlos. Al llegar abajo, el capitán de la guardia, junto con otros ocho hombres, lo escoltaron hacia la entrada del Palacio Ducal. Los inquisidores lo siguieron.

La multitud que se había reunido, coreando la muerte de Morosini, comenzó a dispersarse, la pálida luz de aquella mañana llovía como fiebre entre los arcos de las *procuratie* y Antonio tuvo la clara sensación de que había presenciado una ejecución que al hacer justicia se parecía mucho a un ajuste de cuentas.

Canaletto estaba en un *bacaro*. En su mesa se encontraban Owen McSwiney y Joseph Smith. Los dos amigos habían venido a celebrar el éxito de su aventura. Pero él no estaba seguro de ser un compañero entusiasta. Y aunque el irlandés había pedido una de las mejores botellas de vino de Piave que cabía esperar y se relamía de satisfacción, Antonio no lograba sentirse cómodo.

—¿Qué es lo que os angustia, amigo mío? —preguntó McSwiney, quien, evidentemente adivinó su estado de ánimo mucho mejor de lo que creía.

—No quiero estropearos la oportunidad de celebrar el final de una pesadilla —exclamó—, pero...

—¿Tenéis miedo de haber decepcionado a vuestra amada?

¿Era tan obvio? Antonio asintió. ¿Qué otra cosa podía hacer? Joseph Smith tosió.

—Owen me ha contado lo que ha ocurrido. Os confieso que, si he entendido bien lo que ha pasado, no podríais haberos comportado mejor de lo que lo hicisteis.

Antonio lo miró y sus ojos traicionaron, aunque apenas insinuado, un destello de esperanza.

—Sí, lo sé, pero puse a Charlotte en peligro. Su padre nunca me lo perdonará.

—Esa mujer ciertamente no necesita el permiso de su padre para tomar decisiones sobre su vida —observó Owen—, pero os aconsejo que dejéis de torturaros: reuníos con ella y el resto se arreglará solo.

—He intentado visitarla. Su padre no me deja ni siquiera acercarme a ella.

—Puedo entenderlo. Sin embargo, eso no significa que ella no quiera veros. Por no hablar de que tal vez necesite descansar después de lo que le ha ocurrido —replicó McSwiney.

—Me dije que podría ser el caso, pero no estoy seguro.

—Mi querido señor Canal, la seguridad no es de este mundo. Creo que debéis daros una oportunidad a vos y a vuestra bella dama. No quiero parecer indiscreto, pero ¿estamos hablando de la hija del mariscal de campo Von der Schulenburg? —preguntó Smith.

—¡La misma! —confirmó Antonio.

—Entonces puedo deciros con certeza que ella estará mañana en la fiesta de Elisabeth di Pietro Maria Contarini —anunció el inglés.

—¿De verdad?

—Completamente. Y añado que conozco muy bien a Elisabeth y mi intención sería llevar a mis nuevos amigos a la recepción que ella ofrecerá mañana.

—¿Estáis de broma? —preguntó incrédulo Antonio.

—Nunca he hablado más en serio.

—¡Pero eso es fantástico!

—A mí también me lo parece.

—Por lo demás, en una fiesta así, supongo que no es imposible disponer de un rato para hablar con ella —añadió McSwiney.

—Tenéis razón —convino Antonio.

—¿Y qué? ¿A qué esperamos? —replicó el irlandés—. ¿Probamos este vino de Piave? Me costó una fortuna y estamos aquí escuchando tus penas de amor. Y sin embargo, hemos triunfado sobre el mal. Al menos nos merecemos un poco de buen humor.

Y así Antonio levantó sus manos en señal de rendición. Owen tenía razón. Con su temperamento impetuoso había disipado las últimas dudas y ahora estaba vertiendo vino en las copas.

Una vez más, Canaletto pensó que era afortunado de tener amigos como ellos.

Y quizá al día siguiente, con un poco de suerte, podría volver a abrazar a Charlotte. Así que, mientras levantaba la copa, celebrando la victoria contra las diabólicas maquinaciones de Olaf Teufel, Giovanni Morosini y sus acólitos, se permitió sonreír.

# 56

## La fiesta

El salón estaba espléndido. A través de los grandes ventanales del palacio se filtraba con fuerza la luz del sol. Elisabetta di Pietro Maria Contarini había decidido organizar la recepción por la tarde, sin esperar a la noche. Y ahora Antonio entendía por qué. Todo brillaba: las lámparas de araña de cristal de Murano, las joyas de las nobles, la platería de los cubiertos y las bandejas, los botones de oro de los fracs y los collares de perlas..., casi parecía como si una deidad pagana hubiera soplado un polvo de estrellas impalpable a su alrededor.

Antonio había llegado acompañado de Owen McSwiney y Joseph Smith. Comenzaba a retomar el trabajo y los encargos recibidos, y ahora con ambos se proponía considerar nuevas oportunidades. Se habían hecho inseparables.

A pesar de que las damas competían en atractivo, Antonio solo tenía ojos para Charlotte. Cuando ella había entrado, cubierta con el *zendale* verde, con su pelo largo, suelto y brillante, y él contempló el maravilloso vestido del mismo color, que resaltaba a su vez el de la intensidad de sus ojos, había creído estar ante la encarnación misma de la maravilla. Y, en efecto, se había quedado atónito, sin estar preparado para aquella visión. En el fondo de su corazón, Antonio sabía que sería así para siempre.

Habían pasado unos días desde que la había tenido en sus brazos en el sagrario de San Ariano. Desde entonces nunca había dejado de visitarla, mientras ella recuperaba sus fuerzas, pero el mariscal de campo Johann Matthias von der Schulenburg siempre lo había espantado de malas maneras: había expuesto a su hija a un indecible peligro y ahora tendría que ganarse el derecho a relacionarse con ella. Y para ello debería cumplir una larga espera. No tenía ni idea de si Charlotte aceptaría aquella imposición. Antonio la había conocido como una mujer autónoma, pero, independientemente de su voluntad, incluso aquel día el héroe de Corfú la acompañaba y lanzaba miradas a su alrededor, como un halcón en el acto de divisar a su presa.

Se perdió en aquellas reflexiones y no se atrevió a acercarse, a pesar de que solo el día anterior sus amigos lo habían animado a hacerlo. Así que, casi sin darse cuenta, salió a la gran terraza que daba al patio de abajo y ofrecía una vista espectacular de la ciudad de Venecia.

Admiró el campanario de San Marcos con las cúpulas de la basílica iluminadas por el sol de invierno. No hacía frío, aquellas horas de la tarde eran las más calurosas del día.

Se quedó allí, alegrando la mirada, cuando alguien entró en el balcón. Se giró esperando ver a Charlotte y se encontró, en cambio, frente a una mujer que no conocía. Llevaba un magnífico vestido azul oscuro de damasco y seda con bordados y volantes. Su espesa melena pelirroja estaba recogida en un elaborado peinado. Dos hermosos mechones le caían por las mejillas y una cofia de muselina y encaje adornaba la cúspide del imponente peinado. La dama llevaba un antifaz de satén que ocultaba su mirada.

Antonio no tenía ni idea de quién era. Sin embargo, cuando oyó su voz, algo retorcido y chirriante lo tomó por sorpresa.

—Os felicito, señor Antonio Canal —dijo la dama—. Gracias a vuestros esfuerzos he podido vengarme de mi marido.

¿Dónde había oído antes aquel extraño acento? Antonio se tomó tiempo.

—Creo que no os conozco, mi señora —dijo.

—¿De verdad? —replicó ella, fingiendo incredulidad—. Y, sin embargo, la historia que habéis protagonizado en estos días comenzó precisamente por una petición mía.

Aquella afirmación lo golpeó, cortándole la respiración. Miró más detenidamente a aquella elegante y bella mujer y, cuando la reconoció, asintió.

—Por fin recordáis. Aquel día llevaba una máscara y mi voz estaba alterada por el botón que apretaba entre los dientes, os lo concedo. Inútil perder más tiempo: quería daros las gracias por haber facilitado que condenaran a mi marido como traidor a la patria. Al fin y al cabo, eso era lo que yo quería.

—Vuestro... —Antonio ni siquiera tuvo tiempo de continuar.

—El Cojo, ¿os acordáis de él? No podía soportar sus constantes infidelidades. Así que me pregunté: ¿cómo puedo hacer que él sea castigado por lo que está haciendo? Ciertamente no podía confiar en la justicia veneciana. No de verdad porque, como vos habréis aprendido por propia experiencia, es corrupta e insatisfactoria. Así que le pedí al dux que os involucrara.

—¿Vos lo sabíais todo desde el comienzo? —preguntó incrédulo Antonio, que por fin había reconocido en aquella noble a la dama de negro que, al principio de aquella historia, en las dependencias del dux, le había ordenado a Su Serenidad que averiguara cuáles eran las actividades de su marido retratado en su cuadro *Rio dei Mendicanti*.

—¿Os sorprende? —preguntó ella, estallando en una sonrisa que tenía algo cruel—. Yo era tan consciente de ello que incluso hice que uno de mis hombres os siguiera. Fue bastante torpe, debo admitir. Pero al menos, ahora, gracias a vos, mi marido ha sido ejecutado como traidor a su país. Y ni siquiera mereció una gran ejecución como el capitán grando, ya que el inquisidor rojo se limitó a arrojarlo a un canal con una piedra al cuello.

—Pero ¿qué estáis diciendo?

—Que cada uno tiene lo que se merece, señor Canal, y también que, en Hungría, el buen nombre de una baronesa es un asunto muy serio. La infidelidad y las mentiras de un marido se lavan con sangre. Precisamente por ese arraigado sentido del honor, creo que Olaf Teufel no os perdonará lo que habéis hecho.

—Olaf...

—¿Que si sabía de él? —preguntó burlona—. Por supuesto. Pero tenía que obligaros a hacer algo, ¿no creéis? Aunque estuvisteis bien, no esperaba que llegarais vivo al final de este asunto, y además ganando. Bien por vos. —Y, según lo decía, la noble dama continuó hacia la fabulosa escalera de caracol que conducía al patio de abajo.

—¿Quién sois? —preguntó Antonio, tras superar la sorpresa.

La noble no hizo ademán de detenerse. Pero al comenzar a bajar la escalera, por encima del hombro, susurró descuidadamente:

—Alguien que volverá, podéis contar con ello, Canaletto.

Y mientras la veía descender por la asombrosa escalera de caracol Antonio permaneció en silencio. ¿Tenía que perseguirla? ¿Y con qué fin? ¿Y qué otra cosa podía hacer? ¿Hacer que la detuvieran? Era bastante improbable, teniendo en cuenta que la mujer, quienquiera que fuese, gozaba del favor del dux. Y, sin embargo, mientras la veía en el patio, tres pisos más abajo, sentía no solo la desagradable sensación de haber sido utilizado y de haber arriesgado su propia vida y la de Charlotte y las de sus amigos solo para satisfacer la sed de sangre de aquella mujer diabólica, sino también una vaga sensación de incertidumbre ante la amenaza que acababa de proferir. Un escalofrío helado le recorrió la espina dorsal.

—¿Así que ya os habéis rendido? ¿Fue suficiente que mi padre os impidiera verme?

# 57

## Venecia

Antonio se dio la vuelta y vio a Charlotte.

Una luz cálida brillaba en sus grandes ojos verdes. No era cólera, pero sin duda detectó una mirada llena de impetuosidad, pasión y celos que lo interpelaba sin darle opción de réplica.

Sabía que no podía equivocarse. Si quería que ella volviera a él debía tener mucho cuidado con lo que decía y hacía. Confesó lo que sentía. Como siempre.

—Os amo, Charlotte —dijo—. Pero tenía que respetar los temores de un padre.

—Él no es mi padre —dijo ella.

Por un momento, Antonio guardó silencio.

—Entiendo —dijo.

—Ya está, ahora ya lo sabéis. También os he revelado mi último secreto.

—Eso no cambia nada.

—¿Estáis seguro?

—Por supuesto.

—Por eso me ama más allá de las palabras, ¿sabéis? Porque él me eligió. Cada día desde que me salvó. Y podría no haberlo hecho. Se lo debo todo.

Antonio entendió, hasta el punto de que incluso las negativas del mariscal de campo tenían ahora una luz distinta. Intentó continuar:

—Sé que os he involucrado en algo que podría haber sido fatal para vos, pero no he olvidado que queríais afrontar esa batalla conmigo, y nada era más preciado para mí. Sin vos nunca habría podido, pero, al mismo tiempo, no puedo perdonarme no haber sido capaz de protegeros en el momento culminante. Estuvisteis a punto de morir.

—Pero vinisteis a salvarme, ¿lo recordáis?

Antonio asintió. Lo inundó una felicidad casi infantil.

—Además, habéis dicho bien: quería afrontar esa batalla con vos. Odio a los hombres que intentan protegerme —continuó ella, y estaba más hermosa que nunca mientras lo decía—. Soy capaz de hacerlo sola y lo que me encanta de vos es que estáis a mi lado, intentando entender lo que realmente quiero. En lugar de hablar, escucháis.

Antonio suspiró.

—Os admiro. Desde el primer momento en que os vi. Podríais haberlo tenido todo y elegisteis seguir vuestro propio camino, aprendiendo un arte difícil y cada vez más raro, un arte que está tan ligado a Venecia que constituye su corazón, junto con el teatro, la música y la pintura. En ese corazón nos reconocimos, creo..., al menos para mí fue así. Por eso pienso que acabamos encontrándonos luchando codo con codo, porque algo más grande que nosotros está devorando esta ciudad que tanto amamos. Algo tan oscuro y poderoso que representa una amenaza aún más terrible que la tragedia de esas dos mujeres bárbaramente asesinadas, de ese chico judío cuya vida fue arrebatada solo para proteger el mal, algo que abraza esta epidemia de viruela y le permite matar de nuevo como el aliento de Lucifer. Una vez prometí a dos amigos que intentaría salvar Venecia lienzo a lienzo. Sé que no basta en absoluto, que no puede bastar, sé que solo son las fantasías absurdas de un pintor, pero creo en la belleza y la gracia y en la posibilidad de poder sobrevivir con la fuerza de los sueños y el arte. No para siempre, pero quizá un poco más. Y tú eres mi mayor sueño, Charlotte.

Sus mejillas se humedecieron de lágrimas.

—Besadme, Antonio, besadme ahora —le dijo.

Pero él ya la había estrechado entre sus brazos. La sintió dulce y vibrante de vida. Sus bocas se buscaron con ansia.

—Os amo, Charlotte —le dijo. La rodeó, abrazándola por detrás. Ella se abandonó a él. Permanecieron en silencio durante algún tiempo. Las lágrimas se secaron.

—Estamos dando escándalo —dijo Antonio.

—Eso es lo que esperaba —respondió ella.

Miraron el sol que se ocultaba entre los tejados de Venecia. Y en esa visión, Antonio Canal, conocido como Canaletto, se dio cuenta por fin de quién era.

# 58

## La promesa

Se prometió a sí mismo que se vengaría. La visión de ese estúpido pintor abrazando a su bella dama le repugnaba. Había ganado una batalla, pero la guerra era otro cantar. Y al final el triunfo sería suyo. Dejaría que Venecia encontrara un poco de paz, con el fin de que no estuviera preparada para cuando él atacara de nuevo.

Sería paciente mientras esperaba su venganza, exactamente como la mala hierba que crece poco a poco hasta que infesta un campo entero. Ya tenía en mente cómo hacerlo. Esa maldita baronesa se había interpuesto en su camino. Pero si creía que podía desbaratar sus planes usando a un hombre como ese, pronto descubriría que sus cálculos estaban completamente equivocados.

Miró al cielo, que se teñía con los tintes sanguinolentos del atardecer. Pensó en su tierra natal. No la echaba de menos en absoluto. En sus constantes idas y venidas había descubierto una nueva dimensión y, después de vagar por todas partes, se había enamorado de esa ciudad construida sobre el agua. Esa ciudad, que también había sido fundada por su familia, que representaba uno de los *duodecim nobiliorum proles Venetiarum*.

¿Quién podría confesarse inmune a un encanto así? ¿Qué

había más hermoso que aquellos palacios? ¿Que el agua verde, brillante de luz?

Olaf no tenía ni idea. Pero odiaba a los pequeños, insignificantes venecianos que no se daban cuenta de lo afortunados que eran y que parecían empeñados en aferrarse a las últimas migajas de poder que les quedaban, sin comprender realmente la fortuna que tenían. ¡Mezquinos! ¡Miserables! Incluso en la pequeñez de sus sueños. Si tenían que imaginar un renacimiento, bien podrían hacerlo a lo grande. Pero ni siquiera en el reino de la fantasía eran capaces de concebir un plan que fuera mínimamente formidable.

Sabía, pese a todo, que una parte de ellos albergaba un rencor a punto de explotar. Y así como había encontrado en Giovanni Morosini y en Cornelia Zane valiosos aliados, pronto podría contar con un nuevo apoyo. Con el tiempo había ahorrado una fortuna, y si era cierto que el dux y el inquisidor se dedicaban diligentemente a borrar o silenciar a todos los que habían participado en la conspiración de la logia, lo bueno de su oficio era que encontraría a otros. Más patricios descontentos. Otras nobles desesperadas en busca de aventuras. Otros vagabundos dispuestos a trabajar para él. Más espías y más asesinos. El terror era un arma poderosa.

Lo volvería a sembrar. Y en grandes cantidades. Y cuando tuviera éxito, gobernaría esa ciudad en las sombras. Todo lo que se necesitaba era saber esperar. Aún era joven y el tiempo estaba de su parte.

Levantó la vista. Una vez más vio a Canaletto y a Charlotte abrazados. Bien por ellos, se dijo. Más les valía disfrutar su amor porque, tarde o temprano, pagarían el precio de su insolencia. Olaf Teufel no aceptaba perder.

Abandonó el patio. Caminó hacia el Palacio Ducal. El sol del crepúsculo bañaba los callejones de luz roja. Pasó bajo la torre del Reloj y caminó hacia las columnas de San Teodoro y San Marcos. Allí, en la horca, como recuerdo, aún colgaba el cuerpo de Giovanni Morosini.

Las gaviotas le habían devorado los ojos y arrancado trozos

de piel. Teufel se detuvo frente a él unos instantes. Luego reanudó la marcha. La larga capa lo mantenía a salvo de las miradas indiscretas. Caminó a lo largo de la Riva degli Schiavoni. Al cabo de un rato giró hacia el interior y su figura se perdió en las primeras sombras de la noche.

# Nota del autor

Llevaba años queriendo volver a Venecia y, ya que podía elegir, no quería perder la oportunidad de regresar al siglo XVIII. No revelo nada si digo que este periodo —que también marca el inevitable declive de la Serenísima— contiene una magia difícil de repetir. Pareciera que, en ese siglo, los mayores genios hubieran decidido darse cita en Venecia: entre otros, Antonio Vivaldi, Carlo Goldoni, Giambattista y Giandomenico Tiepolo, Giacomo Casanova, Benedetto Marcello, Francesco Guardi y sobre todo el hombre que cambió el concepto mismo de la pintura: Giovanni Antonio Canal, conocido como Canaletto.

Con el paso de los años, mi amor por Venecia ha crecido desmesuradamente. No puedo decir por qué; tal vez la razón radica en el hecho de que, a medida que envejecía, mi adoración por la belleza y el arte se ha convertido en necesidad, ansia, urgencia. Y una ciudad sobre el agua, la única en el mundo, la única aún plenamente cristalizada en el pasado, la única que representa el sueño imposible de la humanidad por la forma en que fue concebida y construida, encarna un ideal romántico al que ya no puedo renunciar. Por ello estoy doblemente agradecido a mi editor: por haber creído en esta historia y, por tanto, por haberme permitido volver a la Venecia del siglo XVIII y evocar sus colores, sus formas, sus palacios, sus vistas, sus luces y sombras, su arquitectura, sus reflejos en el agua. ¿Y quién, me pregunto, sino Canaletto, podría ayudarme a celebrar un mundo así?

Cultivando la dimensión aventurera, que no consigo dejar de lado, ayudado por las novelas de Alexandre Dumas, Heinrich von Kleist, Aleksandr Pushkin y el teatro de Friedrich Schiller y Edmond Rostand, imaginé que Antonio Canal podría encontrarse, a su pesar, teniendo que investigar algo que había visto y denunciado en un lienzo. Siempre he estado obsesionado con su cuadro *Rio dei Mendicanti*. Y por las figuras que lo pueblan. No quería hacer de un artista tan extraordinario un detective, así que intenté en la medida de lo posible mantenerlo desprevenido y fuera de lugar, aunque, a medida que se desarrollan los hechos, Canaletto va afinando un cierto instinto. Pero es la necesidad de sobrevivir la que le sugiere unas cuantas maniobras oportunas. También ayudó que de su biografía poco se sabe: no tuvo hijos y no se casó, por ejemplo, y lo que todos los biógrafos y estudiosos repiten es que dedicó toda su vida a su arte. Pero como hay en su existencia muchas zonas oscuras he pensado meter la pluma de novelista en los pliegues de la biografía para rellenar los espacios en blanco y especular, sin ninguna pretensión de revelar nada concreto.

Dicho sea con toda franqueza: no se trata de una novela histórica, sino de un thriller histórico y de aventureras que, precisamente por serlo, no renuncia a una fiel representación del tiempo, ya que muchos de los personajes descritos existieron realmente y algunos de los hechos narrados sucedieron de verdad. Naturalmente, la complejidad de los temas —la obra del gran pintor, los estudios de óptica, el vedutismo, la Venecia del siglo XVIII, el mecenazgo británico, la política oligárquica de la llamada República, el gueto judío— requiere, como mínimo, un estudio en profundidad.

He comenzado, por lo tanto, analizando desde el principio algunos de los textos relacionados con la historia de Venecia: Alvise Zorzi, *La Repubblica del Leone. Storia di Venezia (La*

*República del León. Historia de Venecia)*, Milán, 2011; Riccardo Calimani, *Storia della Repubblica di Venezia (Historia de la República de Venecia)*, Milán, 2019; Pompeo G. Molmenti, *La Storia di Venezia nella vita privata: dalle origini alla caduta della Repubblica (La historia de Venecia en la vida privata: de los orígenes a la caída de la República)*, vols. 1-3, Vittorio Veneto, 2020-2021; Luca Colferai, *Breve storia di Venezia: un grande viaggio nell'avvincente storia della Serenissima (Breve historia de Venecia: un gran viaje por la cautivadora historia de la Serenísima)*, Roma, 2021; Francesco Ferracin, *Storie segrete della storia di Venezia (Historias secretas de la historia de Venecia)*, Roma, 2017.

Además, con particular atención a la Venecia del siglo XVIII, aconsejo la lectura de Bruno Rosada, *Il Settecento veneziano. La letteratura (El siglo XVIII veneciano. La literatura)*, Venecia, 2007; Ivone Cacciavillani, *Il Settecento veneziano. La politica (El siglo XVIII veneciano. La política)*, Venecia, 2009; Filippo Pedrocco, *Il Settecento veneziano. La pittura (El siglo XVIII veneciano. La pintura)*, Venecia, 2012; Leonardo Mello, *Il Settecento veneziano. Il teatro cómico (El siglo XVIII veneciano. El teatro cómico)*, Venecia, 2016; Silvino Gonzato, *Venezia libertina. Cortigiane, avventurieri, amori e intrighi tra Settecento e Ottocento (Venecia libertina. Cortesanas, aventureros, amores e intrigas entre los siglos XVIII y XIX)*, Vicenza, 2015.

Por lo que respecta a la investigación más centrada en el tema del espionaje, se puede ver: *Leggende veneziane e storie di fantasmi (Leyendas venecianas e historias de fantasmas)*, Venecia, 2011; *La Venezia segreta dei Dogi (La Venecia secreta de los dux)*, Roma, 2015; *I tesori nascosti di Venezia (Los tesoros ocultos de Venecia)*, Roma, 2016; *Un giorno a Venezia con i dogi (Un día en Venecia con los dux)*, Roma, 2017, todos ellos con la firma de Alberto Toso Fei. Y aún añado: Paolo Preto, *I servizi segreti di Venezia: spionaggio e controspionaggio ai tempi della Serenissima (Los servicios secretos de Venecia: espionaje y contraespionaje en los tiempos de la Serenísima)*, Milán, 2016.

Con alusión explícita a la pintura de Canaletto he encontrado muy esclarecedoras las páginas de Alessandro Bettagno (editor), *Canaletto. Disegni – dipinti – incisioni (Canaletto. Dibujos – pinturas – incisiones)*, Vicenza, 1982; Cinzia Manco (editor), *Canaletto*, Milán, 2003; Giuseppe Pavanello y Alberto Craievich (editores), *Canaletto. Venezia e i suoi splendori (Canaletto. Venecia y sus esplendores)*, Venecia, 2008; Anna Kowalczyk Bożena (editora), *Canaletto 1697-1768*, Cinisello Bálsamo, 2018; Filippo Pedrocco, *Canaletto*, Florencia, 2018; Vittoria Markova y Stefano Zuffi (editores), *Il trionfo del colore. Da Tiepolo a Canaletto e Guardi. Vicenza e i capolavori del Museo Puškin di Mosca (El triunfo del color. De Tiepolo a Canaletto y Guardi. Vicenza y las obras maestras del Museo Pushkin de Moscú)*, Milán, 2018.

Hasta aquí, obviamente, la parte inicial. Además, he llevado a cabo otras lecturas sobre todo con interés en lo concerniente a argumentos concretos. En este particular, cito, en lo que respecta a la cultura judía, a Riccardo Calimani, *Storia del ghetto di Venezia, 1516-2016 (Historia del gueto de Venecia, 1516-2016)*, Milán, 2016; *Storia del pregiudizio contro gli ebrei (Historia de los prejuicios contra los judíos)*, Milán, 2014, y también de Riccardo Calimani junto con Anna-Vera Sullam y Davide Calimani, *Ghetto di Venezia (Gueto de Venecia)*, Milán, 2005; de varios autores: *Venezia, gli ebrei e l'Europa, 1516-2016 (Venecia, los judíos y Europa, 1516-2016)*, Venecia, 2016.

Por lo que se refiere a la industria del cristal y a los estudios de óptica y otras cuestiones ligadas a todo ello, recuerdo como mínimo los siguientes textos: Rosa Barovier Mentasti y Giulia Mentasti, *Murano: una storia di vetro (Murano: una historia de cristal)*, Venecia, 2015; Aldo Bova (editor), *L'avventura del vetro: dal Rinascimento al Novecento tra Venezia e mondi lontani (La aventura del cristal: del Renacimiento al Novecento entre Venecia y mundos lejanos)*, Milán, 2010; Rosa Barovier Mentasti, *Il vetro veneziano: dal Medioevo al Novecento (El cristal veneciano: del Medievo al siglo XX)*, Milán, 1988; Francesco Algarotti, *Dialoghi sopra l'ottica neutoniana (Diálogos sobre la óptica newtoniana)*, Turín, 1977; Paolo Galluzzi, *Evangelista*

*Torricelli. Concezione della matematica e segreto degli occhiali (Evangelista Torricelli. Concepción de las matemáticas y el secreto de los lentes)*, Florencia, 1976; Fabio Toscano, *L'erede di Galileo. Vita breve e mirabile di Evangelista Torricelli (El heredero de Galileo. Vida breve y admirable de Evangelista Torricelli)*, Milán, 2008.

Naturalmente, todo esto se complementó con monografías de diversa índole, destinadas a reconstruir la vida y las intrigas de la increíble época que fue el siglo XVIII veneciano, también porque, a pesar de que la novela se erige sobre la base de la literatura de aventuras y suspense, la verosimilitud de la ambientación histórica requería una consulta amplia y variada. Cito algunos textos a este respecto: Elena Righetto, *I signori di notte al criminal*, Torrazza Piemonte, 2020; Giulia Torri, *La vita in villa. Svaghi, lussi e raffinatezze nell'Italia del Settecento (La vida en la ciudad. Ocio, lujos y refinamiento en la Italia del siglo XVIII)*, Roma, 2017; James Anderson, *I doveri del libero massone – estratti dagli antichi registri delle Logge di Oltremare, d'Inghilterra, Scozia e Irlanda ad uso delle Logge di Londra 1723 (Los deberes del masón libre – Extractos de los antiguos registros de las logias de ultramar, Inglaterra, Escocia e Irlanda para uso de las logias de Londres 1723)*, Módena, 2012; Alberto Prelli, *Sotto le bandiere di San Marco (Bajo las banderas de San Marcos)*, Bassano del Grappa, 2012; Alfredo Viggiano, *Lo specchio della Repubblica. Venezia e il governo delle isole Ionie nel Settecento (El espejo de la República de Venecia y el gobierno de las islas Jónicas en el siglo XVIII)*, Verona, 2008; Filippo Pedrocco, *Il Settecento a Venezia. I vedutisti (El siglo XVIII en Venecia. Los vedutistas)*, Milán, 2001; Cesare de Seta, *Vedutisti e viaggiatori in Italia tra Settecento e Ottocento (Vedutistas y viajeros en Italia entre los siglos XVIII y XIX)*, Turín, 1999.

Padua-Venecia, 28 de febrero de 2022

# Agradecimientos

Doy las gracias a mi editorial, Newton Compton.

Gracias a Vittorio y a Maria Grazia Avanzini por el afecto y la amabilidad que demuestran siempre.

Raffaello Avanzini no deja nunca de sorprenderme. Es un hombre de gran cultura y nuestras conversaciones telefónicas significan para mí un momento de gran enriquecimiento personal. Su espíritu provocador y profundamente embebido de *romanitas* no deja de regalarme sorpresas. Con él uno no se aburre jamás.

Un agradecimiento especial para mis agentes: Monica Malatesta y Simone Marchi. Desarrollan siempre un trabajo extremadamente valioso y lo hacen de manera ejemplar, con una dedicación única. Soy un autor afortunado.

Alessandra Penna es mi editora. Nueve novelas conjuntas son un destino increíble. Estoy desarrollando cierta dependencia.

Gracias a Martina Donati y a Roberto Galofaro. A Antonella Sarandrea, a Clelia Frasca y a Gabriele Anniballi. Doy las gracias de nuevo, finalmente, a todo el equipo de Newton Compton Editori por su extraordinaria profesionalidad.

Gracias a los traductores de mis novelas en el exterior. Cito a aquellos que he conocido personalmente. Gracias, por tanto, a Gabriela Lungu, por la edición rumana; a Ekaterina Panteleeva, por la edición rusa; a Maria Stefankova, por la eslovaca; a Eszter Sermann, por la húngara; a Bożena Topolska, por la polaca; a Richard McKenna, por la inglesa. A todos los demás: ¡escribidme un correo!

Doy las gracias a Sugarpulp: Giacomo Brunoro, Valeria Finozzi, Andrea Andreetta, Isa Bagnasco, Massimo Zammataro, Chiara Testa, Matteo Bernardi, Piero Maggioni, Marilena Piran, Martina Padovan, Carlo «Charlie Brown» Odorizzi.

Gracias a Lucia y a Giorgio Strukul, y a Leonardo, Chiara, Alice y Greta Strukul.

Gracias al clan Gorgi: Anna y Odino, Lorenzo, Marta, Alessandro y Federico.

Gracias a Marisa, a Margherita y a Andrea «el Bull» Camporese.

Gracias a Caterina y a Luciano, a Oddone y a Teresa y a Silvia, a Angelica, a Lillo y a Sole.

Gracias a Andrea Mutti, maestro para siempre, a su majestad refinada Francesco Ferracin, a Livia Sambrotta y a Francesco Fantoni. Gracias a Enrico Lando, Marilù Oliva, Romano de Marco, Nicolai Lilin, Tito Faraci, Sabina Piperno, Francesca Bertuzzi, Marcello Bernardi, Valentina Bertuzzi, Tim Willocks, Diego Loreggian, Andrea Fabris, Francesco Invernizzi, Barbara Baraldi, Marcello Simoni, Alessandro Barbaglia, Alessio Romano y Mirko Zilahi de Gyurgyokai. Sois mi puerto seguro. Ahora y siempre.

Gracias infinitas a Paola Ranzato y a Davide Gianella. A Paola Ergi y a Marcello Pozza.

Para concluir: gracias infinitas a Andrea Berti, Jacopo Masini, Alex Connor, Victor Gischler, Jason Starr, Allan Guthrie, Gabriele Macchietto, Elisabetta Zaramella, Alessandro y el clan Tarantola, Lyda Patitucci, Mary Laino, Leonardo Nicoletti, Andrea Kais Alibardi, Rossella Scarso, Federica Bellon, Gianluca Marinelli, Alessandro Zangrando, Francesca Visentin, Anna Sandri, Leandro Barsotti, Paolo Navarro Dina,

Claudia Onisto, Massimo Zilio, Chiara Ermolli, Giulio Nico-
lazzi, Giuliano Ramazzina, Giampietro Spigolon, Erika Va-
nuzzo, Thomas Javier Buratti, Marco Accordi Rickards, Raoul
Carbone, Francesca Noto, Micaela Romanini, Guglielmo De
Gregori, Daniele Cutali, Stefania Baracco, Piero Ferrante, Ta-
tjana Giorcelli, Giulia Ghirardello, Gabriella Ziraldo, Marco
Piva —conocido como el Gran Balivo—, Paolo Donorà, Massi-
mo Boni, Alessia Padula, Enrico Barison, Federica Fanzago,
Nausica Scarparo, Luca Finzi Contini, Anna Mantovani, Laura Ester Ruffino, Renato Umberto Ruffino, Livia Frigiotti,
Claudia Julia Catalano, Piero Melati, Cecilia Serafini, Sara Zi-
raldo, Sara Boero, Laura Campion Zagato, Elena Rama, Gian-
luca Morozzi, Alessandra Costa, Và Twin, Eleonora Forno,
Maria Grazia Padovan, Davide De Felicis, Simone Martinello,
Attilio Bruno, Chicca Rosa Casalini, Fabio Migneco, Stefano
Zattera, Andrea Giuseppe Castriotta, Patrizia Seghezzi, Eleo-
nora Aracri, Federica Belleri, Monica Conserotti, Roberta Ca-
merlengo, Agnese Meneghel, Marco Tavanti, Pasquale Ruju,
Marisa Negrato, Martina De Rossi, Silvana Battaglioli, Fabio
Chiesa, Andrea Tralli, Susy Valpreda Micelli, Tiziana Battaiuo-
li, Erika Gardin, Walter Ocule, Lucia Garaio, Chiara Calò,
Anna Piva, Enrico «Ozzy» Rossi, Cristina Cecchini, Iaia Bru-
ni, Marco «Killer Mantovano» Piva, Buddy Giovinazzo, Gesine
Giovinazzo Todt, Carlo Scarabello, Elena Crescentini, Simone
Piva & los Viola Velluto, Anna Cavaliere, AnnCleire Pi, Franci
Karou Cat, Paola Rambaldi, Alessandro Berselli, Danilo Villa-
ni, Marco Busatta, Irene Lodi, Matteo Bianchi, Patrizia Oliva,
Margherita Corradin, Alberto Botton, Alberto Amorelli, Carlo
Vanin, Valentina Gambarini, Alexandra Fischer, Thomas Tono,
Martina Sartor, Giorgio Picarone, Cormac Cor, Laura Mura,
Giovanni Cagnoni, Gilberto Moretti, Beatrice Biondi, Fabio
Niciarelli, Jakub Walczak, Diana Severati, Marta Ricci, Anna
Lorefice, Carla VMar, Davide Avanzo, Sachi Alexandra Osti,
Emanuela Maria Quinto Ferro, Vèramones Cooper, Alberto
Vedovato, Diana Albertin, Elisabetta Convento, Mauro Ratti,
Mauro Biasi, Nicola Giraldi, Alessia Menin, Michele di Marco,

Sara Tagliente, Vy Lydia Andersen, Elena Bigoni, Corrado Artale, Marco Guglielmi, Martina Mezzadri.

Siempre me olvido de alguien, es inevitable que sea así... Pido disculpas, pero prometo que te mencionaré en el próximo libro.

Un abrazo y un agradecimiento infinito a todos los lectores, a los libreros, libreras y promotores que quieran depositar su confianza en esta nueva obra mía. El futuro de la literatura está en vuestras manos.

La dedicatoria es para mi mujer Silvia: vivir junto a ti es pura magia, significa descubrirte cada día y quedarse sin aliento por la belleza, la inteligencia y el coraje que tienes. Siempre y para siempre.

# Índice

*El cementerio de Venecia* de Matteo Strukul
se terminó de imprimir en abril de 2024
en los talleres de
Impresora Tauro, S.A. de C.V.
Av. Año de Juárez 343, col. Granjas San Antonio,
Ciudad de México